冈仁波齐

GANGRENBOQI

有我轮回的灵

MY·HOLY·SPIRIT'S·SHELL

张　曙　陈宗文　著

云南出版集团公司
云南科技出版社
·昆　明·

图书在版编目（C I P）数据

冈仁波齐：有我轮回的灵 / 张曙编著. -- 昆明：云南科技出版社, 2011.9
ISBN 978-7-5416-4875-5

Ⅰ. ①冈… Ⅱ. ①张… Ⅲ. ①游记 – 作品集 – 中国 – 当代 Ⅳ. ①I267.4

中国版本图书馆CIP数据核字(2011)第195934号

责任编辑：王　韬
　　　　　邓玉婷
整体设计：张　萌
插图绘制：朱柯谕
责任印制：翟　苑
责任校对：叶水金

云南出版集团公司
云南科技出版社出版发行
（昆明市环城西路609号云南新闻出版大楼　　邮政编码：650034）
昆明富新春彩色印务有限公司印刷　全国新华书店经销
开本：787mm × 1092mm　1/16　印张：16.25　字数：350千字
2011年9月第1版　2011年9月第1次印刷
定价：39.80元

Contents 目录

冈仁波齐 有我轮回的灵

MY·HOLY·SPIRIT'S·SHELL

GANGRENBOQI

Contents 目录

冈仁波齐 有我轮回的灵

MY·HOLY·SPIRIT'S·SHELL

GANGRENBOQI

Preface 序

怎么活怎么写

黄 尧（云南省作家协会主席）

一个人行走着并写作着。这有点复古意味。很多年前，云南艺术颇知要寻求自己的位置，就要独立特行。论点之一是“愈是原始的就愈是现代的”。文学一界，也打出“行走文学”的旗语。向奇波诡浪传递自己的信号。就“原始”与“现代”的关系，不是简单宣言就能说清楚的。两者间有个以何种价值观关照与发现、以及如何表现的问题。以为铜与锡的合金就一定是青铜，在化冶上成立，在艺术上则否，如同“越王勾践剑”是唯一的一样。但仍有大批作家出门行走。云南多山多水多民族——多生活及其色彩的差异性，在某种程度上，“云南文学是走出来的”——这是我多年前的主张。我喜欢一个人走——离开大江主流和大道两厢插到如羽毛和叶脉状的“歧路”上去。如果有创作意向，更是从始“孤旅”。不希望有别一种声息扰耳，与自然与陌路人群独处，像两块河滩上的石头，不分彼此，同此凉热，潮来没，潮去曝，并没有想到要被某种灵性拾回，重新放回博古架和玻璃缸里。如果间有文字斩获，也是“石火”。而在电控氖气灯照亮的舞台上，除非当顶霹雳，微弱如萤的闪亮可能被完全遮没。所以，行走的文学一定含有“为自己的文学”的成分。但要写成文字，也一定想给别人分享，并不纯净。

中国作家的心理景况是穷窘而可悲的。大多在都市筑巢并无奈地作茧自缚的作家，盯得牢牢守得死死的东西，其实一点与文学没有关系。这样看来，“走出去”只是换换空气，回来说：“洗肺一回，这下可耐三个月了”——我无意揶揄作家的状况，我自己也一样，尤当发现自己已经不适海拔3000米至4000米的高山登陟——多数情况下，只能靠“回忆”写作，“冷饭”并不好吃，连佐料也不新鲜，要再出息，已无大望。

张曙的走走写写是令人钦慕的。她去过的玉树刚刚发生强烈地震，她描述过的风景已然毁坏，读到这一页，心中升起别一层的悲伤，曾经“抚摩唐朝”，并在文成公主、金成公主足迹上印上自己的心印。如今在哪里？烟尘、碎砾下，历史与生命的鲜血汩汩融入大江之源，及至海口，能解析些须情的浓淡？——我恍然明白张曙写作的特别意义。她像蚂蚁搬走一粒尘砂，将它贮藏在自己的小窟中，也许，这只懵懂的蚂蚁搬走的并不是矿物的石英砂砾，而是一粒种子呢？

它肯定会萌发，在心地重新漾起生命的绿波。如果追踪玉树，她就拥有前后两个可资对照的“版本”，历史——哪怕片段基因，可以解读什么?

仅从文学的意义上评说张曙的写作，我以为并没有实在深意。背囊里只背一个“字”，归去来别无其他。连身上的钱也掏光了去接济贫困的学生、陌路朋友和仅仅留宿一夜的家庭，还对他们充满顶礼般的诚谢——这多少有点像圣徒之旅。释迦牟尼以太子之身出家巡游，从者为其众弟子，直至菩提悟觉。由此“三宝俱足”——“法宝”即佛教经义由此得来。孔子也是旅行过的，“周游列国”，而有《论语》及其他；又焉知玄奘在归旅中没有把他带来的佛经在脑子里翻译了一遍呢? 从广义的文化上看，“走”就是“悟”——如果有“述”有“作”就更好——整整一部人类文化史就是这么“走”出来的。中国哲学的悲哀和中国文化的贫困，在不观而自在，不思而罔说，不走而自囿，不心而自安。于是，佞言公行，谎言蔽天。

张曙有自己的主张：“怎么活怎么写”，微言大义！我理解这里的意思是：自己是怎么行动的，就怎么记录；看到什么，比如远山远水的老百姓怎么活着的，就照实写下来。这与我们的现实主张略同。但这只是写作者起码的责任。在我们没有到达之前，那里的“大美”就存在了千万年，一切旅者都是后来者。即使没有你的足迹，那里大山依然该长高就长高，该垮塌就垮塌，大江该改流就改流，该泛滥就泛滥，一切安然若素。你不过一缕清风，一粒浮尘，于是对地之老、天之荒洒泪膜拜。这是当然。但是，人类的活动，无律无节的扩张已经在改变着这一切，也最终戕害人类自身，于是，应当没有一个纯粹的“歌者”！一面是经济的无度扩张；一面是哀思、悲嚎、呼吁、申言、警语——这成为当今世界文化最大的冲突之一。

张曙还是一个柔弱的歌者，她的“大美”之声，是豪放、坦诚的，喜欢用唱诗般的排比句子来释放最高的情感。在大自然面前，她像一个小女孩得到生日蛋糕，且送蛋糕的人忘记了确切日子，一年中三五次得到这样的礼物，且她的感激虔敬也抵得了那份情谊。张曙是有她自身理由的，一点不牵强——她的心因洗涤而爽适，这比什么都有价值。

这使我想到，城市知识界生态的两端走向：要么消殒，随水而逝——而这通常是以无奈的争夺又无尽的疲惫来表现的；要么拯救自己。但没有什么普世良方。张曙和她的朋友——这在中国有一大群——远避尘嚣，走向自然，用他们已经创造的习惯的可承受的方式寻求某种“回归”——至少是缓释的一剂。

她还有随身的照相机，留下影象。这本集子的配图也由她和她丈夫完成，与文字融为一体。只是我在读她的初稿时，没有见到图片，想来也不错。

衷心祝愿她和她的丈夫、朋友愉快地走着并快乐着，文字自然会与路途并行延伸，何处是尽头或发现“终极”? 没有。

2011年9月20日江东寓所

“我欲成全你所以毁灭你，我爱你所以伤害你……”——这是佛的声音，也是西藏的声音。

2007年10月，怀“向往+敬畏”之心，我们一行五人，驾车走西藏，达“世界屋脊之屋脊”的阿里。整整十三天，在忍了又忍的大小煎熬中，在抹了又来的泪水里，完成了一次绝对是我今生难以忘怀的旅行。

其实，西藏是一部还没完全向世人展开的无字巨著，亲临它所展现的惊心悸魄的现实场面，我们只有赞美、震撼、畏惧、警策……它有一种从未被人触摸过的原初，有被风暴冰雪曝日反复修改过的壮美，有自然之神在世界屋脊上藏了又藏的娇好，有人类（尤其是藏族）精神家园里数不尽的神山圣水；同时，西藏也有一种将努力靠近它的人逼到穷途绝路的残酷，犹如佛祖用苦难考验有心向它的凡人。

所以，我十三天日记，全是一些“半边发烫半边冰凉”的记忆。

然而，不管我对它的感情如何翻云覆雨，西藏仍在世界屋脊上。

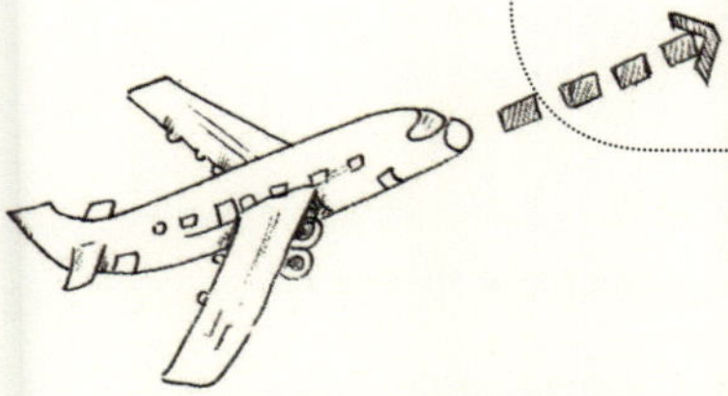

冈仁波齐·有我轮回的灵

——西藏十三天日记

2007年9月30日（晴）

天空碧蓝，云朵洁白。

今早，我独自一人从昆明乘飞机赴拉萨，加上在香格里拉县机场停留的40分钟，共耗去两小时半。大约10：40，飞机已临拉萨上空，凭窗鸟瞰，云蒸霞蔚，一种近乎神奇的美让我入迷。

斑斓的云絮，茫茫的，绵绵的，一望无垠；一束一束的阳光，从云絮缝间穿透上来，有如一根一根透明的立柱，擎住了一个更为浩大缥缈的穹顶；西藏的穹天浩宇，闪烁着一片令人神往的“佛光”。

去年，驾车走了号称“中国的景观大道”川西北甘南青海一线后，我和丈夫又将心瞄准了“所有大美栖身的阿里”，企盼今年作一次亲临的比较。于是，策划良久，与三位好友结伴，择国庆大假驾爱车“特拉卡”走阿里。六天前，他们已从昆明出发，驾车走滇藏线川藏线到拉萨等我。

此刻，飞机正穿过斑斓云絮，慢慢下降，我的心很像蓝天中的白云，也灿烂着斑斓光彩。——10多分钟后，我就能与在拉萨等我的丈夫汇合了！

关于阿里，我仅局限于书本与学习孔繁生事迹时的一些了解。

譬如：1. 阿里号称“千山之巅”，喜马拉雅山脉、冈底斯山脉、喀喇昆仑山脉汇聚于此，是“世界屋脊之屋脊”；2. 阿里号称“万川之源”，它广袤的土地上不仅有60多个大小湖泊，还奔腾着80多条大小河流。3. 阿里面积为34.5万平方公里，但人烟相当稀少，它是野生动物的天堂。据统计：阿里地区人口仅约6万，而野生动物就达15万左右；4. 阿里行署驻地为狮泉河镇，距拉萨仅有1100公里，但交通极为不便，路途凶险，均为路况很差的毛石路，地委书记孔繁生就因车祸逝世于此；5. 阿里在藏族宗教史上占有极其重要的地位，它不仅是苯教的发祥地，也是格鲁派、噶举派的弘扬之地。

……

其实，地球人都知道，仅凭阿里是“世界屋脊之屋脊”一说，就足以说明世界上再也没有别的地方会像阿里一样了：在被科学家称为“第三极”的阿里，大自然与人类的关系极为复杂，有时，它们会形成尖锐的对峙，有时，它们会亲密得合二为一。

我坦言，对不容许弱者生存的高海拔，对不容许孱者通过的险峻路，对毫无预兆的骤风暴雪，对难以防范的艰难险阻，我的确心存惧怕。但我太想朝圣冈仁波齐与玛旁雍措，太想目睹古格王朝遗址和扎达土林，太想驾车在不毛之地上奔驰，还想在海拔6000多米的风雪垭口留影纪念……

于是，整整一年，惧怕与渴望，像滋长的藤蔓，爬满了我的心房。

于是，整整一年，为谒圣阿里，我全方位炼就着自己的琴心剑胆。

拖着行李箱，匆匆走向机场出口。隔着很厚的玻璃，我老远就看见挥动双臂的丈夫，心不由一热，飞也似向他奔去！

机场的阳光明亮而洁净，它在灌木丛中投下黑白分明的剪影，不知什么植物在散发一种浓烈的芬芳。机场停车处，现代·特拉卡在骄阳下炫着晃眼银光，浑身上下没带一点跋涉过滇藏线与

川藏线的风尘。——爱车的男人们都一样：到达目的地，先洗车子，后洗自己。

迎着朋友熟稔的目光，握手问好，嘿嘿微笑。

“出发吧，下午就到日喀则！”丈夫兴奋地说：“我现在有些放心了，特拉卡走阿里，肯定行。你不知道，滇藏路是多么难走，颠来簸去，一小时才走10多公里……”

正午11：50分，我们驾车驶出了拉萨机场，向西南方向飞驰。按计划，下午三时前能赶到日喀则，可去瞻观著名的扎什伦布寺。

日喀则距拉萨280公里，全一级公路，非常好走，却需“限速”。——西藏的“限速”，很让人费解：不限速度，限时间。譬如：过检查站时，我们领取到一张小单据，其上规定了这辆车到达日喀则的时间——下午4：30。于是，我们采取快开多停，用拍摄合理使用这一被限制的时间。

崭新公路的一旁依山，左旋右转，与远方相连；一旁是山坳，其间草丛灌木膝深，素淡野花点缀，煞是漂亮；远山在天边为自己剪影，有一些低头啃草的羊儿，一群又一群，像落在黄褐草原上的云；一架拉草垛的木轮车从狭窄小道上“嘎喳喳”碾过，为寂静增添了一些声响；我揿开车窗任清风拂面，空气中迷蒙着一种只有西藏才有的味儿。

“真爽，空气馨香，风景如画！”吸一口带着香苦味儿的空气，我大声赞叹说；正在驾驶的

丈夫受此感染，侧目一笑，晃头吹起口哨，马力开得更足了；不知是那位男士率先开唱，和着悠扬口哨声，我们唱起了席慕容的《出塞曲》：

请为我唱一首出塞曲，用那遗忘了的古老语言，

请用美丽的颤音轻轻呼唤，我心中的大好河山。

……

2007年10月1日（晴）

（一）

今天是国庆，58岁的祖国，正如日中天！天刚亮，我还蜷在睡袋里，就听到丈夫一边刷牙一边用鼻音哼唱："今天是你的生日，我的中国……"行走在神秘而邈远的西天佛地，无论谁人，都心情快活。

昨日下午到日喀则，在邮电宾馆住下，已5：20，但有"日光城"美称的日喀则还在艳阳高照。于是，驾车赶到扎什伦布寺，想先睹，但45元一张的门票让我们理智决定：忍到明早再作瞻观吧。再者，国庆吉祥日，能在扎什伦布寺许个心愿，挺好！

瞻观扎什伦布寺是我们的第一目标，谁的心里都汹涌着渴望的波浪；

今日早餐后，驱车前往，约六七分钟，我们站在扎什伦布寺门前了。

坐落在城西尼玛南坡上的扎什伦布寺，地势高爽，视野开阔。寺前是熙攘的市井街道，在佛主护佑下，芸芸众生自在而快活；寺后是青郁的尼玛山，云霞蔚蓝，酷似一块天然的翠绿屏障。潺潺的年楚河水，绕寺而过，几经迂回，扑入了雅鲁藏布。放眼寺内，幽木秀林，丛丛菊花……好一处生机盎然的肃穆圣地。于是，大胆之想，油然而生：佛与文人雅士一样，尤喜秀美之处。

站在寺前才知，我们来早了，售票处的喇嘛还没到"岗"。此时，不知从哪里飘来了几缕白云，忽而在大殿顶端的风马旗之间往来穿梭，忽而在紫红寺门内外流连忘返，仿佛白度母赐以人间的一条洁白哈达。放眼一望，湛蓝天空下，扎什轮布寺极富色彩，很像一块驻足在褐色山坳上的五彩祥云。

购得门票，鱼贯而入。寺内悄悄静静，没什么游人，不时见三三二二的喇嘛低头匆匆走过。

——他们极富喇嘛特有的走路姿势：硬挺的肩，微低的头，甩着袈裟，飘逸在泛有光亮的青石板路上。

扎什伦布寺全名为“扎什伦布巴吉德钦却唐皆南巴杰娃林”，即是“吉祥宏固资丰福聚殊胜诸方洲”之意。它占地约30万平方米，僧众4000余人，是后藏最大的寺院。据史料，从五世班禅洛桑益希大师被大清朝廷册封为“班禅额尔德尼”并命之与达赖喇嘛共同治理西藏后，扎什伦布寺便成了历届班禅大师举行政治活动与宗教仪式的中心。

作为后藏中心的日喀则，历史上，它几乎与前藏的中心拉萨齐名；

作为班禅大师驻锡地的扎什伦布寺，是后藏宗教文化精华之浓缩。

由于时间关系，我们只瞻观寺内的主要建筑：错钦大殿、历世班禅大师灵殿灵塔、强巴佛大殿、四大扎仓（学院）。至于其他，诸如扎什南捷、曲康夏、展佛台、释颂南捷等，匆匆一掠即罢。

错钦大殿又名“大经堂”，是寺院最古老的建筑之一。大经堂正中是班禅大师的宝座，其上铺黄色哈达；殿北正室供奉着释迦牟尼铜像，佛主超然物外的悠然神态，能逼去你许多的世俗躁野之气；殿北左侧是弥勒殿，供奉着高约11米的弥勒佛铜像；殿北右侧是度母殿，供奉着高约2米的白度母铜像；殿西是护法神殿，依次排列的是六臂依怙、大威德、夜叉圣母、白依怙等泥塑像；墙壁上挂有画工考究的唐卡，虽年代悠久，色彩依旧绚丽；紫红大漆门橱，油光可鉴，盘缠着鎏金勾绘的菩提图案；供桌上的一盏盏酥油灯具，搽拭得一尘不染，锃亮夺目……

大经堂给我的印象是大，阔9间，进深7间，有48根木柱，可容2000余人诵经。徜徉在如此之大的净土圣意里，我滋生出一种发自内心的恭敬。于是，在释迦牟尼面前，肃整衣冠，我许下两愿：祖国繁荣；家庭安康。

强巴佛大殿是九世班禅大师于1914年亲自督建的，由110名工匠耗时两年多才得以完成，因供奉一尊26.2米的鎏金青铜强巴佛坐像而得名。——藏传佛教教义明示：强巴佛是将要接替释迦牟尼的未来佛。据说，这尊强巴佛像共用了8000两黄金及大量的珍珠、珊瑚、松耳石、琥珀等。目前，它是世界上最大的铜佛坐像。

沿木质楼梯，我拾级而上，在香烟缭绕的“五彩云”中，一层一层仔细观看强巴大佛全貌。——由于坐像高大，建造者便将之分为莲花座殿、腰部殿、胸部殿、面部殿、冠部殿五层。

我很喜欢强巴佛，他的雍容和善，他“能容天下难容之事”的肚量，让我倍觉亲近与敬仰。我无端以为，强巴大佛之所以为佛，就在于他心系众生的慈爱行愿的博爱胸怀，就在于他了悟之后并没放弃这个人间。

强巴佛大殿给我的印象是高，据目测，强巴大佛的莲花座约有3.8米、面部长约4.2米、耳长约2.8米，肩宽约11.4米，手掌宽1.6米、中指长1.6米、脚底长4.2米……我尤其吃惊于强巴佛的鼻孔，大得可容一人。于是，在未来佛之前，我又把刚才两愿喃喃了三遍。

灵殿与灵塔是寺内的重要建筑之一。每一灵殿内安置着四至九世班禅大师的灵塔，每一灵塔里保存着各位班禅大师的舍利肉身，灵塔大小不一，但都具一共性：一殿一塔，塔身嵌着珍珠美玉，塔前燃着终年不灭的油灯，是众生顶礼膜拜的对象。

瞻观中，发现五世班禅灵殿内供奉着两个灵塔，其中之一，残迹斑斑，顿生奇怪！于是，请教喇嘛，才得知它是四世班禅的残存灵塔。喇嘛说，四世班禅罗桑曲吉的灵塔建于康熙六年（1662年），灵塔身高约11米，包裹银皮，嵌满珠宝，极为华贵。而灵殿矗立在尼玛南坡右侧，宏伟壮丽，历时四年才建成。文革中，灵殿被毁坏，信徒们将残存灵塔迁于五世班禅灵殿内……

按喇嘛指示的方向看去，尚存的几段残垣断壁危立于尼玛山上，给人一种苍凉莫名的感觉。

扎什伦布寺的四大扎仓为夏尔孜、推桑林、阿巴、吉康。扎仓为“学院”之意，通常由佛殿、大小经堂、辩经场、活佛净室组成。

对于学院一类的扎仓，我无一点瞻观之意。——缘由一，学习之所，司空见惯。缘由二，如今佛门庙堂，香客如流、凡语扰耳，就连僧人的诵经敲鼓，都用录音机代替了。所以，想看喇嘛在扎仓中清净修志，怕只是一种“禅静”的向往罢了。

结果，在推桑林扎仓，我目睹了三位喇嘛苦心孤诣的面壁。在吉康扎仓，我耳闻了诸多喇嘛洪钟一般的诵经。我发现这里的喇嘛都潜心于佛经，市井杂语却充耳不闻，红尘弥漫却视而不见，他们认真“悟”，潜心“修”，唯苦“行”，犹如一个个蛰伏在佛家哲理中的果核。顷刻，有一种撼动，不期而至！——苦修苦行的过程，是超凡入圣的根本，佛门如此，人世也如此。

离开吉康扎仓时，恰逢喇嘛诵经完毕，问之：何时辩经？答：不定时，一般在错钦大殿广场上举行。——辩经会，我在青海拉卜楞寺见过。对辩经时的“击掌”，印象尤为深刻。——辩经时，两喇嘛相对而立，提问者先跨出一步，大叫一声“底”，再高扬右手，与左手击掌，随响亮击掌声，气势磅礴而发问。回答者也响亮击掌并毫不示弱地答题。在如此一问一答中，佛理和处世哲学一一清晰辨出。辩经至高潮时，往往是一人对众口。据说，宗喀巴就是在辩经会上胜出而

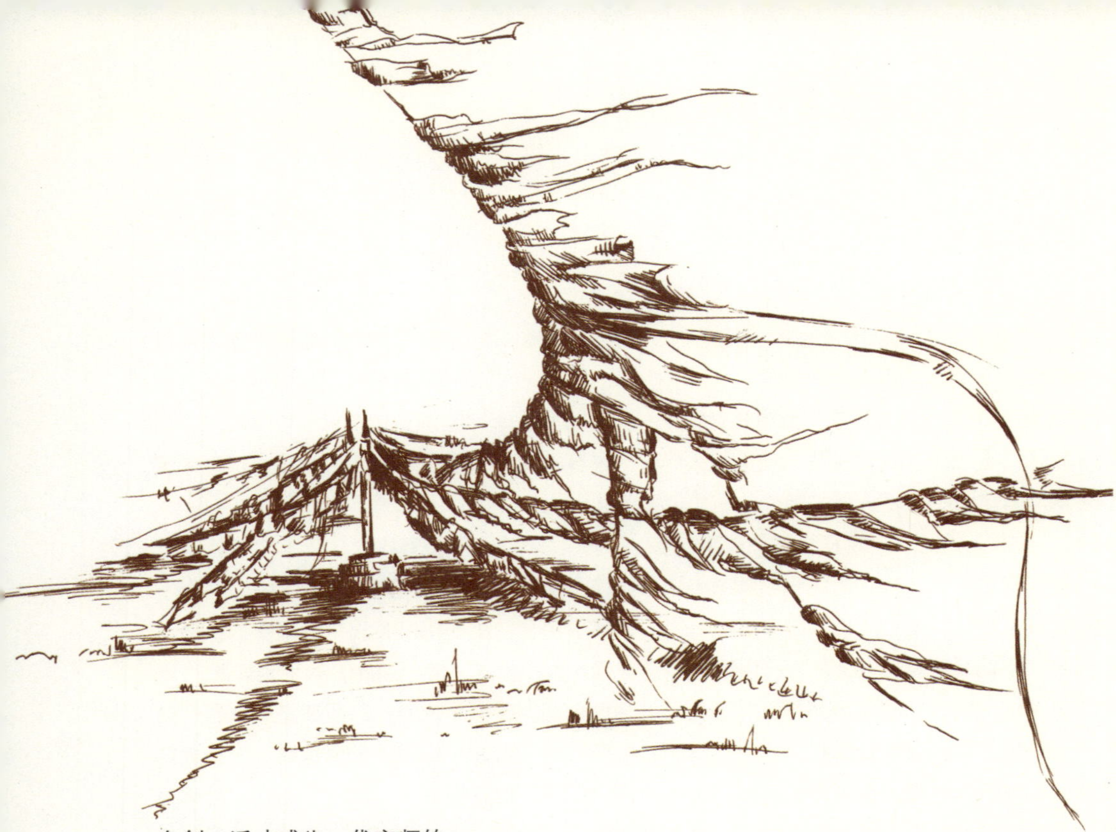

自创一派才成为一代宗师的。

国庆吉祥日，我们瞻仰扎什伦布寺，虽没壮观的辩经场面可睹，却被喇嘛苦心孤诣的修行撼动，也是一种收获。

从扎什伦布寺出来，已是正午。日喀则的10月，阳光很慷慨地拥抱着这座美丽的城市。街道两旁，植株高大的菊花在显耀着它金黄的花瓣，也落下了许多黄灿灿的“吻”，一片一片，柔软地躺在草丛上，有如停伫在草尖上黄蝴蝶的薄翅，亮亮丽丽，万分生动。驱车离去时，再次回望骄阳照耀下的扎什伦布寺，不仅古拙庄严，更觉气仪轩昂。不由忆起扎西的赠语：到日喀则，一定要去扎什伦布寺，它像一片五彩祥云，它是我们藏家人幸福生活的护佑神……

于是，浅浅一笑，觉得自己也在神佛的护佑中了。

（二）

贪恋吃正统藏餐与购物，下午3时，我们才离开日喀则。

出城后，沿中尼公路（219国道）西行，我们赴昂仁县。翻山越岭中，常与一条奔腾大河相遇，查地图知，它是发源于昂仁与萨噶交界处格布日山南麓的多雄藏布，全长293公里，是雅鲁藏布上游的主要支流。这条绕来盘去的大河，在崇山峻岭间冲击出几个大小滩涂，于是，视野里有了几个“彩滩”一样的宁静山村。——藏族民宅，星罗棋布；黄黄青稞，高堆成垛；彩色经幡，随风吟诵；箩筐一样的褐红石头，半浴半露……

中尼公路，不算难走，但路面犹如搓板，颠来簸去，无法提速，再加之停车拍摄，160多公里竟走了4小时多，夜幕甫垂时，我们才到昂仁县城。

进入昂仁，天空尚呈现着青玉一般温柔的晶莹，大地万物却已沉入在幢幢暗影中。自然，首先寻找住处，看了几家都不满意，最后只有在农业局招待所将就一宿。（50元一人一床，被褥脏得吓人，公共卫生间。）之后，飕飕冷风中，又驱车沿街寻找吃处，可能是缺少灯光的缘故，昂仁县城一片荒凉。

昂仁县属于日喀则地区，县城是进入阿里前条件最好的居民区，一世班禅克珠杰和“铁桥活佛”唐东杰布就出生于此。昂仁县海拔均在4400米以上，面积为1.3万平方公里，人口却不到4万。昂仁县寺多、僧多、圣迹多，不仅有日吾其金塔与铁索桥，还有33座寺庙，其中1225年建成的“曲德寺”、1090年建成的“桑珠甘丹寺”、1095年建成的吕龙寺最为著名。

天气太冷，我们选中了一家生意很好的火锅店。

刚入座，正点菜，忽闻餐馆外人声喧哗。接着，进来四人，有一干部模样但脸色紫红泛黑者用普通话喊道：“谁是云A车的主人？！”

愕然中，我们一齐站了起来。

“你们格是昆明人？”干部改用了不太地道的昆明话。

“是呢嘛，你家也是昆明人改？”我用标准昆明话温柔答之。

“哈哈，我二十多年某听过这么板扎的昆明话了！老乡，老乡！”干部大声笑道：“来，我们一起吃，给我侃侃我家昆明，边吃边聊，边吃边聊……”

干部显然激动了，他三步并作两步走上前来，忙着与我们一一握手，紫红泛黑的脸上洋溢着一种瞬间爆发的真性情。

于是，同来的人叫来店主，更杯又换盏，将我们盛情地邀进了包间。

于是，倾听了他很直率的“1982年我当兵到西藏……”的自我介绍。

干部为人很直率。——不仅介绍自己直率，询问我们也直率。我喜欢这样的谈话，它省去了许多繁文缛节，将人际关系中的深奥变成了浅显，复杂变成了简单；干部为人很自信。——在西藏当兵带兵共25年，有家有室，还成就了一番事业；干部为人很谦和。——交谈中，我发现豪爽的他很轻易就营造了一种极其平等的氛围……

我欣赏这位干部，尤其欣赏他的直率，然而，我却不敢效仿。如今的社会让我不敢不设防，真心换真心似乎已成了一种奢望。不过，我保证，我从一开始就没有怀疑过他。对这样的人设防，是罪过。但我必须坦言，我从一开始就在探究干部“为甚会如此盛情宴请我们”的感性世界。——我将之归为“对故土筋骨相连”的眷念，我将之归为“少小离家老大未回，乡音已改鬓毛已衰”的情愫，不过，我觉得这样的归纳说服不了自己，有些牵强。

“你们以酒邀，我们以歌谢，把酒杯举起来吧，为咱们昆明老乡能在昂仁相聚歌唱！”酒意正酣时，我们的老周起身建议。

于是，《骏马奔驰保边疆》、《咱当兵的人》、《出塞曲》、《这个人就是娘》、《十五的月亮》、《儿行千里母担忧》……齐唱、独唱，对唱，我们沉醉在慰心的歌声里。让我万万没想到的是，当干部与同来者齐唱一首《西部好儿郎》时，竟把我的五脏六腑都搅得翻江倒海，竟让我的眼睛蕴满了泪花！我深信：数年，乃至数十年后，风吹长空，闪电逝过，我的耳畔仍会响亮着这样的歌声！

儿当兵当到多高多高的地方，儿的手能摸到娘看见的月亮。
娘知道这里不是杀敌的战场，儿说这里是献身报国的地方。
儿当兵当到多远多远的地方，儿的眼望不到娘炕头的灯光。
儿知道娘在三月花里把儿望，娘可知儿在六月雪里把娘想。
……

泪花里，我依稀看见：战士在被暴风雪围困在山上和着白雪咽糌粑时围着牛粪火唱；战士在国境线上单独执勤时咀嚼着单调枯燥的日子唱；战士在被可恶的高山病折磨得死去活来时望着天边遥远的星辰唱……

“这里的山很高，这里的人很少，战士在边防线上巡逻，十天半月，十里百里，难以碰见一人……”干部说：“山大月小，高山哨卡像小小的月亮一样，离人烟很远；形单影只，高山哨卡往往只有一个战士，不是一般的寂寞！”

干部的话语很平淡，却在我心中激起了滔天波浪。

霎时，我明白干部“为甚会如此盛情宴请我们”的感性世界了。——再伟大的英雄也难以与时光对峙。生命有各自的无奈，只有长期处于这种断裂与怀乡的大寂寞中，偶遇故乡人才会迸发出如此真性情的举动！

我释怀了。我说服自己了。

但却有一种情绪又汹涌于心，有些悲壮，有些惨烈！

2007年10月2日（晴＋暴风雨）

今天，我们要赶路。计划：1. 从昂仁出发，沿218国道（沙石搓板路）西北行60公里，到桑桑镇；2. 从桑桑行122公里到22道班；找到阿里南北线分道标牌后，再西行58公里到萨噶；3. 从萨噶西行60公里到老仲巴并夜宿。由于路况糟糕，行程遥远，我们听取了干部的建议，凌晨5时就驱车离开，昂仁的天地仍是一片幢幢暗影。

整整一天，我们骑在冈底斯山脉的西南余脉上，海拔均为4500米以上，一直向西，在无休无

止的惊叹中前行。

话说“无休无止的惊叹”，不含一点夸张，它们大致分两类：

一、让人“心惊肉跳”类

1. 在沙石搓板路的颠簸中到达桑桑镇，从桑桑出来又碰到修路，糟糕的碎石路更是糟到了顶点。无奈，我们只有遇水过水，逢坎绕行。如：遇到被货车轧成的大水坑，考虑货车能过，特拉卡也能过，便启动四驱从有车轮痕迹处大胆冲过。统计：这样的“冲锋”共有六次，仅“陷阵”一次，我们采用“不熄火，石头垫，人奋推”之法解决，泡在雪水中的寒冷，没齿难忘；碰上大型施工机械阻断道路，我们只得走灰尘飞扬的便道。幸亏车子密封好，车里基本没有灰尘。于是，只要油门怒吼时，就能看到车尾卷起的漫天烟尘或者四溅的污浊水花。狂颠乱簸中，倒有一些心惊肉跳的赛车感觉。

2. 走完修路地段，我们驶向下一个目标：22道班。22道班像一处名胜，走这一线的人都知道。它既是道班工人的栖身所，是南来北往车辆的停息站，还是南线与小北线的岔口。资料说：无论从哪个方向过来，远远就能见荒野上突兀着几间低矮房屋。于是，按路码表，我们从120公里处就开始搜索，直到125公里处都没发现22道班……屋漏偏遇瓢泼雨，当我们登高寻找时，又遇上一场突如其来的暴风雨！——从两列巨大雪山之间，刮来一股强大气流，卷着冲天的冰雪沙石，放肆盘旋，吓得我们拼命跑到被沙石敲得“叭叭”响的车里躲藏。惊魂未定时，不知哪来的黑云暴雨又笼罩了一切，霎那间，雷声震怒、狂风啸号、暴雨耍泼……我们都不敢有半点埋怨，脸上写满了从心中升起的深深敬畏！——半小时后，黑云暴雨过去后，我们在有些打滑的下坡山路上小心前行，终于在127公里处，找到了一个残旧的汉藏文对照的路标，根本没有什么低矮房屋。

二、让人“心醉神迷”类

1. 幢幢暗影中，我们离开了昂仁。晕糊糊中不知走了多久，兴许两个时辰了吧？仍不觉天色有什么变化。车灯有些昏暗，三四步远就不看见路。突然，发现濛濛光柱里闪着一些小水粒，才知道遇上浓雾了，才知道天为甚老不亮！生平没遇到这样的大雾，所有的险恶都被掩在乳白之中，小心翼翼慢行，是唯一正确的选择。后来，大雾渐退渐去，像透明薄膜一样，这里那里都闪烁着水粒，真像置身于一个缥缈冥杳的传说。更奇妙的是，车过珍珠湖时，天蓦然间亮了，许多的云絮，野火燃烧一样，紫红了半边天。它们仿佛是一种智慧的光芒，一下子就证明了湖水、雪山、车子、以及我们的存在。此时，满天云絮，层层叠叠，幻成了玫瑰紫海，壮丽非常！——顾不上瞠目慕赞，跳下车就抢拍。等拍完“玫瑰紫海”，转身再拍陶醉其中的伙伴时，发现车门都映成了酡红。我想，我的脸肯定已经酡红了，像昨晚喝多了酒那样。我用无名指蘸了一点草尖上的露水，快活地弹向天空向大地，感谢自然之神能与我们如此相通，相和！

2. 出萨嘎县向西前行，虽仍是沙石土路，武警战士已用推土机修整过，路况好了许多。更让人兴奋的是，越往前走，风景越好，眼前掠过的都是一时难以悟透的大美境界。请设想一下吧！在世界屋脊之“屋脊”上，南面是喜马拉雅的连绵雪峰，北面是冈底斯山脉的高大雪山，与之相较，弹丸一样的特拉卡正行进在众多雪山的怀抱中！尤其是暴风雨过后，湛蓝天空不挂一丝云彩，几乎透明成一块湛蓝的宝石。近处，披冰挂雪的雪峰，仿佛纯银打造一般，嵌在蓝宝石里熠熠闪光。远处，难以数尽的雪峰，像奔腾跳跃的白马，千匹万匹，挨挨挤挤，或剽悍，或粗犷，或浩大，或纤细，无不向蓝天倾吐着一种骤然凝固了的野性狂飚……于是，一种置身于月球上的感觉涌上心头：眼前的风景，只有天上星宇里才有！

黄昏时分，车到老仲巴。我没想到老仲巴竟是这么沧桑——它几乎被沙漠吞没了。睹之，一种苍凉袭入了心门。此地的居民已迁至新建的仲巴县城，只有二三家旅店未迁，坚守他们的生意，半砬子砂土围墙的院子里停着三四辆大车。就在我左顾右盼时，暮色笼罩了一切，老仲巴更显得凄迷苍凉了。

由于缺水，老仲巴的食宿条件差极了，不仅龌龊，费用也贵。号称“牦牛宾馆”的一间土墼房里排着8张床，每床50元，还不容还价。老仲巴靠烧牛粪取暖，就连白糖西红柿都30元一盘。同伴们商量：若前行至新仲巴，新仲巴不在公路旁，由岔道进去需30多公里，一进一出，得多走60多公里，很不合算，只有作罢。——这怕就是众人都在老仲巴将就一夜的缘由吧?

说心里话，在老仲巴住上一宿，我很乐意。因为等新仲巴带来好日子时，老仲巴将彻底废去，将永远沉睡在沙漠里，像千年岁月躺在线装史册里一样。而我则可自豪地对有志到阿里的朋友说：我曾在老仲巴住过一宿！

2007年10月3日（晴）

今天的遭遇在我的旅行记录上是一个意外，但绝对是一个奇迹。在海拔4870米的大山深处，深陷于爆胎与方向盘漏油困境中的我们，能与一名叫才旦的老阿爸相遇并得到他的救助，这本身就是现实中的一个梦境。

深秋的风染戈壁荒滩以一片萧瑟，一切均被淡淡于一种秋霜之色中。戈壁荒滩上长着很多灰白骆驼藜，偶见一些蓝色小花，绽开的花瓣有如萧瑟中的坚强生命。山路极其难走，有时根本没路，只有泥坑和石砾，在一种将人颠得七荤八素的折磨中，特拉卡艰难地走了一程又一程。

首先是老仲巴到帕羊的87公里。沿途尽管有晶亮的马泉河相伴，仍觉满目苍凉，我们拍下的恶境之照，触目惊心。人们常说的“极地”，怕就是指这种地方了吧？——荒草年年都在这里生长着荒凉！其次，出帕羊约30公里是边防检查站，挺立在寒风中的武警战士很威武，他用标准手势示意必须停车检查，遗憾是“军事重地，不许拍照”，否则，我将拥有一张“为国戍边”的感人照片；出检查站，风景已好转，沿途都是蒿草低矮的冬季牧场。——似有云霓闪动的天宇下，点缀着二三个黑色帐篷，牛羊悠游于褐黄矮草与雪山间。面对衣裳艳丽的挤奶姑娘，我扼杀了许多反转片。姑娘的肤色和衣裳在明亮阳光下朴实而感人；继续前行110公里，车子爬上了马攸木拉山口。此处是日喀则与阿里的界山，海拔5216米，山口有巨大的嘛呢堆与经幡柱。凛冽大风里，我们都下车转塔钦，像虔诚藏家一样，顺时针走三圈，山呼“啦索索……”——经常行走于藏区的我们熟知这一风俗：以示对山神的崇敬，以求山神的护佑。站在马攸木拉山口，我们极目远眺，一种极大喜悦澎湃于心！——从马攸木拉山口算起，再走132公里就能到霍尔，就能见到神山圣湖了！

但是，从马攸木拉山口下来，我们被接二连三的厄运缠绕。

先是爆胎，换上唯一的备胎后，连很熟稔的驾驶都变成提心吊胆了。——大家都害怕再爆一次被困于在人烟稀少的大高原纵深处！

此时已近黄昏，远处的雪山，近处的石崖，已看不真切了。车子小心爬出几道山道后，一弯下弦月升起来了。弯弯的月牙儿，孤寂地悬挂在世界屋脊的旷野上，既没青山的捧捧，也没丛树的筛落，更没彩云的追逐，漠漠天宇间仿佛只剩了一弯孤苦无依的月牙。不知怎的，竟想起儿

子“独车走阿里是一种冒险”的反对来了。唉，山天一色无纤尘，茫漠山中孤车行，我抚着孤独奔走的特拉卡，一种说不清道不明的泪水竟崩溅而出！

突然，正在驾驶的裴涛一下子将车靠边停下，说：奇怪，车子没方向了！大伙急忙跳下车掀开车盖检查，才知方向油已漏光！——屋漏遇着连天雨，怕什么就偏遇上什么！

“怎么办呢？前无古人，后无来者……”生性乐观的丈夫还在妙语连珠。飙风怒啸，我把厚厚的奥索卡裹得更紧，有一种将要坠向深渊的感觉。

此处，海拔4970米，GPS如是显示。在这么高的地方，伸出手，抓回来的只有空气。——飙风卷起的灰沙早已掩去了九曲十八弯的山路，一片苍茫。朝前望去，只有一堆刻着六字箴言的嘛呢石，石上耸着一副孤独的盘羊角。这是一种罕见的高山动物，有大得骇人的双角，超出我见过的最健壮的水牛角，盘羊角是藏民族某种图腾的标志。不远处，有一只孤鹰在山间盘旋，它将我们当成了猎取的目标。因为空气稀薄，苍鹰的叫声像隔着一层厚厚布幕才艰难地传到我的耳朵里……

四周的雪山冰峰静静立着，我也在静等男人们做出决定。

太阳很快就要消失了，山和天之间，只剩下我们。——五个生命和一辆出问题的汽车。

男人们决定：趁天还未黑定，往回走12公里许，到从马攸木拉山口下来约50公里处见到的一牧民帐篷投宿。而且，必须带上

手电筒与帐篷，倘若未获允许，就在帐篷附近“安营扎寨”，这样才安全一些。——途中，我们多次碰见了褐白的狼。

于是，合力将车子推到一小山丘后，锁好车门，背上各自负责的行囊，我们心情沉重地出发了。隐约的月牙越升越高，焦急的脚步越走越快。阿里的夜幕真黑呐，它无情地笼罩了一切，寂静的黑夜里，“嚓嚓”的脚步声很响。大约三小时后，在凋萎的盼望中，忽闻远处一阵狗吠，忽见远处依稀着光亮，我的心竟一下子温暖起来，终于有人烟了……

为此，男人们都高兴地呼喊起来！

为此，我的泪水又无声崩溅而出！

于是，在奇绝耸立的阿里大山里，在人烟稀少的阿里纵深之处，我们投宿于一名叫做才旦的老阿爸帐篷中。烤着暖暖的牛粪火，喝着三个石头支起一口锅烧出来的酥油茶，嚼着延续了一种优秀血统和文化、现在能使我们活命的糌粑，感觉遥远而亲切，像一个渺远的神话。

牛粪火旁，老阿爸两片苍老的嘴唇囔囔翕动，为我们念祈祷平安的经，其中的“唵嘛呢叭哞吽”与“扎西得勒合”是我唯一能听懂的内容。老阿爸像一个德高望重的高僧加老一样，将糌粑、酥油、白糖放入煮沸的牦牛奶中，左手托旋木碗，右手将之拌匀，搓成五只圆丸，挨个一一放入我们口中……我知道这是一个很古老的祈福仪式，老阿爸祝愿我们像酥油糌粑一样，圆满，吉祥！——2002年，我们到德钦过大年时，扎西的父亲也用这样的方式为我们祈福。

此时，我对藏家人对酥油糌粑的依赖与难以割舍的亲情，有了一种更深层次的理解。真的，没有哪个民族对于一种食物的崇拜、亲情、依赖的程度，能与藏家人相比。这是一种天食，是天地之神赐以游牧藏人的最崇高的一种恩赐，这崇高恩赐使一个马背民族在生命荒芜的西藏高原上，始终充满一种神奇的力量，生生不息。难怪那些已脱离游牧而躬身于农耕的藏家人，逢年过节时，仍会在煨起的一盆盆火塘上或者在一次次祭祀上供中，都要放上这片神奇土地上随时都不可或缺的酥油与糌粑。难怪我的朋友扎西，纵虽远离藏区，置身城市，仍总会一个人很香甜地吃起它。

今夜，老阿爸的酥油糌粑使我从遥远的生命边缘爬涉了回来。趴在温暖睡袋里，我用捏过糌粑还保留着缕缕甜香的手写下了今天的日记，我的眼前又出现了今生今世都不会忘怀的一幕又一幕……

2007年10月4日（雪）

很早就醒了，牙痛与咳嗽让我辗转难眠。——两天前，牙痛与咳嗽就让我非常不爽，现在，整个脸已肿成一个歪桃，有碍视瞻了，唉……

帐篷外传来了老阿爸的念经声，定了调似的，天籁一般。我轻脚轻手爬出帐篷，发现一场骤然而至的初雪，已把草滩和草滩上的石头都染成了白色。两边连绵的褐色山脊构成单调贫乏的风景线，延伸进茫茫的雪野深处。像糌粑粉一样的雪不大，但没完没了。被粗铁链拴住的两只藏獒蜷伏在黑旧的帐篷附近，它们红着瘆人的眼睛，却没有了昨夜慑人的狂嚎。茫漠的雪地上，第一行脚印是老阿爸的，很大的牲口厩栏前，他正在给马喂拌有酥油糌粑的草料，裹盘在他花白头发间的“英雄结”，犹如一簇跳动的红色火焰。

雪景很美，洁白晶莹，碧蓝如洗的天宇下，雪白锦缎，一波一波远荡，直到天边。但就是太冷，站在凛冽寒风中，仅一小会儿，耳朵、手、脸都像被猫咬了一般，尖利利地疼。纵虽如此，我还是给老阿爸拍了一张照片，背景是黑旧的小帐篷、雪地、藏獒，整个气氛却很祥和、融洽。我还将相机放在栅栏上，自拍了一张，相信效果会很感人。——绵亘至遥远的雪地上，红衣红帽的我，脸虽肿成歪桃，却有灿烂的笑。

寒风的刀子再厉害，也割不断黑帐篷上的炊烟，我们用牛粪烧水泡面，请才旦老阿爸一道早餐。早餐后，老阿爸让我们看守他的牛群，他将骑马走80多公里，去霍尔取推土机液压油来代替方向盘油，此行需要两天。——老阿爸只会说少许汉话，刚才他又打手势，又牵马，我们才明白了他的打算。

面对璞玉一般的老阿爸，我只有抹了又来的眼泪！

昨天深夜，我们得到了才旦老阿爸的亲人一样的接纳；拂晓时分，我听到了才旦老阿爸为吉祥平安而念的经；今日早晨，我目睹了才旦老阿爸给马喂料做好在风雪中跋涉的准备……

面对璞玉一般的老阿爸，被困于大山深处的坏心情，豁然开朗了，不觉对生活在阿里的衣着褴褛的藏家人升起了一种前所未有的崇敬。迄今，我仍把才旦老阿爸给我们的救助视为一种极其淳朴的生命洗礼。

讨论决定：由会骑马的丈夫与才旦老阿爸一起走，一是陪同老人家，二是霍尔有武警执勤点，想去获得他们的帮助。很快，丈夫已整装待发。临行前，老阿爸又给丈夫戴上了一顶用野兽毛皮做成的藏帽。在朋友们的举扶下，丈夫骑上一匹骠悍青马，他朝我一笑，喊了声“按时吃药”，便跟在老阿爸的马后，在茫漠的雪地里滔出了一溜白烟！

很想为丈夫抓拍一张在阿里大山上的驰骋照片，可那一瞬间，泪又模糊了我的视线……

牲口厩栏里，牦牛们已开始了“哞”声合唱，两只藏獒也不耐烦地扯着铁链狂嚎。三位男士让我守看帐篷，他们打开厩门，跟随牦牛走向了牧场纵深，蔼霭中游动着黑黑白白的牦牛和被大气吞纳了的吆喝。

这时，雪下大了，天地间空濛着一片纷纷扬扬的雪花，

高耸着拒绝一切喧嚣与色彩的雪山。突然，丈夫的精彩言论涌上了心头：众多的雪山手挽手肩并肩站成了阿里，犹如一群不懂得匍匐的康巴汉子。我不是男子汉，我懂得匍匐，但也没爬下。然而，不知为什么，我觉得此时的我很像一棵落光树叶的树，兀立在黑旧帐篷旁，凝望着丈夫纵马而去的雪野……

我成了雪的一部分！

正如六世达赖喇嘛仓央嘉措所言：分别即是魅力，即是怀念，即是刻骨铭心的牵挂。我相信这是肺腑之言。

2007年10月4日（晴）

糟糕，我的病加重了！——头痛、呕吐、牙痛、咳嗽，浑身臃赘不爽。

这四者相较，最痛苦的是咳嗽。这种一阵紧一阵止不住的咳嗽，简直就是在揪我的心，在撕我的肺！咳得厉害时，感觉连一丝力气都没了，就连嘴边的痰也无力吐掉。这是一个雪霁后无比宁静的正午，帐篷外，被铁链锁了自由的藏獒忧郁蜷缩着，它们已没力气狂嚎了。雪地里，朋友们守着牦牛，又是唱歌，又是拍照。帐篷内，生着牛粪火，很暖，绝对是一个“雪野围炉写作”的机会，可我连握笔的力气都没了。于是，吃下一点安眠药，用沉睡来避免咳嗽，这是我唯一的心念。

药性发作了，我在懵懂中等候入睡。感觉身体在冥寂中一点点消灭，思想却为一些突如其来的念头恣意狂奔……

我想起了与丈夫外出旅行的日子。——“心有多远就走多远”的旅行，已融入了我们的血液，览尽辽远河山，已成了我们欲罢不能的生命需求。我和丈夫一起登高山，涉大川，看风翻海浪，赏秋叶春花……只要一踏上旅途，就像面对一叠未曾着墨的稿子，乐不思蜀的“创作”就开始了。等兴尽而归时，想家归家又成了我们新的旅程。

我想起了我与丈夫的家居日子。——休息日，一壶普洱，满屋沉香。蓝天上常绕着丝丝缕缕的白云，很稀很薄，像随风而逝的心情。这时我爱躺在长椅上让思绪跟着云儿流浪，这时丈夫的吉他声总显得那么不可或缺，他在细细的弦上抒情，我又枕着他的琴声游遍天上人间。

我想起了……

我想起了……

微弱的光里，仿佛有一团模糊的红影子在我眼前晃来荡去，两片苍老的嘴唇囔囔翕动，嘟哝着一些似懂非懂的话语。那声音像一道神符，还散发着酥油糌粑的香味儿……

才旦老阿爸又在为我们念经了吧？一阵一阵的白雾弥漫于他四周。

远处的太阳灿烂地朝蓝色深渊坠落，我鞭策一匹骠悍青马，在广袤雪地上驰骋。清风从我的耳旁掠过，一如爱人在抚摸我敏感的皮肤。我欢声大笑，催马朝冈仁波奇奔去。突然，青马向前伏卧，我从马鞍上跌落下来，腰杆子断了，我痛苦的呼喊铺天盖地，心里反倒很平静……突然，有一条大蛇从身边滑过，湿漉漉的，美丽而光润。

吓得我睁开眼睛，发现抱着一条柔软的羊绒围巾，是梦。

吓得我睁开眼睛，看见帐篷顶的圆孔外亮着青而白的天。

吓得我睁开眼睛，猛烈的咳嗽来了，激烈的头痛又来了。

现实中，我多次骑马，曾有从马背上摔下的经历，但“腰杆子”未断。此时做这样的梦，预兆什么呢？

各种忧虑像一株株有毒的植物，在我体内迅速生长。我知道这是一种潜意识的惧怕，我怕我的病会发展为置我于死地的肺水肿！回想过去的旅途，我们也曾遇过不少磨难，但都化险为夷了。现在，在海拔4970米的高度，在“天”的支配下，患病的我是一个多么渺小而不安定的存在呀！即便我调动了全身毅力命令自己挺下去，可是，赖以行动的躯体却被牢牢地掌握在“天”的巨手中呀！我蜷在睡袋里，掐着欲裂的脑袋，开始了若能平安回家的遐想……

我要做个好母亲，让儿子在所有需要的年龄里都有一个最爱他的人。

我要做个好妻子，让丈夫在自己的温情抚爱中滋养醺醉、熨贴自若。

我要做个好女人，让自己的灵魂从此中庸不再充满大的热情与渴望。

我要做个好教师，潜心文学，育人教书，以此来实现我的人生价值。

……

呜呼，我发现我的思想深处有一种坚强在裂变！——我害怕我会死去，我害怕置人于死地的

肺水肿，我太想回家了！

不行，我要尽力与“惧怕”对抗。于是，爬出睡袋，先把医治咳嗽胃痛牙痛的药全部吞下。十五分钟后，服用预防感冒的“散列通”。半小时后，再服用“红景天胶囊”与“复方丹参滴丸”，绝不能让肺水肿发生！——唉，这些日子，服药量几乎是我一年的总和。

钻出帐篷，向西方眺望，我盼望丈夫与老阿爸早一点归来。离开帐篷，走向生气勃勃的朋友们。唉，我信念的鸟巢，悬在病恹恹的树桠上，已没一点蓬勃的气息了。

没多久，霞光随同日影，沉进了耸立雪峰。

看到夕阳西坠，老阿爸的牦牛们竟各自起了归心，高一声，低一声，发出或嗲急或沉稳的“哞”声，纷纷走上了回厩的路。眨眼间，大山里的暮色，像一盆越研越浓的墨汁，向四面八方泼洒开去，泼洒开去。天与地，一切的一切，几乎被这黑糊糊的夜色融化了。坐在牛粪火旁，我一边揪心撕肺地咳，一边看朋友们吃泡面。——他们有滋有味的吃相，竟然唤不起我一丁点儿食欲。我欹卧在背包上，有一种被昏厥包围被死亡吞噬的预感……

忽然，听到帐篷外有带嗲音的藏獒声，忙出去一看，阿弥陀佛，是卷裹着雪粒子的他们回来了！看着眉毛胡子上满是雪粒子的丈夫，看着老阿爸衰老而冷得铁青的脸，我冷重的心，有一种被羽化了的感觉！

2007年10月5日（晴）

早晨的太阳清丽而洁净，蓬蓬勃勃地射出万道温和而吉祥的光芒，大山深处因它而美妙起来。

昨夜，老阿爸他们不仅带来了推土机液压油，还带来了一个好消息。——到霍尔后，老阿爸带丈夫去了武警驻地，武警指导员带丈夫找到了替日喀则班车买票的杂货店老板，与班车驾驶员通了电话，并交足了轮胎预定款，这样，令人心焦的问题解决了！——三天后，班车驾驶员将从日喀则维修中心带来两条特拉卡专用轮胎。这一消息，不啻于昏天黑地中的一道灿烂阳光！

离别时，才旦老阿爸古铜色的脸上漾开的笑容也像阳光一样灿烂，我竟有了一些依依不舍的湿润情绪。——为感谢才旦老阿爸，丈夫把1000元悄悄放在那顶野兽毛皮做成的藏帽里。

徒步下山，边走边咳，边走边歇。什么都没背负的我竟走了四个多小时，比前天夜里负重上山还多用了一小时。——唉，丈夫能为我背负行囊，却无法替我拿走半点病痛！等到与分别两日的特拉卡相见时，三位男士不仅为它添满了液压油，还爱护备至地替它卫生了一番。睹之，我的泪水又来了！是感极而泣，还是悲从中来？我均闹不清楚。但我清楚知道：这物质的车子，此时简直就是一条大生命！我们五人的生命都维系在这条大生命上。——这是我们对特拉卡都生出了同一的认同、托付。

阿弥陀佛，我们的特拉卡又活力四射了！

坑凹不平的高海拔山路上，它的动力并没因高原缺氧而出现下降，老周仅用三档就轻松爬上了一道很陡的山梁。——这是最慰藉人心的！阿里的纯净阳光照着午后的山谷，所有的色彩都因这没有污染的阳光而眩目：白的是雪白，灰的是银灰，蓝的是碧蓝……沿着山梁下来，有名的“公主措”如期出现了。眩目的阳光下，湛蓝泛金的湖水有一种非人间的美，噤得大家只“啊”了一声，便手慌脚乱停车拍照。

我已经没有折腾的力气了，坐在车上看大家拍公主措。飙风中，无法使用脚架，四位男士干脆五体投地……为这非人间的美而匍匐，他们心甘情愿。举目远眺，我最偏爱的一个情景出现在眼前：在一弯纤细曲折明亮得眩目的水流边，还残存着一些浅浅的黄色。半山坡处，孤独着一间灰白的土夯房，一家牧民正要离开这里朝冬季牧场迁徙。小俩口驱赶慢吞吞的牛群追赶阳光和草地，几匹马背上驮着戴红帽子的孩子和一位辫子雪白的老妇人，也驮着简陋的家……于是，我换上长焦，待咳嗽结束时，开启车窗，拍下了一张“西藏映象”的照片。——迁徙的牧人与牧人周围的一切就是西藏的一种象征。

拍完照片，继续前行，我的咳嗽声又充溢了车厢。显然，这咳嗽声也在揪扯丈夫的心，以至他替我拍背时总是说：忍着，忍着点，到了霍尔，就去武警卫生所输液，我已联系好了……

趴在丈夫的腿上，干脆闭了眼睛，让“忍着，忍着点”盘旋于脑袋，我想在这样的“劝导”中将心里的杂莠再清除掉一些！

其实，昨天夜里，我已作过郑重思考。——尽管我非常心疼自己，但我也深知一切得靠自己的道理。忍是世界万物之间孕蓄着的一个至理，是伏羲八卦之中回旋的一个玄机。我只有忍着，

只有挺住，才能将绝望忍成希望，才能将濒死忍成不死，才能将生命推向某种极致！再者，执丈夫之手一同走阿里，犹如有一柄烛光带我向前，我还有什么不敢大步向前呢？所以，在徒步下山的4个多小时里，我没向丈夫流露半点“想回家”的心理，我一直在祈求自己：自己喜欢的事就力挺下去吧，即死，何憾？

下午五时左右，汽车拐过一座大山，眼前“豁然开朗”了。展现在我们面前的是一片宽阔无垠的高原腹地，海拔均为4500米以上。坑坑凹凹的国道旁，有一些种着青稞的石土相杂的贫瘠土地。矮小的青稞迎着大风，力挺着自己不屈的生命。不远处，犹如海市蜃楼一样，眩目的日照下，出现了藏式平掌房，出现了随风飞舞的经幡，还有隐隐的几声“鸡犬相闻”传来……竟让我觉得那儿不再是普普通通的烟火人间了！

其实，从丈夫叨念中，我早已知道那儿就是霍尔。霍尔的西北是神山，霍尔的东南是圣湖，霍尔还有武警卫生所。同时，根据我对四位同行者的了解，倘若不是为将我赶着送往武警卫生所，他们肯定会绕道2公里先去圣湖，因为，下午的光线柔和，能出好照片。——想到这些，一种永远诠释不清的感激蕴在我潮湿的心里！

先记下卫生员检查的数据，它们是“思想在壮大，身体在孱弱”的证据：血压130/85、体温38.2℃、血液含氧量76、心跳132。卫生员诊断：支气管炎、高山反应症。卫生员给我挂了一些什么药水，被呼吸机堵住嘴巴的我无法询问，不管了，反正它们都是救命的甘露。

武警部队的病房很安静，少有人员走动。一只蜘蛛从屋角爬了出来，轻脚轻手，在天花板斜角里织着一个图案生动的网；夕阳浸染着病房的窗子，淡淡暮色已在窗子前的树木间缓缓升腾；现在，三位男士开车去了玛旁雍措，一是先睹为快，二为明早拍摄踩点。无论我怎么劝说，丈夫都不肯去。此时，他趴在我身边睡着了，我手心里还有他紧握的余温……

于是，冒出一个念头：为什么患病不能像战争与爱情一样，成为文学创作的一个基本主题？

2007年10月6日（晴）

我像是经历了数个世纪的酣睡，在一种极度舒坦中醒来时，已上午9时。这对患病后就一直在做系列恶梦的我来说，无梦酣睡，是病体开始好转的兆头。此刻，我慵懒地蜷在暖暖的睡袋里，注目于空落落的房间，注目于丈夫放在枕前的八宝粥，独享着一份无言的孤单。——黎明时分，全体男士都驾车去玛旁雍措转湖了！

昨晚讨论决定：今日我一人去输液治病，男士们驾车去转圣湖，尽量争取黄昏时接我到湖边拍照。这个决定极为合理地使用了“等轮胎＋要治病”的一天时间，我赞同并极力促成了它。

对我们而言，千里迢迢，到玛旁雍措转湖，很可能就一生一次，缠着丈夫陪护而让他失去转湖机会，我于心不忍。矫情求逸，醉倒茜纱，我仅偶尔为之。很多时候，我还是爱以西欧电影中美丽女人的多情和勇敢为榜样。

于是，很澄明大义地劝慰自己：倘若一心依丈夫为靠恃，我遭遇的大彻大痛都会成为伪饰与镀金。挺住，忍着，这样的孤单也很精彩！——让他们藉此享受美景，让我藉此完成一次修炼造化。

走出号称“圣湖大酒店”的简陋小门，抬眼便见距离此地约10公里的纳木那尼圣母峰。圣洁的雪峰矗入天际，沐浴在柔和的日光里，像羊脂玉雕一样，纯白而温润；雪峰山腰上飘浮着一些带状云絮，渐聚渐拢，很像传说中神女歌舞的纱幔……

我知道圣母峰下就是圣湖玛旁雍措，此刻，男士们肯定已陶醉在诗句一样的圣湖美景中了。而我，除了神往，除了羡慕，还隐约着一种无奈的遗憾。

上午十时，准时到卫生所输液，又挂了诸多针水。宽敞的病房里，浓郁着消毒药水的味儿，明亮净洁的阳光撒在被褥上，很是煦暖。躺在病床上，从窗子向上眺望，天空湛蓝，白云游动在湛蓝里，有的上，有的下，很像一只蓝色酒杯里浮动的冰块。将视线收下，迤逦而来的是被窗外阳光刷亮的树叶。——尽自有缭乱斑斓中的层次分明。

思想在壮大，身体却在羸弱，我躺在病床上，想自己。

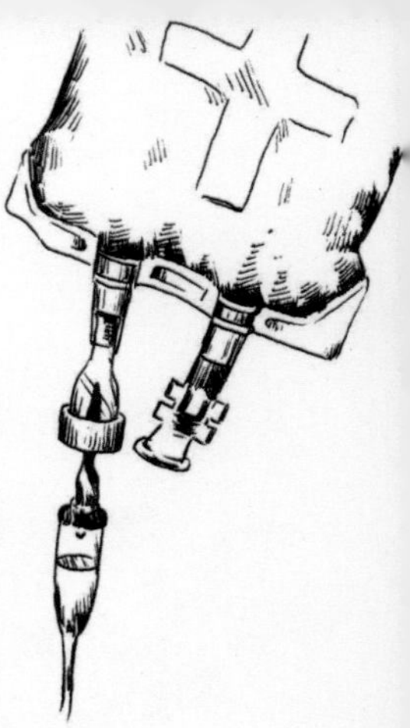

有人说过，人生疾苦就像一个可恶的魔鬼，在赐予你不幸之后，还要来车裂你的灵魂。此言不假，这可恶的魔鬼也将我狠“车”了一番，幸好，我的灵魂未裂！像这样以全副心智与意志抗拒魔鬼的车裂，倘若在安逸的生活中，我是绝对做不到的，这是濒临困境的险厄令我迸射出来的一种坚强。然而，那些已嵌入我记忆深处的惧怕，却时时令我有一种汗颜的窘，如何面对这样的窘呢？古人袁了凡斩钉截铁的话语占据了我的脑海：“以往种种譬如昨日死；以后种种譬如今日生。”这样想着，我的心才逐渐放松了一些。

身体在羸弱，思想在壮大，我躺在病床上，想圣湖。

掐指一算，圣湖的大美风光，令我向往已十年之久。结果，千辛万苦，寻它而来，现已近在咫尺，却无法围它一转！此刻，我只能躺在病床上，只能无奈地做一些于转湖无补的想象，只能将这些想象演绎成一个美妙传说——

很久很久以前，喜马拉雅山神用纳木那尼峰的融雪汇成了一个圣湖，让心爱的女儿乌玛女神在湖中沐浴。于是，黎明四处绽放时，冰轮徐徐碾过苍宇，乌玛女神踏波而来，像一剪泣露的幽兰，如一朵堕影的芙蓉，带着莹莹清露的气息和销魂醉魄的幽香。霎时，圣湖中央有一圈一圈的涟漪漾起，金色的龙宫开启了大门，可爱的鱼龙纷纷快活舞蹈。乌玛女神像一抹绿烟滑入水底，青铜镜一样的硕大湖面上，漫漶起金屑一样的光亮……有一天，苍宇布满了阴霾，几颗寒星眨巴着诡秘，把圣湖洇染成一片暗绿。乌玛女神身披蝉翼霓裳缓缓坐上了那块青灰礁岩，垂踝的青丝在晨风中颤舞。她出神凝视，怎么也看不清湖底的龙宫，怎么也看不清与她嬉戏的鱼龙。这时，她看到一个转湖人，也在为自己看不到碧蓝泛金的湖水伤心欲绝。于是，善良的乌玛女神从发髻上拔下金钗，投于圣湖，湖中立刻长出了一棵名叫“赞布扎西”的神树。神树光芒四射，不仅把龙宫照得金光灿灿，也把湖水照得亮若金屑……

据说，这个转湖人因此三生有幸，过上了快活无边的生活！

从此，人人口口相传，个个无限向往，前往圣湖转湖的人络绎不绝，人们以自我克制的苦行，或蹒跚而行，或等身长头，沉醉在虔诚祈神的幸福中。——由是，这泓永恒不衰的碧玉湖，不仅是响当当的“圣湖之王”，也成了人世间的快活之源！

所以，“到玛旁雍措一定围湖一转”也成了我的憧憬。——喝圣湖水，拣圣湖石，拍圣湖照……以之求得“快活之源”的护佑，快活一辈子，充分享有生活的福祉！可惜呐，千辛万苦，寻它而来，现已近在咫尺，却困于疾病缠身，欲喝一口圣湖水都尚不可得，围圣湖一转，快活之源，复于何求？——想到这些，我唯有黯然！

下午四点多，输液结束。

再次落实了“明早七时就到卫生所输液”后，我用围巾裹住头，忍着风，忍着冷，艰难地朝住店走去。霍尔本是一个很小的小镇，10分钟就能走完，但凛冽大风使我举步唯艰。——地卷风呼啸着刮过脏兮兮的土路，纵虽我将自己包裹得很严，仍能感觉到风的强劲撕扯，大风夹杂着沙石，把脸打得生疼，我只有背转身倒退着前行。回到住店，只有枯坐静等，我祈祷心爱的特拉卡快些回来。结果，仅仅半小时，这样的“坐等”就让我躁得发慌。最后，实在忍受不了这迅速膨胀的“躁”，我找到旅店老板，打算租用他的摩托，我将非常想去玛旁雍措的心愿倾诉于他。

显然，我的倾诉感动了旅店老板。但租用他的摩托，他说不放心，宁愿自己跑一趟，价钱为160元。于是，甚喜，与丈夫电话联系后，承坐摩托便兴冲冲朝圣湖奔去了！——哦，活了半辈子，我这才发现为自己心愿而赴汤蹈火是多么艰难又多么快活呀！

黄昏来临时，我已站在漫漶着金屑光芒的圣湖边了！——仿佛来自我演绎的那个美丽传说，硕大的“永恒不衰的碧玉湖”里，每一朵波光的撞击都闪烁着金屑一样的光亮！

碧蓝并闪着金屑光芒的圣湖呈满月形，很大，像一面平放于雪山下面镶满碎金的玉托盘；圣湖的后面是矗入天际的圣母峰，名叫纳木那尼。圣母峰之后，横亘着一系列雪白的山峰，属喜马拉雅山脉。这些雪峰高大而矜持，向天空吐露着一种特有的宁静；圣湖前是一片广袤的圹地，圹地上没一棵树，也没一条路，只横竖着几条深浅不一的车辙印，是鲁莽的探入者留下的杰作；夕阳的柔光里，经霜的矮草这儿红了一块，那儿黄了一块，极写着一种灿烂的醉态；很快，金屑灿灿的湖面就被西坠的夕阳融去了，几乎听得见暮色落在水面上的声音。——如一张薄网从天空飘飘落下。同时，湖上起了雪风，迎面吹来，不太大，却很冷。雪风将薄薄的云从东北方向的天底，一条一缕，扯向西南，弯在湛蓝的天顶上。湖面已不再平静，波光漫漶，还氤氲着一些无法辨认的雾。抬眼远望，西坠的夕阳正妩媚地投向冈仁波齐，神山就在距离我20多公里的远方。此时，它的形象更趋完整，仿佛人生于世的彼岸，圣洁而明净……

人一静，心自空灵，我的一片憔悴心情，全随漫漶波光而去。仿佛有佛祖牵引，我虔诚跪

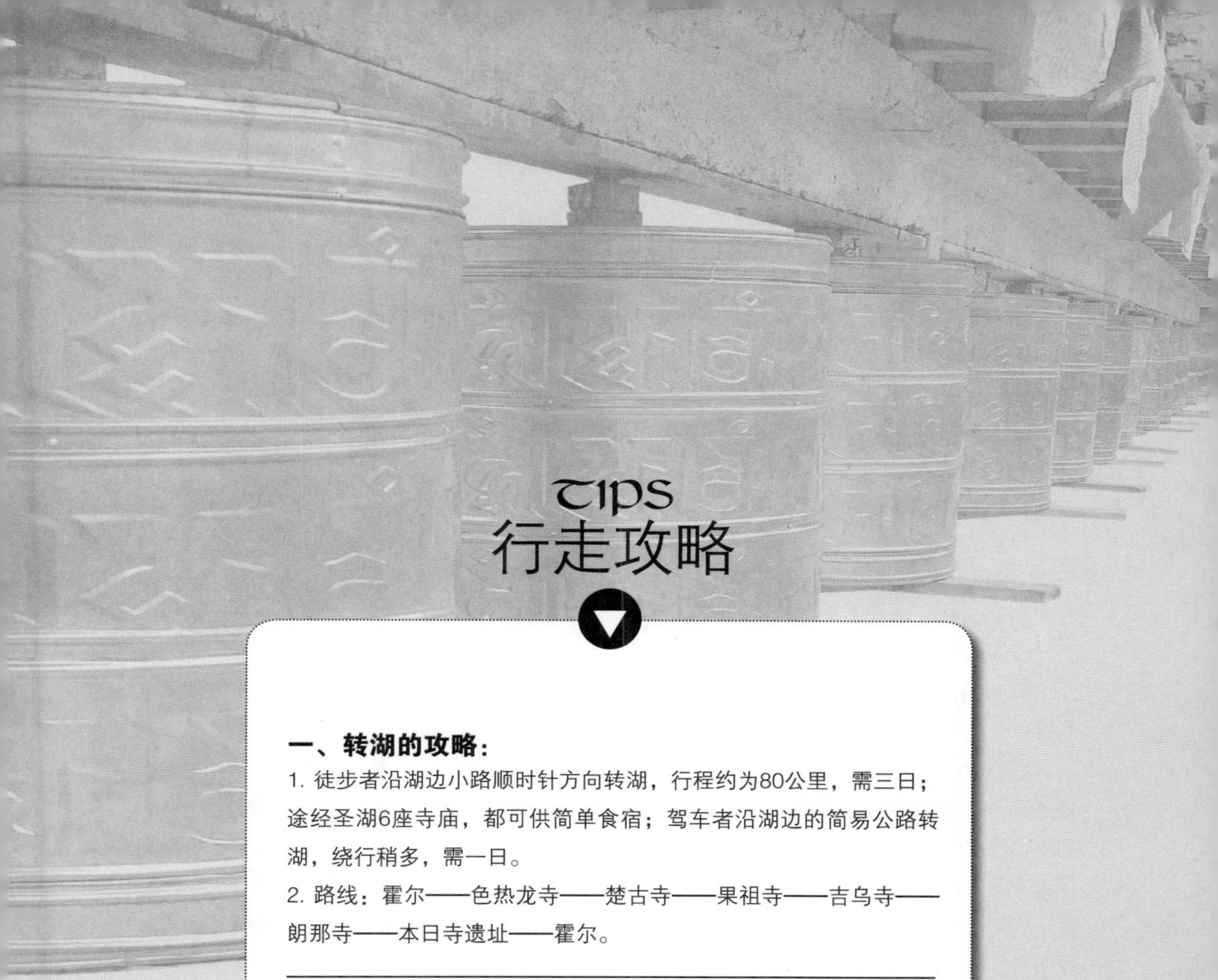

Tips 行走攻略

一、转湖的攻略：

1. 徒步者沿湖边小路顺时针方向转湖，行程约为80公里，需三日；途经圣湖6座寺庙，都可供简单食宿；驾车者沿湖边的简易公路转湖，绕行稍多，需一日。

2. 路线：霍尔——色热龙寺——楚古寺——果祖寺——吉乌寺——朗那寺——本日寺遗址——霍尔。

二、鬼湖：

过了楚古寺，从纳木那尼峰山脚沿窄长山丘攀登，得见“鬼湖”：拉昂措。睹之，啧啧不已。鬼湖海拔4573米，圣湖4588米，以狭长山丘相隔；圣湖是世界上最高的淡水湖，鬼湖却是著名的咸水湖；鬼湖周围不长植物，也无牛羊，无风竟会三尺浪，与袅绕无限意味的圣湖相较，有一种不敢靠近的寂灭。然而，鬼湖极富诡异之美，弯月的湖面、湛蓝的湖水、沾满盐渍的卵石白滩、湖中的褐红小岛，令人瞩望不已！

下双腿，俯身，掬起一捧圣水，连着天光一齐注入咽喉，顿时，我静成了一个通体透明的禅，整个人都处于“快活一生”的天启中！——哦，我无法描写出圣水往我五脏六腑一丝一丝渗入的感觉，我也无法描写出我五脏六腑都在颤抖的欢悦，我只知道虔诚下跪，只知道双手合十，只知道痴痴瞩望，所有的幽蓝之梦顷刻复苏，天籁一样的歌声在心中冉冉升起，仿佛响彻了天宇——

有一座神山在茫茫的草原上，
有一泓圣水依偎在神山脚下，
呀啦索……

2007年10月7日（晴）

今早7时，我准时到卫生所输液，现已过去三小时，还有小半瓶，随着出发时间的迫近，我心急如焚！

按计划，今天本该去冈仁波齐转山的日子。但在“如何转”的问题上，我们有了分歧：一种意见为“沿外转路线转山朝圣二日”，另一种为“沿内转路线转山朝圣一日”。再加上我刚病体初愈，任何一种转山方式都难以胜任，于是达成共识：先去阿里最西北的札达县，返回时再到冈仁波齐朝圣。札达深藏于冈底斯山和喜马拉雅山之间，距霍尔350多公里，那里有举世无双的奇观：东嘎、皮央村佛教石窟遗址、札达土林、古格王朝遗址。然而，由于路途多艰险，它连贯千年的人文景观，它巍峨壁立的亘古沧桑，一直是许多向往者长久的梦。

为不耽误出发的时间，我又加大了滴量，10:20，终于输完了液。与丈夫一同到队部致谢后，带上卫生员给的药片，匆匆赶回旅店。强烈的日光下，三位男士正在捆绑放在车顶的行李。——他们已将汽车检修完毕，换上的崭新轮胎泛着又黑又亮的光。

吃罢方便面＋火腿肠，提着灌满热茶的水壶，11时正，登车出发，心中有一种生之喜悦！——我从遥远的生命边缘终于爬涉回来了！

这里的天空是明亮得让人发颤的蓝，
这里的圣湖是碧透得让人销魂的蓝，
矗入天际的冈仁波齐也晶莹着泛蓝的光……
这些从未被人触摸过的原初，简直与盘古开天地时一模一样！

汽车在广袤的巴嘎草原上飞驰，如潮的美景，苍茫神秘，弥漫到视线以外的迢遥地域。湛蓝天空，雪峰之上，几只鹰隼翱翔，很随意的飞，给我一种定不了位的远远近近的感觉，不禁晕眩起来，一种美极了的愉快晕眩！

于是，不约而同，急呼停车拍摄札达县城全景。

TIPS
行走攻略

今日行程：

霍尔——巴嘎（17公里）——门土（74公里）——达索堆（130公里）——东嘎（83公里）——札达县城（42公里）

今日路况：

“搓板坑凹路”+“炒面灰路”。——今日所行之路大部分在海拔4600米的无人区，严重缺少维护的公路坑凹不平，甚至汪积泥水。结果，可怜的特拉卡被抖得几乎散了架，我们被颠得七荤八素；飞扬的尘土也趁“隙”而入，我们被弄得灰头土脑；在与蓄水的“汪洋”相遇时，只有下水试探，男士们被冰水冻得双脚麻木……

今日之最：

最长眼的是看到了众多野生动物，有藏羚羊、白唇驴、鹰隼、灰狼……

最爽心的是翻越属于冈底斯山脉的阿依拉居山口后，奇美的风景在无尽的大山间蔓延。其中，大片的彩色山峦与静卧其中湛蓝珍珠湖美得令人咂舌。——彩色山峦+一泓碧水=彩色锦缎+蓝宝石。

最万幸的是在巴嘎草原上遇下雨，而走巴尔一带的山路时没遇雨，否则，路窄弯急，泥烂路滑，肯定会困于大山不敢驾车寸步。

最心焦的是特拉卡也被“高原反应”缠上了！——在达索堆乡至东嘎的大山之间，坡度一大，它的“哼哼”声就显得很痛苦，指示器也亮起了红灯。停车检查，却又查不出何“病”。再次发动，红灯没了，惴惴再行，还不到10公里，红灯又亮……如此停停走走，直到换了空气滤清器，喝了农夫山泉，它才稍稍顺当地到达了东嘎村。

最无奈的是当我们在东嘎两顿并一顿的用餐后，已是下午6时，为避免走夜路，确保安全到达县城，大家商议决定，取消了在东嘎、皮央村看“佛教石窟遗址”的计划。

最兴奋的是我们在即将逝去的夕照下拍到了札达县城全景。当时是傍晚7：30左右，凭经验，发现许多颇具规模的苍褐土堆东一群西一片兀然出现时，我们判断札达县城快要到了。果然，8：40，穿过27公里的土林沟，一座卧踞在嵯峨土林中的恬静小城如期出现了！——与沿途所见的满是沧桑的秃山秃岭相较，札达小城给了我们一种扑面而来的蓬勃的生之气息！

即逝的夕照下，隔着美国西部大峡谷一样的广袤圹地远望：小城之上，湛蓝的天空很高很阔；小城之后，被风雨剥蚀了数万年的嵯峨山脊高低错落；小城之下，高而平的土山断面中一字排列着自然之手“雕刻”的十八罗汉，土山断面上则旷然平整，有房有树，有人来往，蓬勃着生之气息；小城之前，象泉河的大坑小洼里汪着一些懒得流动的河水，就连奔波了数万年的白云也带着一种亘古沧桑，趴伏在嵯峨的山脊上喘气……

札达县城很小，仅有一条约500米的街道。但因为海拔仅有3760米为阿里少有的低海拔县，而成了一个让800多人口安居的偏隅之地，纵虽它封闭在寸草不生的土林之间。

今晚，天阶夜色如水，把近处房屋与远处土林层次分明地连缀在一起，令人浮想联翩，意会无穷。我们在水利宾馆入住，难得的标间，清爽干净。服药后趴在床上小憩，转瞬入梦，时间很短，仿佛也很长。

我梦见圣湖中有一座龙宫，用灿灿金光撑开了一泓邃蓝的湖水，乌玛女神踏着浪花从圣湖中亭亭浮起，素洁的霓裳随风轻盈飘舞。女神笑盈盈朝我走来，空气中漾动着细碎的环佩声和销魂醉魄的幽香。我惊呆了，快活得颤栗，快活得想哭，我喃喃自语，说我是俗人，有衰飒的病态，有满脸的憔悴……但乌玛女神说她喜欢，一如佛祖都爱惜有心向它的凡人。她让我啜吮圣湖水，她送我一枚鱼形的圣湖石，她与我手挽手徜徉在圣湖畔……

被丈夫摇醒，催我洗了再睡。纵虽南柯一梦，却也陶醉无比。——一种精神上的愉悦正温柔地在我的身体里弥漫！于是，慵懒地赖在床上，与丈夫絮叨还不断往睡眠之门外面沁透芳香的梦境，猛然记起生病时扎西发来的短信："朝圣路上外在的苦难越深重就越能得到神佛的器重……"

顿时，睡意全无，一骨碌坐起，留下了这些犹如进入佛门的记忆。

2007年10月8日（晴）

独步于绝境一般的札达土林，至始至终，我都处于一种明亮的出神状态。面对人间难寻只有这里才有的深远意境，心扉被叩问得砰砰作响，从而触及到贯穿世界时空的太一之链的神秘交响："这里本来怎样？将来又会怎样？……"

独步于迷宫一般的札达土林，至始至终，我都处于一种触及灵魂的撼动。札达土林是资源，是物质，也是一个凝聚着思想光华的艺术世界。在它沧桑而恢宏的物质美中，也蕴含一种朴素而邈远的精神美。

所以，如何才能准确、形象、生动地介绍这一世界奇观呢？显然，"高山仰止，景行行之"式的颂歌，已丧失阐释学前提而沦为了一个空洞的成语。思索再三，我决定用多角度的方式来述及，也尝试着将回流在我与土林之间的交响诠释出来。

一、摘录"科学考证"准确介绍札达土林

1. 数百万年前，札达一带曾是一个方圆500多公里的湖泊，喜马拉雅造山运动使湖盆逐渐升高，逐年递减的水位冲磨出了惟妙惟肖的"建筑物"层高。后来，露出水面的平顶土山又经风雨数万年的侵蚀，终被大自然"雕琢"成万千形态的札达土林。

2. 札达土林堪称世界奇观，由侏罗纪、白垩纪、第三纪砂砾岩与红岩泥构成，属于第四纪次生构造地貌。札达土林长约110公里，宽30多公里，它通体光裸，层层叠叠，沟豁纵横，气势恢宏。其中，毛刺沟土林最具代表性，它绵延27公里，千姿百态，十分壮观，阿里地区已将之列为重要的旅游资源，现正在申报"世界自然遗产"。

二、摘录"拍摄札记"形象介绍札达土林：

1. 清晨，按预先制作的路书，出札达城，驾车沿老路朝狮泉河方向行17公里，寻得大片开阔土林。当时，晨曦才起，视野所及，全是一些冷调的灰褐色土山，其间有一二棵绿树与少许草滩，壮阔无比的喜马拉雅与冈底斯山脉，犹如两条雪白的巨龙，翻滚在这片土林的极至之处，这里是拍摄“土林绿洲”的最佳地点。为表现“沧桑与生命”这一主题，审视良久，我选择了一段与残破城墙十分相象的土林做前景，让一棵绿色独树远远处于视觉的延伸点上。——残垣土林与绿色独树遥相对望，蕴有一种凄楚的较量，既凸现了图片的沧桑感，也强调了撼人的对比性。朝阳升起来了，鲜红鲜红的，成了莽苍土林上最动人的一笔。我采用较低照度，囊括了低洼处的一线黄色草滩。——低照度不仅使残垣土林的肌理更加明显，也丰富了一线黄草滩的可读性。

2. 正午，我们回到札达城象泉河畔，打算用黑白胶片拍摄托林寺遗址。札达土林缺氧，缺雨，缺绿色，唯独不缺阳光，遗址上的石块瓦砾被烈日炫得十分刺眼。曾几何时，这里不仅是苯教的发祥地，也是格鲁派、噶举派的弘扬地，现却满目荒芜……即便再荒芜，托林寺遗址尚在，残破的佛塔尚存，并自有一番袅绕于其间的邈远与神秘。怎样才能表现出如此意味呢？我盘桓于残塔之间，寻找拍摄的最佳角度。最后，我选中一座泥石很参差的残塔做主体，背景为高耸的土林与象泉河谷，并将拣来的陶器碎片和兽骨散置于一旁，利用正午顺光拍摄，使残塔上的参差泥石更凸显风霜感，突出了札达遥远而凝重的历史。——既强调了时间的无情，又蕴含着一种“看不见”的神秘。

3. 下午，我们在毛刺沟土林东拍西摄，纪实的照片基本雷同。等到太阳偏西时，我们登车向南，朝通往古格遗址的路前行1公里，找到了日落时分拍摄象泉河谷和土林峭壁的最佳位置。于是，将脚架竖起，耐心等候，一俟夕阳，眼前的景致肯定大放异彩……

果然，夕阳的光辉将土林的陡壁镀成大块黄金，凸现着令人倾慕的灿灿！

突然，我发现夕阳照在一块陡壁的凸凹处，正好形成了一个绝妙的“X”构图。明暗有致的山纹，深浅不一的色调，如此的光影汇聚，美妙异常！我立即奔至“X”光影的中心处，丈夫随即按下了快门！——周围很静，很静，静得如同将我活跃的心整个儿镶嵌在这陡壁金灿灿的凸凹处。

果然，夕阳的余晕将象泉河谷洇染成闪亮白银，凸现着诗句一样的晶莹！

当时，绚烂晚霞已迅速褪去，玄远流水还在幽幽流动，万物之间，一种澄明韵律在对流互注，或凄凉，或晦暗、或惆怅、或失意……犹如置身于李商隐诗词意境之中。——笨人笨法：在如此大场面的高角度俯拍中，我用横、竖画幅各拍一张确保日后不生后悔之意。

罗丹说：“生活中不是缺少美，而是缺少发现。”——此言得之。

三、摘录《札达·下游有草》生动介绍札达土林：

藏语“札达”之意：“下游有草”。

古时，札达是望不到涯际的大湖，是云和梦的故乡，或神仙的故乡。

不知何年何月，古湖的浩淼大水消退了，留下一个鱼米之乡的盆地。

那时，札达的千里沃野上长满了肥壮的牛羊和花朵，飞翔着鹰隼和流云，也飞翔着人类的梦想。——富饶的札达曾是古格人栖身的美好家园与藏区最大的粮仓之一。

好多年过去了，岁月沧桑得像一阵凝固的风，吹干了札达的芦丛和水源。

好多年过去了，自然用巨手将平顶土山塑成了让人叹为观止的札达土林。

札达土林很荒凉，遍地的黄土砂砾与孤零零开放的小黄花令人忧伤；

札达土林很壮观，它怀抱中的札达小城就是一个铺开的追忆和梦想。

札达土林很自然，是自然的，就是天意的，是天意的，就是神授的；

……

慕名而来，独步于神授的札达土林，仿佛步入一个千变万化的深邃天体。

札达土林逶迤于“世界屋脊之屋脊”上，雄浑浩大，横傲天宇。沉默不语的坍塌、危纵、沉积的山象，实实在在地凝铸了远古地层深处剧猛而又舒缓变化的壮阔景象。札达土林除了黄土，就是黄沙；札达土林鸟儿不飞，草儿不长；札达除了风声，就是佛地一般的阒寂……

于是，我将札达土林喻为一曲阒寂之至的“塞外绝唱”！

阒寂之至，其实是札达土林千万年沧桑变迁累积的一种智慧。

千年万年，造型迥异的札达土林不着一语，它们以玄机为耳，为眼，看水退山露，随风雨雕凿，任雪融日曝。

水退山露，札达土林便秀在山巅；

随风随雨，札达土林便奇在阿里；

雪融日曝，札达土林便雄于冈底斯与喜马拉雅山脉之间。

任随雪融日曝，札达土林守住了满腹的风雨之声；任随风雨雕凿，札达土林守住了天宇的千古之谜，在佛地一般的阒寂中，孕育、诞生、成长、回归，从此天真地秀！

佛地一般阒寂的札达土林，偶有游人来。但凡游人绕过都不经意，他们只倾心土林眩人眼的色，只瞩目土林悦尘心的形。指指点点，说像庄严庙宇，像高耸佛塔，像宫殿废墟，像骠悍马群，像神佛静坐，像勇士戍边……却不知许许多多什么都不像的粗犷土林已满腹冰雪，满腹风雨，蕴满了一种经过绚烂之极又复归了最初的平淡……

于是，泫然而泪，满腹的风雨冰雪，又复原成一场旷世的阒寂！

土林因阒寂而神秘，而成了风景，札达也因土林而被世人传颂！

圆天如盖，丘壑迷蒙；造山运动，惊心动魄；岁月递遭，无声无息；江山老去，缓慢坚定；无言的死，无限的活……——这是一种摄人魂魄的进化，也是一种撼人心腑的修炼。正基于此，“世界屋脊之屋脊”上才出现了象征着“浩淼湖泊、肥沃盆地、平顶土山、土林奇观”的不灭形象！

土林的天空很湛蓝，碧蓝之发暗；土林的空气很澄净，清纯之滞沉；土林的天地间，既没云丝，也没风缕；既没有鸟翅膀滑过的痕迹，也没有人间纷纭的搅扰；只有向阳的土林，满呈一种耀眼的褐黄，紧贴在蓝宝石一样的天空下，如同永远固封在顶天立地的蓝水晶之中，让人猛然悸动起一阵皈依天宇的无奈与阒寂……

在札达土林，我无法抵挡天真地秀一次次浸入。

札达土林阒寂，我也阒寂，也静成了其中之一！

归途中，除了惊叹，还是惊叹！

这样的惊叹冲击着我的感情坝堤，于是，想把这曲“塞外绝唱”写出来，却发现它的荒远、冷阔、悍烈、阒寂，全是一些动人的存在，没故事，没情节，不容文字去描写，就像某一时期的文学，能分享，能陶醉，却无法再现。

然而，这样的惊叹又让我欲罢不能，于是，不管三七二十一，便用《札达·下游有草》来敷衍自己了。

2007年10月9日（晴）

“漠漠黄沙万里，奔你而来，莫非你就是，就是我心中的那座古城？”——纯净之至的蓝天下，卵石陈横的灰褐山丘，连绵不断；清凌凌的朗钦藏布，弯弯曲曲；叶子灰灰的沙棘，密密匝匝；只会生长苍凉的坡地，层层叠叠……带着一种鸿蒙初始的荒古，在静悄悄延伸着，冥冥蒙蒙地消失在天边隐约的山影中。午后，我们从札达县城驱车18公里来到札木让村，瞻观心心念念的“古格王国遗址”。我们在管理员的带领下，停车步行，绕过村子，费劲登上一座山丘，天边隐约的山影一下子变得清晰起来了。还来不及印证它是“古格王国遗址”否？眼前，骤然出现的景象：全身布满繁复“蜂窝”洞穴的高大废墟，沿着山势层层叠砌至山顶的高大废墟，竟如此没商量地一下子揪住了我的心！——“漠漠黄沙万里，奔你而来，我心中的古城呀，你为何只剩下一个曾经辉煌过而现在仅存沧桑的简陋轮廓？”

远视，高大的废墟如山，灰白褐黄地镶嵌于蓝天间，巅顶有一间修葺过的土掌房，褐红土墙，很是耀眼，滞留着一种洪荒的余韵；近视，高大的废墟如倒扣的古钟，置放在天与地的罅隙里，其上凹凸着难以计数的被炊烟熏黑的洞穴，很像这一倒扣古钟的眼，精灵一般，闪着深不可

解的幽光。

默立于“古格王国遗址”石碑前，高大废墟为背景，我们留影纪念。

门票128元一张，没有半点犹豫，我们都买票入内参观。——1. 即使遗址上什么都没有，也应为它的保护经费作点贡献；2. 为瞻观它已奔波万里，嫌贵不入，傻蛋；3. 只有攀到遗址顶部，才能拍到气势苍凉的大场面。

环顾，遗址四周是一大片触目惊心的荒塬，一坡一坡的卵石中残立着许多稍具房屋轮廓的残垣，沧桑到近乎一种苍凉。就连大山一样的遗址上，也突兀着一种寸草不生的残酷。环顾，遗址四周，有一种绝对的平和淡远的阒寂。阒寂的不只是沉落了数百年的古格王国，还有我们不敢放肆的脚步，以及波晃在废墟上刺痛人眼的阳光。就连土隙里干枯得像木乃伊的几根草茎，也向天空吐着一种特有的沉寂。跟在管理员身后，我们从山脚入口处，沿铺满浮土的土径登遗址，想对已成荒古的古格作一番窥探。恰在这一刻，乌云蔽日，飙风乍起，沙土飞扬，我不禁眩晕起来，一种即将步入神秘的梦幻眩晕。——风声在耳畔凄啸，仿佛呜咽着迷梦一样的古格岁月。

无人，最底层的民宅还在，尽管洞穴一般，还幻化着所消失的时光；

无人，居中层的寺庙还在，尽管残垣断壁，还光耀着所暗示的箴言；

无人，最高层的王宫还在，尽管空无所有，还潜伏着所蕴涵的权贵。

若按藏族“王宫＝天界”的眼光审查，古格王宫也突出了“如临天界”这一特色：1. 古格王国遗址范围很广，主要建筑排列在一片开阔圹地中高约170米的突兀小山上；2. 古格王宫位于山顶，远视，大有从地面跃起而升入云层的效果。所以，与最具有“天界”之感的布达拉宫相较，古格王宫也是一座典型的西藏古堡建筑，也是一座依山建筑“如临天界”的宫殿，也拥有“人神共途”的神秘历史。正基于此，残存建筑中，凡寺庙尚都保存较好。其中，红庙、白庙、度母庙、轮回殿、坛城殿的壁画、唐卡、木雕，堪称古格一绝。而那些倾圮不堪的城墙、夷为废墟的民宅、装满风声的碉楼、人工开凿的暗道、以及曾经珠宝遍地而现在空无所有的王宫……则像一张一张愕然的大嘴，只能以废墟与浮尘默数岁月，它们况然意味着，意味着一个曾经辉煌无比的王国的沉落。

唉，古格王国的沉落是一种永远的遗憾，遗憾得连历史都不愿接纳，至今仍是历史之外一团神秘的荒塬。所以，这样的沉落很像文学作品中的空白格，也成了一种最高的想象。譬如，如山的遗址上，许多泛着熏烟的洞穴，圆的圆，方的方，就像满山的将文字欺得轻如鸿毛的空白格……

于是顿悟：一切都不必说了，自己看去吧，想去吧！

“1985年，我们西藏自治区文管会对古格王国遗址进行了实地勘测。遗址存于朗钦藏布河畔一座高300米的土山上，占地约18万平方米，总面积约72万平方米。遗址分上、中、下三层，依次为王宫、寺庙、民居，外围建有城墙，四角设有碉堡，房屋445间，窑洞879孔，碉堡60座，暗道4条，洞葬1处，壁葬1处，木棺土葬一处、残塔28座，供佛洞窑4座，大小粮仓11座，武器库1座，石锅库一座。古格王国遗址是我国第一批重点文物保护单位之一，现正在申报世界文化遗产……"

管理员在他的讲述中沉醉时，我正对着红殿中保存尚好的“佛陀升天”壁画发楞。壁画正中，是端坐于祥云之上的佛祖，恬静庄严，极有来世韵味；密乘佛母，密集百圣，护法神等列于左右，嗔怒笑嘻，极似灿然众星；其中，踩云梯接引佛陀的女神最吸引我的目光，圣洁的娇美面容，婀娜的娇软身躯，胜雪的娇嫩肌肤，纤嫩的娇小玉足，袒露的双乳腹部，生香的轻薄霓裳……渲染着一种人间难寻唯有这里才有的魅力。

纵观以“佛陀升天”为代表的壁画和天井彩绘等艺术遗存，厚重沉着，繁缛华丽，为世间罕见。它们的布局井然有序，通常以中尊大像为主体，小像排列于四周；它们的颜色对比强烈，大都以红色为主调，兼用青、绿，色彩；它们的题材丰富多彩，囊括了天神地魔、动物植物、礼佛辩经、鼓乐舞蹈……古格王国的艺术遗存是西藏不可多得的珍奇。

我沉浸在“佛陀升天”壁画绽放的美妙中，冥想不断，流连忘返。

我于惊叹古格王国曾经的辉煌与现存的沧桑之外，更为古格王国创造的伟大文明而自豪！它毕竟让这里成为人们栖身的美好家园和佛教重新“上路宏法”的所在。——史载：创建世界上唯一的“土林城堡文明”的古格王国是吐蕃王朝解体后400年间最为强大的王国。

走出红殿，恍若重返人间。举目四顾，同伴已在巅顶。于是，按管理员的指点，我钻进了一条昏暗的仅容一人通过的隧道，朝顶巅急急攀去。

巅顶，我们渺小而挺拔地站在灿灿苍穹里，环视雄风犹在的庞大废墟，叹吁不已；巅顶，阳光耀眼却没有一点暖意，飙风凄厉并带着无尽寒气，一阵紧一阵地把倾圮的“墙”剥蚀成漫天沙土，呛人鼻息地肆虐着我们脑子的关于古格的美好感觉。

于是，忙着替相机带上防尘罩，迅速逃到坛城殿一侧的残破碉楼里。除了打着呼哨的风声，碉楼里已什么都没有了。我趴在半截土坎上，俯视令人悸颤的古格王国遗址，心里有一种说不出的凄恻。

极致处，壮阔的喜马拉雅与冈底斯山脉，两条雪白的巨龙一样，缠绕在世界屋脊的边沿；较远处，恢宏的札达土林连绵不绝，犹如自然界里的兄弟姐妹相拥而立；稍近处，遍地都是稍具房屋轮廓的断壁残垣，土穴上的焦黑是岁月留下的疤痕；而眼前，则是曾经辉煌灿烂现已残破不堪的古格王宫，修葺过的红色土掌房是唯一的亮点，还蒙着一点慰藉人心的光耀，就连当年镶金嵌银的大佛塔也风化成了触目惊心的一抔泥土……

举目四顾，让视线咬住遗址的每一处景物。

心意飘渺，让想象幻化出遗址蕴藏的玄机。

想象中，仍能想见：当年，在“世界屋脊之屋脊”的古格王国，有一种美高过了人类的头顶。——太阳的金草帽，悬挂高远，戴在山神的头上；通天的孔雀河，泱泱静静，坦荡得没有一点波浪；成熟的青稞，堆成了逶迤的垛子，任阳光从清晨洒向黄昏；成群的牛羊，唱着一个腔调的牧歌，逍遥在“下游有草”的草甸上；善良的古格人，裸着黑黑油油的臂膀，将日子灌满了歌声与笑语；天籁一样的驼铃声，自由自在，叮咚在丝绸之路上……神把所有奇妙的给予都变成童话中的五色花，抛满在他钟爱的这片土地上！

然而，谁又能料想，神钟爱的土地上，同样也窝藏着复仇、侵吞、杀戮？同样也混夹着历代征战的呐喊与鼓角？

公元800多年，第十一代赞普朗达玛施行灭佛政策被刺身亡，嫡孙吉德尼玛衮逃至阿里，因祸得福，作了头人的女婿，遂统治了阿里。晚年，吉德尼玛衮将阿里划三围之地分给三子。即：湖泊围绕之地“日土”分给长子贝吉衮；雪山围绕之地“普兰”分给次子扎西衮；石山围绕之地“古格”分给幼子德祖衮。

公元800多年，德祖衮在古格称“杰布仁波切”，掀开了古格王国700多年历史的序幕。

之后，德祖衮去世，长子柯日按诏继承王位。但，柯日采用“一舍一取”的惊人之举，决意善待佛教命根，出家为僧，禅让王位于其弟松艾。在兄弟俩“政教合一”的治理下，建立不久的古格王国走上了兴盛之路。【资料：古格王国最兴盛时，北抵今克什米尔境内的斯诺乌山，南界印度，西临印度占有的克什米尔（古称“拉达克”），东至冈底斯山麓，成为了西藏纷乱400年间最强大的王国。】

公元1630年左右，遭遇“僧侣内乱”灭顶之灾的古格王国被同宗同教的拉达克人占领。即：当年获得“湖泊围绕之地贝吉衮长子”之后裔。

公元1683年，噶厦政府派出藏蒙联军收复了日土、古格。

公元2008年，古格遗址一带，仅居住着非古格后裔的十几户人家。——有人说：短期之内，古格王国的秘密是难以解开了。

在我看来，古格的狩猎声砸夯声歌舞声，复仇杀戮的兵戈撞击声，蒙难老幼的嚎哭声，塞外夺宝的呐喊声，宗教纷争箕踞的诵经声……早已在历史时空中化为了一些不可捕捉的微量元素，早已在时间土壤里孕成了一系列无从考证的千古之谜。所以，把古格王国的“根系”捋清楚，难，且没什么实际意义了。而当务之急，最应关心的是如何才能让古格王国遗址永存，最应企盼的是如何才能让古格重新具有一种高过人类头顶的美！

肆虐的飙风是何时停息的，我浑然不知。只感到耳畔有一缕风声，正在用神话中的笛音，将深陷于梦幻中的我轻轻唤醒。唉，常流常新，是文明永不枯竭的保证。废墟一样的古格，如何“常新”呢？我心忧，风知否？此时的遗址，很像一位耄耋老人，懒散、麻木，沉沐在一如既往的夕阳中。

黄昏，有褐红的土墙在遗址废墟中耀眼。

夕阳，抹废墟以金黄，让褐红更光彩。远处，有二三只灰雁轻捷地在朗钦藏布的亮波上憩息。一群唤不出名字的鸟，高高地从废墟边沿远飞，如蓝天里远远飘去的一片灰云。而地面上的一些枯叶，又在黄昏的旋风中旋了起来，很像纷飞于天上地下的冥钱。

黄昏，有褐红的土墙在遗址废墟中耀眼。

夕阳，抹一位黑瘦的僧人以金黄，他左手轻捻佛珠，在阒静的巅顶慢慢悠悠踱步。很想与他搭腔说话，却遭到他漠然一瞥：是鄙夷，是怜悯，抑或是丝毫也不关心？很想参透他的内心，却无奈于无缘对话：是在思索冰冷的涅槃？是在思索不长根茎的花草？抑或是在叹息古格王国的沧桑命运？

……

并不如血的残阳在款款下坠，暮色中的古格遗址很荒凉。遗址管理员将遗址大门锁好，甩着他的钥匙，叮当作响，慢悠悠回家。他身旁的庄稼很矮小，茂盛的倒是那叶子灰灰的一丛又一丛的沙棘。登车离开时，回过头去，再看夕照中的遗址，心头忽然涌起“西风残照，汉家陵”的惆怅和一种凄绝的美感。——只有神才能用包容一切的口气感叹善恶起伏的世界“真是太完美了”，而我们除了赞叹之外还能说些什么呢？

于是，对着耄耋一样的古格遗址，我们大声喊道：古格，愿你永存！

结果，天地传来了复制的喊声，只是在尾韵中有我潸然而下的泪珠！

有诗云：

夜垂峰绵阔，纵横土林首。盛成七百载，驰骋沃疆远。禅让柯日尊，桑布阿底峡。

绝绘壁画顶，藏兴后宏期。弃佛弘异教，隐隐十六王。梦尽王断绝，悠悠古格魂。

后裔忽飞驰，犹今无形影。谜胜星繁闪，岁涌象泉河。惜别藏源土，岁月蹉跎古。

2007年10月10日（晴）

将去未去的月牙儿，悬挂在逶迤千里的土林之上；月下的札达小城，黯黯在冷飕飕的天籁之中；汽车引擎的轰鸣，惊扰了水利宾馆这一片岑寂的冷域；宾馆服务员手揉睡眼走了出来，军棉大衣下露出艳丽的藏族裙褶；铺天盖地的晨风寒彻肌骨，我急忙用围巾把脑袋裹得严严实实……

结完账就要离开这里了，我们仍走阿里南线返回塔钦。——原因有二：倘若走阿里北线，从狮泉河至拉萨，全是我们都不愿再体验的广袤荒原，它除了野生动物，已没什么可拍摄；按原路走阿里南线，从札达至塔钦，打算弥补一下来时有遗憾的镜头，然后去完成我们的转山计划。

札达县城约500米长的唯一街道上没有街灯，冷寂而凄清。

默默站在交通宾馆的台阶上，我在与札达告别，心情有些凄恻，很像这一片封闭在“世界屋脊之屋脊”上的冷域。我以为，札达一带，是大自然给人类亮出的一张鲜艳红牌；札达一带，是少有人涉足并难以正确形容的人世最高高原。尽管如此，此时此刻，我的脑子还是冒出了以下六个形容词试图概括它：

荒远，高峻，恢宏、悍烈，贫瘠，冷寂……

这样的概括是否全面？不想评说了。我只想说它们全是我的真切感受，也是我凄恻的原因。——在计划书上，我们如此书写：札达一带，自然与人文景观都相当丰富，此地需要3～4天。而实际呢？先是不顾一切地奔来，一路苦行；现却逃也似地离开，一怀凄恻。

老实说，这截然不是“叶公好龙”式的神往与憧憬，也不是无距离切入后“不过如此”的喟叹与退却。我以为，札达之于我们，如若说是一种“观赏”，倒不如说是一种“凭吊”。危崖千仞的大山巅峰，阒寂之至的札达土林、废墟一样的古格王国、被岁月掩埋了的骇世之美、除鸣虫尖叫再听不到任何声音的黄昏、植根于沧桑还被荒凉覆盖的贫瘠生活……还有那些令人感动令人汗颜令人心忧却又只能望其项背的境界，在如此多的“托举抛跌”中，哪个的心情能不痛彻？谁人的步履能不沉重？昨晚到现在，丈夫的沉重诗句一直在我心中闷响：天界古格成土墟，千载伤心听风声。唉，札达一带深刻悠远的底蕴，将永远超出于我苍白的思想和探求之外，札达一带的“荒远高峻恢宏悍烈贫瘠冷寂”的大美，渺小的我将注定无法深入了！

转眼之间，汽车已驶出了札达小城。我在回眸，男人们也在回眸。偶尔的叹息声中，是否也有我一样的心情？

车窗外，黎明的微光在残破的佛塔之间缓缓升腾，托林寺遗址的石砾子氤氲着一层闪亮的梦幻；浅浅的孔雀河像一绺忽宽忽窄的灰色带子，朝前伸延，拖曳着一片枯黄，是曾经

的绿色；恢宏的札达土林一望无际，寸草不生，绵延着一种又厚又重的沧荒……

驶出27公里长的土林沟，爬上高坡，走札达新路，找到了拍摄土林全景的最佳处：脚下的土林沟壑纵横，一直延伸到遥远的天边；而天边地平线上则是喜马拉雅泛着银光的一排雪峰。于是，停车等待日出，盼望旭君能成全我们对札达土林的最后拍摄。

这时，泛着银光的喜马拉雅山脉上，已横着一条胭脂色带子。其上方，是暗蓝色的厚厚云层，其下方，是褐黄灰白的恢宏土林。不久，上方的云层淡了，白了，黄了，而下方的土林，也染上了一点亮光。几只被惊扰的鸟儿，鸣叫着从我们眼前飞过。望穿双眼的太阳却一直躺在厚厚云层里，不肯露面，唯有一线排开的雪峰银光闪耀，如创世之初。

满天都是一动不动的云絮，满地都是沧桑之至的土林。

飕飕冷风中，我们一直坚守在制高点上，盼望苍苍茫茫的土林上能出现一道金光从云缝中射出的景象。——经验：眼下虽是浓云满天，但天边却很空廓，且有飙风，估计会出现精彩瞬间。等啊等啊，厚厚的云絮等白了，黄了，亮了，老了的太阳却一直等不出来……

时间不待，只得作罢，于是永诀。

唉，太阳老去了，白云老去了，曾经被神眷爱的札达也老去了。——它颤立在天与地的罅隙里，犹如一个进入佛界的耄耋老人，让我们回望它的眼睛，都充满了泪水。

曾以为，阴沉的天气，凄恻的心情，漫漫归途将索然无味。

殊不知，归途犹如画轴倒卷，太阳送我们回到曾经的梦境。

如盖的圆天，迷蒙的四野，天际无限寥廓、沉寂。老了的太阳一直睡卧在厚厚云絮里，奋力爬坡的汽车"哼哼"地重复着一个老调。

从海拔3760米的札达县返回4586米的塔钦，多是上坡路，行程约为270公里。随着渐行渐高的海拔，层峦叠嶂的土林在逐渐减少，我们又重新回到了绵延千里的耸峙大山中。向窗外望去，一条蜿蜒在大山间的土路兀自向上延伸，高峻而肃寂，仿佛一直要进入颇具威慑力的寒云深处。众多的寒云挤兑在一起，越积越厚，令人感到一种归途索然无味的绝望。不知走了多久，兴许两小时了吧？当彩色山峦＋珍珠湖出现在视野中时，谁都不曾料想，老了的太阳竟从云缝中挤出来了！

嘿嘿，阿里高原上缺氧，缺雨，缺绿色，就是不缺阳光！

此时的太阳极小，它刚刚出来，湿漉漉，带着几许的暖暖，很像古典文学作品中描写的："射出了燃烧的金箭……"而高原却极大，它大写意地横亘着，凭祥博大，近处的山梁色彩丰富，层次分明，远处的雪山银光闪耀，亘古如初，一任我们的浩叹融合在五光十色的姿彩里。

霎那间，我的心被这"射出了燃烧金箭"的太阳暖热了。思绪的漪纹，扩散到无限，眩晕在4500以上的银光闪耀中。这是一种不可言破的天、神、人三位一体的伴随与呼应；甚至是扎西说的"朝圣路上的外在苦难越深重就越能得到神佛器重"的又一验证，我有些明白关于"虔诚"

等箴言的含意了。

车行于4500米的世界屋脊上，上天的晴朗像一块块被云朵隔开的田；车行于4500米的世界屋脊上，大地的壮美如创世之初的泼彩画卷，啊，光芒四射的太阳将我们送回了曾经的美妙梦境：

那拒绝一切喧嚣与彩色的喜马拉雅与冈底斯山脉
那被原始神话与现代传说一层层包绕的雪山圣湖
那红艳在雪地上零下三十六度都不死亡的雪衣藻
那突兀在强烈阳光下的孤独帐篷、牧人、牦牛群
那闪过一群藏羚羊、白唇驴的平缓冈峦
那挤奶姑娘离世俗社会很远的清纯目光
那无言恩泽着大地与人烟的江河之源
那飘扬在雪山顶旗帜一样的乳色烟云
那飘舞着五色经幡的嘛呢堆
那转经人所吟诵的醒世箴言
那冰山下震撼灵魂的天葬台
还有人世难寻唯世界屋脊上才有的深远意境
……

车行于4500米世界屋脊上，金色的太阳是唯一有别于所有风光而保持独特辉煌的高原灵物。它暖暖的晕黄如金色草帽，高高地戴在山神头顶上，它光芒四射的晕圈里，昊天之下的景物宛如一轴长长的画卷，它们汇集在一起，把世界屋脊推向了另外一种深度，像一个无法描述的梦。于是，整整一日，我们谁也没觉得归途的漫长，我们谁都陶醉在这一时难以悟透的大美境界里。

黄昏时分，我们如愿拍到气象异常动人的“圣湖落日”。晚10:15，我们顺利到达了塔钦。——“塔钦”意为“大经旗”，得名于此处竖有一根纪念阿底峡尊者挂满经幡的大旗杆，此处是神山脚下唯一能食宿的小村，也是到冈仁波齐转山者的起点与终点。

黑夜，其他声音都已消失，唯剩风声。躺在号称“冈底斯宾馆”实为简陋招待所的湿气很重的床上，我长时间地在一片漆黑中睁着眼睛，回想今日经历的灿烂与黯淡，获得了一种令自己震惊与赞叹的发现：假若在霍尔就打道回府了，能有这么多的禅悟从我笔尖下分娩吗？于是，大声对丈夫说：倘若囿于萧墙，永远吟不出“大漠孤烟直，长河落日圆”的佳句；倘若耽于玉堂，也永远发不出“念天地之悠悠，独怆然而涕下”的感慨，浩大而落拓的大自然是人生最好的教师，赞同否？

静候回答，却已鼾声一片。

思绪蹁跹，得一偶句作结：

白云里居高瞰远气象万千广阔无限醉心于大野天籁，
阳光下驱车览胜心潮澎湃感叹不已得禅乎世界屋脊。

2007年10月11日（晴）

随着年龄渐老，我“一生只求围着冈仁波齐转一圈”的心愿，几乎已沉入在一个逐渐消失的梦境里。如今，在四位男子汉的提携下，我终于有了一个圆梦的机会！——余下两日，我将与丈夫“沿外转路线朝圣冈仁波齐”；其他三人则“沿内转路线朝圣冈仁波齐一日”与“驾车至普兰观光一日”。——老实说，我之所以勇敢地与四位男子汉走阿里，为的就是冈仁波齐，正如六世达赖喇嘛仓央嘉措情诗中所写：转山转水转佛塔，不为修来世，只为途中与你相见…

我一边将转山的物品装入背包，一边梳理着自己的心事，
晨风从门缝挤了进来，凛冽的旋律中有冈仁波齐的气息。

向导说，早走一些，今天要赶到海拔5210米的止热寺歇息。于是，依稀晨色中，跟随向导，我们走入了梦中的冈仁波齐。向导魁梧而且年轻，唇上刚刚见黑，拱出的胡须软软的。他的女友将他送至路口，黑红的脸皮发紧，还是一副没长熟的苹果样。

满天星宿还未隐去，下弦月尚在天边，月光照在积雪上，山路依稀可辨，冥蒙中有一种很难表述清楚的感觉。——这就是冈仁波齐的梦么？半明半暗中，岩岩对峙，峰峰相连，即使看得不太真切，仍觉熟睡的山峰蓄着一种凝固了的野性狂飚。这时，空中飘起了雪花，蒲公英一样在冷风中飞舞，没多久，山路上的雪已积了薄薄一层。

向导说，小心呀，沾雪的石头很滑，走慢些，踩稳一步再迈一步。

向导的叮咛很温暖，我转身朝他挥手致谢，我知道包裹在口罩围巾里的笑他无法看见。凛冽的寒风呼啸，漫天的雪花飞舞，山路上显然有了一种被浸润的感觉。沙土湿润，踩上去绵若糜米，砾石凸出，泽亮着一种出浴的光洁，稍不注意就一趔趄。为圆“一生只求围着冈仁波齐转一圈”梦想的我们，手拄登山杖，顶风冒雪，向邈远走去！

冈仁波齐海拔6656米，是冈底斯山的主峰，它的28条壮美冰川,分别是雅鲁藏布、恒河、印度河的源头，被誉为“众水之源”；冈仁波齐呈圆冠金塔，南面雪峰上有一个象征佛法永存的“卐”字，被誉为“众教所归”的神山；朝圣冈仁波齐的路线有二：1. 以冈底斯山为核心的大环山之外线，长约52公里，沿途寺庙均可投宿，转一圈需两三天。2. 以冈底斯山南侧的揭陀山为核心的小环山之内线，半天即可完成。两条转山路线均由竹巴噶举派大师古仓巴·布贡多杰创建。他说外转之道是自然形成的一个宇宙曼陀罗（坛城），转一圈相当于一次坛城仪式。《大藏经·俱舍论》亦云：冈仁波齐是密宗胜乐金刚的无量宫，转之100圈可在500次轮回中免下地狱，转之1000圈今生能成佛升天。

年长日久，说法成了规定，规定遁续多久，转山路也就绵延了多久。在这条转山路上，藏传

佛教从富贵与堂皇回归到本源：贫瘠、苦难、坚韧、崇高；在这条转山路上，寺院、经幡、嘛呢堆、圣迹、转山人，等身长头……是最扣人心弦的风景。

冈仁波齐是全世界著名的各宗教圣地，也是中国最美十大名山之一。

阳光随寒风，追逐着飞舞雪花；阳光随雪花，徜徉在峰岩之间。当雪花变成细雨时，我们已走了8公里多。现在，费老劲爬上一个山坡，终于见到了海拔4860米的曲古寺。——不远的大斜坡上，一律触目惊心的乱石，嶙峋中突兀着一个很小的寺庙，正无声述说着一种缘佛的艰难。

向导说，从曲古寺到止热寺有14公里，海拔将升高350米，途中无寺庙供食宿，在此一定要吃饱肚子。

听从向导安排，我们在曲古寺休憩。向导借来炉子，煮酥油茶与烤馒头。寺中空气阴湿，炉子泻出的青烟，沉沉地不往高处去，细水一样落下，在低矮处缭绕。耐不住烟呛，逃出寺庙，只见阴霾云层错开，亮隙扩大，日光激射，照亮了天空中充溢着水的悬浮物。那是一些白色小颗粒，见之飘游，不碍视线；伸手接之，湿如凝露；凑近嗅之，淡然无味。诧异中入寺询问向导。向导说，你们真有福呀，遇上法雨了。转山时有法雨接引，吉祥，我也去看看……

向导往炉子里添上半块牛粪，起身就往外跑，装在衣兜里的转经筒滚到坡地上，轱辘滚下，清脆的铜声传了很远。

法雨？接引！——惊诧莫名的我再走出，再细看：巨大明亮的光束中，许多白色小颗粒在悄然游动。不知不觉中，我的围巾上有了湿润，黑相机壳也沁上了水色，突听身后“哗啦”一声，回眸一看，左近的山崖上，很大一块酥土跌滚下来，唯余下褐色的石岩……

弥漫的法雨仿佛有一种浸润的力？！

顷刻之间，像菩提树下的释迦一样，我大彻大悟，负荷很重的思索也寻到了解答：普度众生的佛是什么？佛就是一种浸润。如这漫山的湿气，如这空中的法雨。此外，浸润还有一种说法叫“潜移默化”，巨大演变都是在浸润中无声进行，如这左近的山崖，垮了的是浮土，留下的是石质。长此以往，河川山崖都能重塑，何况人之普度？

悄声将我的彻悟说与丈夫，他点头称是。

冥朦法雨中，浸润之力使我们去浊留清……

填饱肚子，再经5个小时的艰苦跋涉，下午4时许，到达海拔5210米的止热寺，我们完成了第一天的朝圣路。

与曲古寺相较，止热寺稍稍“壮观”一些：褐红门窗，镏金宝顶，尤如峻险雪峰间的一片彩霞。寺庙附近，大片的皑皑雪地，雪地上很静，印着一些杂乱的狗脚印。寺庙附近，大片的熠熠阳光，阳光辐射处，雪白眩眼，但感觉不到一点热度。寺庙中隐约有诵经声传出，带一种很耐听的韵味。

向导说，拍照与吃饭大约花了2小时，7小时走22公里，你们好体力！

炫目阳光中，今日的转山过程也在记忆中熠熠，宛如一段长长的故事：

依稀晨色中，从塔钦出发，我们踏上圆梦朝圣路。——途经拉龙沟的“恰采岗”时，我们匍匐在巨大“磕头石”上，双手合十，毕恭毕敬，向山神领取朝圣的进山钥匙。——色尔雄平滩是“释迦牟尼和五百罗汉加持过的宝地”，我们跟随向导，围“甘丹风旗”转足三圈以示虔诚。——在比较平缓的念日山山谷，除拍摄“雪水瀑布”、“水中卵石”等风景外，我们观瞻了一些古老纪念，其中，噶举派一代宗师米拉日巴的脚印和修行洞颇最为震撼。——到曲古寺，我们休憩喝茶加餐，在难得一遇的法雨中浸润。

——从曲古寺到止热寺的14公里，多为缓上坡的峡谷山路，走得较为艰苦。在向导指点下，瞻仰散布其间圣迹，成了这一路的乐事。譬如：突兀怪石＝弥勒佛宫；磐石坑洼＝度母脚印；碧绿岩缝中的泉眼＝莲花洞的甘露清泉；奇形磐石与狗形巨石＝山神神犬与神犬食盘。——快到止热寺时，瞭望通称“日松贡布”的三大雪山，知道它们分别代表观音、文殊和金刚持。——峡谷底有一条巨大冰河，白花花的水在土黄与积雪交织而成的纹路间延伸……

向导与丈夫进寺联系住宿，天与地间，阒静之至，没有热度的太阳冷得像高悬在天上的灯；横跨蓝天上的几条白色线云，从东扯到西，一会儿静止，一会儿又夸张地扭动；远处传来的“訇訇”水声，将山谷衬出一种异样阒寂。我疲倦地斜倚在冰冷山地上，以最大的放松，将呼吸融入土地，四肢如卸下的一架车。眼望雪山，感觉体内有真气纵横，一种神奇的穿透力使灵魂渐透渐明，似乎有灵光在一闪一烁，不知此身已在纯净天地里缔结为一个什么样的生命了，一叶花？一株草？抑或一只飞虫？

我神思恍惚，大摇篮般晃动的风，仿佛置我于飘浮的云朵，

我上下巡视，向冈仁波齐目送虔诚之爱，心情少有的舒畅！

它正北面的积雪甚少，袒露着巨大的黑褐岩石，黑褐岩块的微凹处有少许积雪,如一些或粗或细的白线条，勾勒出一种很漂亮的黑白对比。它四周的“日松贡布”雪峰，晶莹洁白，如神仙居住的莲花圣地。而峰顶的白云如梦如幻,才款款荡开，又款款凝结，永远也等不到一朵相同的云彩。

冈仁波齐，飘浮的云彩为何能留在你身边成为美丽的永恒?

冈仁波齐，我转山路上的脚印是否能凝为化石永留你身旁?

冈仁波齐，我御风而行的灵魂可否能泊在你宽厚的怀抱里?

冈仁波齐，你无疑是一个天堂，肉体的天堂，灵魂的天堂！

安排好住处——即在寺庙地板上“占领”铺睡袋的两个位置。背着相机，与丈夫相约出寺转转。见向导匆匆跑来，说：刚有过天葬，天葬台，想去吗?

这消息不啻于佛之厚爱，立即心驰神往！围冈仁波齐一转，我准备给以足够惊叹的，除了壮美风景外，就是天葬。说不清缘由，对仅亲睹过一次的天葬，我固执认为它应被称为一种仪式，一种彻底的带有超越色彩的仪式！

于是，忘却疲劳，以最快速度赶到“清凉寒林天葬场”。——此处海拔5300米，是接近蓝天的山崖间的一块乱石雪地。其上，沧桑的五色经幡、凌乱的嘛呢堆、平整的天葬石、煨桑的余烟、遗留的衣物、肚子滚圆的藏狗、兀立崖边的秃鹫、揿着佛珠子的喇嘛……其中，最触目的是系牛皮围腰的天葬师手中的八磅大铁锤。

显然，天葬已结束，逝者家人正沿山路以等身长头继续朝圣。

观看天葬，一如瞻仰一个幻化生灵的庄严仪式。——这个仪式是一切生命和美的背景，它使一切向死而生的生命更美好地活着；反刍天葬，一如翻阅藏族服饰遮盖下的坦荡胸襟。——藏民

族用天葬，把身体彻底交给了飞鹰；藏民族用天葬，把生命彻底融于了天地，这是一种多么令人神往的超越呀！

以烙印的方式，我遥望着逝者家人的极美背影：铺满残雪的转山路上，为此生向彼生的过渡，为来世幸福，他们一步一叩首。——即使膝盖磨破，即使手掌出血，即使衣服褴褛，也不会改变以等身长头朝圣的虔诚！

倏地，朱哲琴的歌声从心中涌起：最后的死去和最初的诞生一样，都是温馨时光；最后的晚霞和最初的晨曦一样，都是太阳辉煌；迎接生命的时候，这里的山水离蓝天最近，送走生命的时候，这里的乡亲高高昂望；让清风吹散年华，洒给飞鹰，让白云托起身体，交给穹苍……

湛蓝苍穹中，翅膀平平展开的一只鹰隼，滑上滑下，向更深雪山飞去，

静穆天地里，塞满了阒寂的黄昏，天边的淡淡一道弧，是灵魂的归途。

从天葬场回来，天色渐晚。一轮夕阳渐渐沉落渐渐隐身于灰暗时，便有绯红的光洇染了雪山的顶。此刻，山谷里充满了冷气袭人的天籁。围坐在寺中唯一的炉子旁，以牛粪为燃料，我们烧水喝茶煮面条，掐捏着作痛的脑袋。突然，极富韵味的一声诵经传来，继而在寺中回旋。诵经的人呢？打坐于蒲团，穿烂的芒鞋露着大脚趾。我听不懂喇嘛的诵经，却顽固地喜欢，因为，他歌谣般的吟诵，让我生出了一种与之相和的虔诚。于是，转山路上的艰难之于朝圣，犹如风之于火一样，吹灭一小点，燃起一大片……

这样的虔诚很美，它定格成令人神往的寂寞；

这样的寂寞很美，它底蕴着深刻悠远的虔诚。

风，沉静在冈仁波齐的止热寺里。夜，以其全部星光和月光倾注着苍穹的浩渺柔情。被冈仁波齐激动一天的我也倦了，蜷在睡袋中沉沉入睡，冈仁波齐垂下了他绵密的爱抚。

2007年10月12日（晴）

黎明即起，每分钟128次的心跳与头痛让我辗转难眠，

吃饱就走，烂漫的霞光喷涌在暗蓝天幕与雪白山峰上。

走过天葬场，眼前就是通向海拔5723米卓玛拉山口的乱石道了。——满眼都是石头，或汽车大，或碾盘大，或锅盆大，或棱角分明，或溜光圆滑，散乱在向上的山坡上，浸泡在向下的河水里。滚着白花的河水从雪山深处流来，很大的落差，很响的水声。抬眼一望，窄窄的一条小路在乱石陡坡上蜿蜒，一直延伸到悬崖冰川的深处，像是苍鹰从地上叼到天上也扯不止的意象……

向导说，从止热寺到卓玛拉山口，海拔要升高420米，这段路最难走，先是微急上，后是急上，在此，一般旅行者都会有高山反应。

其实，从他人的转山记录中，我早已知道这段山路的挑剔，它的挑剔近乎一种残酷。——既有考验体力与意志的高海拔，又有与大冰川擦肩掠过的险路。然而，就在这样的险路上，仍有藏族同胞在转经。他们舍生忘死，圣徒一般，执着一念，一步一叩，足足叩行7天才能围冈仁波齐转一圈。所以，在如此虔诚的感召下，我早已将围冈仁波齐转一圈视为我生命中最艰苦、最美好的事。

我围冈仁波齐转了一圈，艰难，惊悸。

深邃蓝天，飘浮白云，有苍鹰打远处从容掠过；陡峭山谷，跌宕起伏，有冈仁波齐肃立于右；圆冠峰顶被霞光洇成金色，黑白皱褶中隐着佛的奥圣；雪峰间有云雾渐渐聚拢，像传说中神女歌舞的鲛衣绡幔；天葬场附近则寒云澹淡，凄风惨然，如怖人的冥界；三只秃鹫兀立崖边，铁铸一般，偶尔聒噪几声，反添了天葬场的凄寂；山路旁卧着七八只藏狗，毛粗黑，色油亮，眼睛大而血红，犹如冥界使者，闪着瘆人的光。

我历来怕狗，只得紧拽向导衣袖，在藏狗瘆人注视下胆怯通过。向导说，别怕，它只吃死人。殊不知，此说更让我惴惴。通过时，极端忐忑，极端想跑，但却不敢，况且也跑不动。通过后，放松窃喜中，突听身后一阵低沉吠吼，毛骨悚然中拔腿就跑，才跑两步，就踉跌于地，随之而来的竟是从骨子里透出的一种恐惧！——犹如跌进地狱之门的冰冷！后来，被向导扶起，我仍战栗不止，惨白的脸上尽是泥水与雪霜的交织，跌出帽子的发丝粘在脸上，额头上有被石块划破的血痕……

我围冈仁波齐转一圈，艰难，汗颜。

绯红霞光中，高耸于蓝天中的雪峰都有一种令人难以接近的绝美，冈仁波奇更绝美如一个深邈梦境。它坚实如金塔的高大山体，它天梯一般的褐黑石阶，它镌刻着“卐”字的圆冠峰顶，它熠熠着天国之梦的乳白旗云……散发着一种令人心颤的神秘濡染，抑或昭示着一个永恒的符箓梵经！

而拍摄到以等身长头转山的逝者家人时，则是神秘梦境的又一重了。

大约上午8时，我们追上了满脸灰尘的逝者家人。——一家老少正准备过一条浅浅的冰河。向导认出了其中一人，亲热唤之罗布多杰。

我看见叫罗布多杰的年轻人与向导挥挥手，弯下腰，匍匐着把他60多岁的母亲从冰块上非常艰难地背了过去。但更让我惊叹不已的是这位母亲没有马上前行，而是在冰河边平地上补跪了等长的距离！

我跪在山地上，拍下了这铭心刻骨的等身长头：双手合十时，套在手上的木头垫子发出清脆声响；全身匍地时，前额碰地发出叩头声；起身站立时，见我的镜头对准他们，神态内敛的脸上显出了最灿烂的笑容……

曾听说：藏民族与佛的情感纽带非同一般，比心心相印的爱更为坚贞，更为牢固，它始终伴随藏民族穿越荆棘丛生的生存之路。今日得亲睹，感动之至！然而，当我与有灿烂笑容的藏家人互道“扎西得勒”时，不知为什么，竟生出了一种只能望其项背的汗颜，突然觉得自己很委琐。

我围冈仁波齐转一圈，艰难，寂寥。

陡峭的山路像要延伸到白云深处，挂着太阳的蓝天又飘起了雪花，寒冽的空气寻缝钻入，冷得我浑身打颤，连牙床都不由自主地哒哒相击。高耸于蓝天的雪山，或巍峨，或嶙峋，或峻峭，无不让人生出由衷敬畏。不禁想起谢灵运形容山的词句：“严峭岭稠叠，连障叠巘崿”。在冈仁波齐的深处，有一种叫人喘不过气来的冷峻。

被冷峻统一的天地，重复着一种纯白之色，紫外线的强度超出了安全上限的10倍。由于顺时针转山，很难碰上一人，到距卓玛拉山口尚有5公里时，才发现远处有几个红绿的身影，还迎着我们走来。于是，单调的景有了色彩，寂寥的心有了欢喜，我终于拍到了几张人景互衬的照片！

向导说，怕是遇上逆时针转山的苯教信徒了。

然而，走近才看清是武警战士在搀扶一名外籍人下山。丢失墨镜仍固执上山的外籍人患了雪盲症，现在，他70升的行囊压在另一个武警战士身上。——“难怪，昨天过磕头台时，我就看见停着一辆警车。旅行阿里，太多艰难，假如遇困难，你们也要找武警……”向导说。

我围冈仁波齐转一圈，艰难，能仁。

视野中，除了陡峭雪山，就是蓝天白云，其他什么也没有。当我仰面大口喘气时，冈仁波齐峰面上的道道蚀痕，总映入眼帘，犹如一级级的石阶，仿佛可拾级而上。但那是神的天梯，不属于凡人，我只有老实地数着脚步前行。譬如：走微急上坡路段时,先是20步一歇，后逐渐递减，基本保持10步一歇。走急上坡地段时，困难之至，最难时已是三步一歇了。这种“非走到规定步数才能停下喘气”的强迫法，逼得我将嘴巴张得如竭泽后的鱼！

此刻，我真想做一只围绕冈仁波齐飞翔的小鸟……

向导却走得很轻松，背上是我们的行囊，手中摇着转经筒，偶尔还要唱上几声，他让艰难而寂寥的转山路有了一些抒情。受他感染，我很想唱，但毫不夸张地说，我出不了什么声音，只有张嘴喘气的力气，于是，只有把双耳埋在他高亢的《天路》里。

在冈仁波齐的深处，听向导如同天籁的歌唱，有说不出的深邃。

天路一般的朝圣路，雪白白的，很干净。向导的八字脚，一踩一个印，他很宽的背，仿佛能扛起一座山。

铺满白雪的天地大得发空，忒大的嗓门也喊不出回声。

大大的太阳空空地照着，眼里落满一串音乐似的脚步！

……

走呀走，执着专一！

爬呀爬，竭尽全力！

我已记不清爬了多少山坡，我已记不清走了多少山弯，我已记不清在陡峭湿滑的乱石坡上摔了几次，我已记不清在湍急溪流的石头上爬了几回……站住想再问向导还有多远才到山口时，远处突然出现了许多飘舞的经幡。经验告诉我，那里就是山口，距之最多2公里！——阳光与白雪将五色经幡渲染得无比绚烂，我以为自己到了天堂！

于是，兴奋+艰难+执着，我们向——前——走！

为记下这极其艰难的“走”，我决定用“数字法”和“比较法”，使之一目了然。——走到最后200米时，我基本保持了四步一歇，停下来喘气100多次，耗时40多分钟；而在正常情况下，走200米的路只需要3分钟！

正午时分，在艰难与忍耐中，在艰难与能仁中，我们终于登上了峥嵘崔巍的卓玛拉山口，终于登上了自己人生的最高处：海拔5723米！！

气喘吁吁地站着，抬头仰视冈仁波齐，
心似鹿跳地站着，接受冈仁波齐俯视。
完美的幸福之光照亮了我通红的脸庞，
我沉浸在与冈仁波齐亲和的想象之中，
犹如回到了生命之初，回到生命之源。

神山冈仁波齐在天上，我在地上……

恰在此时，一群飘荡的云絮打斜刺里飞来，成团的云絮隔断了阳光，它们在冈仁波齐身上投下斑斑驳驳的暗影，在叠嶂上搅起一团一团的雾霭，向云蒸霞蔚的峰顶飞升。

前所未有的景致从眼睛的深潭里升起，远远近近接纳了我，
凝视世界上最美的雪山，我像一个颤栗在相思河里的情人。

冈仁波齐的腰部有一块淡红平台，冰侵雪蚀，边沿已成犬牙，横竖下凹的沟漕，构成了殊胜中最殊胜的“卐”字；冈仁波齐的圆冠峰顶已近在咫尺，纯粹的积雪超出了我想象中的洁白，仿佛来自远古，有一种刻骨的高洁和冰寒；冈仁波齐把积雪幻变为冰川、雾霭、雨滴、云气，从只属于神祇的峰顶向下扑落，汇成生命之源，汇成了四大河流，将没一丝人迹的天籁福泽无声赠与人类，在向下的路程上把自己的光彩托举得很高，很高……这一切都是无心的，正指向了一个重大的美的菩提之境！

谁能否认繁华大地和稠密人烟都出自他的无言恩泽？
谁能知这一个重大的美的菩提之境蕴涵的梵语箴言？

冈仁波齐分明是一具浩大而落拓的生命！他拒绝了纤巧与优柔，拒绝了平庸与苟且，拒绝了姿彩与诱惑；他聚合了千山万壑的豪迈矗立于世界屋脊，交叠了奇峰异壑的晶莹缔造了不朽生命；他挺着嶙峋苍峻，耸着雄奇雪峰，与万古的空

我的灵魂尤如出岫的白云，萦绕着冈仁波齐，

我的眼光流成纯净的雪水，融合于冈仁波齐。
我将以什么样的姿态回报冈仁波齐的赐予呢?
唯有将振翮高飞的灵魂皈依在这殊胜雪峰上!

都说：山越峥嵘崔巍，景越壮阔大美。就连王安石登飞来峰时也写道：“不畏浮云遮望眼，只缘身在最高层”。王安石的最高层数据，我不甚清楚，估计仅区区2000米左右。如今，当我在5723米的卓玛拉山口远眺时，望竟起连嶂，望高耸雪峰，望深邈浩渺，仿佛身处于传说中的密宗胜乐无量仙宫!

这不? 山口正中的冈仁波齐，气宇非凡，有一种人类难以占有的绝美，仿佛人生于世的彼岸。——向导说，它是密宗胜乐无量宫中的一个巨大石晶塔，冈仁波齐山神就住在里面。山神穿白衣，骑白马，一手水晶剑，一手水晶念珠，可摧毁世间一切邪恶，可创建世间的一切善良；这不? 山口左边的三大雪峰，晶莹孤傲，酷似一只倒置三足鼎，让人瞠目慕赞。——向导说，那是密宗胜乐无量宫中的大菩提塔、怙主宫殿、夜叉满贤宫，宫里住着掌管天上人间的360个神灵；这不? 山口右边的逶迤雪峰，层峦叠嶂，如同一群昂首向天的康巴汉子。——向导说，它们或是狮面空行母、金刚持、马头明王的化像，或是药师佛宫殿、多闻天宫、吉祥宝塔等；这不? 山口乱石坡上孤寂着一泓很小的湖水，清冽如玉，有一种令人心颤的皈依后的宁静。——向导说，它是错羌湖，终年结冰不化，是大慈大悲空行母沐浴的地方，也是人间甘露，饮之能消灾避祸。

……

聆听向导很本土的介绍，平时只注重大美风景的我收起了锋芒，心虚得像一个考试未及格的学生。左询右问中，分明觉察到一种存在之轻与神秘之重，终于明白冈仁波齐为甚是宇宙曼陀罗的中心了。

下山前，我以最虔诚之心，悬挂经幡，抛撒隆达，山呼“拉索索……”

下山前，我以最自我方式，手捧白雪，啜而咽下，与冈仁波齐的初吻，从此冰洁地洇在我的心里了!

原以为，下山会舒坦一些，殊不知，仍是苦旅。

山口的天气真诡异。刚才还是艳阳高照。待到下山时，不知雪风从哪邀来了众多乌云，竟合谋制造出令人焦心的冷雨。下山遇雨，加之夏季山洪的淘挖，海拔陡降800米的乱石路已彻底不路了。无奈，冒淫雨，只有走。下坡时，我一般是蹲着遛坡下行，污泥满身不说，脚趾还顶得生疼；涉水时，只有从这石头跳到那石头上，稍不小心，就掉在齐膝的冰水里。

然而，刚与冈仁波齐亲近过的我，满脸红晕，满怀兴奋，即便再在狞厉地狱里滚上几个回合也笑迎，岂怕这种艰难的“跳爬”、“蹲滑”？！而且，这些“狼狈”动作正是我苦旅中的一种绝美姿态。作为女人，作为一个白发已爬上乌鬓的女人，能有如此经历，幸福之至……——我为自己惊讶了!

偏西的太阳，暖着土地，雨后的空气，馨着身心。我们走一路，赏一路，一直走入闪烁繁星的夜晚，訇訇水声在静夜里传得很远很远……

忘不了庞大山脉相衬下的错羌湖，小得让人生怜。斜射阳光下，翡翠冰花闪着一种皈依后的孤独。这样的美是逼人的，它禁锢了任何一种观赏的闲情，使你没有勇气从湖畔摘下一朵小花纪念。

忘不了蹲滑许久后，腿脚生疼，我们坐在一块岩石上小憩，突然发现，绵绵小雨不知何时变成了细米雹，敲得衣服“噗噗”直响。接住一看，宝石一般，浑圆透亮。询问向导，细米雹又无了影踪。向导说，它是冻雨，是死去的雨，是雨的魂，也是一种山神庇佑的暗示。

忘不了下午八时左右，闪亮的雪山少了，视野中出现一些黛灰山体。汹涌直下的曲宗河，像一把利剑，把东北面的山峰一劈两半，形成一条幽暗山谷。沿山谷石路下山，虽仍坎坷凸凹，但已不需“跳爬”、“蹲滑”了。九时许，过仲哲普寺，我们瞻仰了鎏金铜质释迦牟尼像与米拉日巴像；十时许，过七生婆罗门圣泉时，见泉眼滴沥不止，饥渴狂饮，清冽甘甜。向导也饮，说，转山饮此泉，终身能得福；约十时半，过被称为“魔女乳房”的两座红沙丘时，尾随向导，们围着其上的塔钦与塔琼转了三圈。向导说，山神已接受了你们交还的转山钥匙，山神将永远与你们在一起……

于是，明白箴言“朝圣神山是走一个伟大的圆”的涵义了。——我们转山的脚印肯定会在冈仁波齐绽放灿烂的心约，灿烂的心约就是艰苦走出来的一个伟大的圆！

冈仁波齐，镌刻着日月星辰，是一部旋转的经书。
冈仁波齐，轮回着春夏秋冬，是一个旋转的中心。
不为修今生，只为与你相见，我围着你转了一圈，
不为修来世，只为皈依灵魂，天边的你露出了笑！

回家已一月多了，日子过得很静默，我在潜心整理西藏日记，深陷在一条回忆隧道里。

我们自驾车走阿里，耗时十三天，跋涉一路，坚韧一路，大美一路，隐忍一路，尤其是在海拔4700米大山上因车子抛锚投宿于才旦老阿爸帐篷且患病那三日，曾以为自己会死去，临睡前，总担心明早可会醒来？……然而，有了这些“半边冰凉半边发烫”的经历，我知道自己和以往不同了。

谨以这十三天的日记，给四个男子汉，给2007年10月，以一个微小而珍重的纪念。

——《西藏日记》结束语

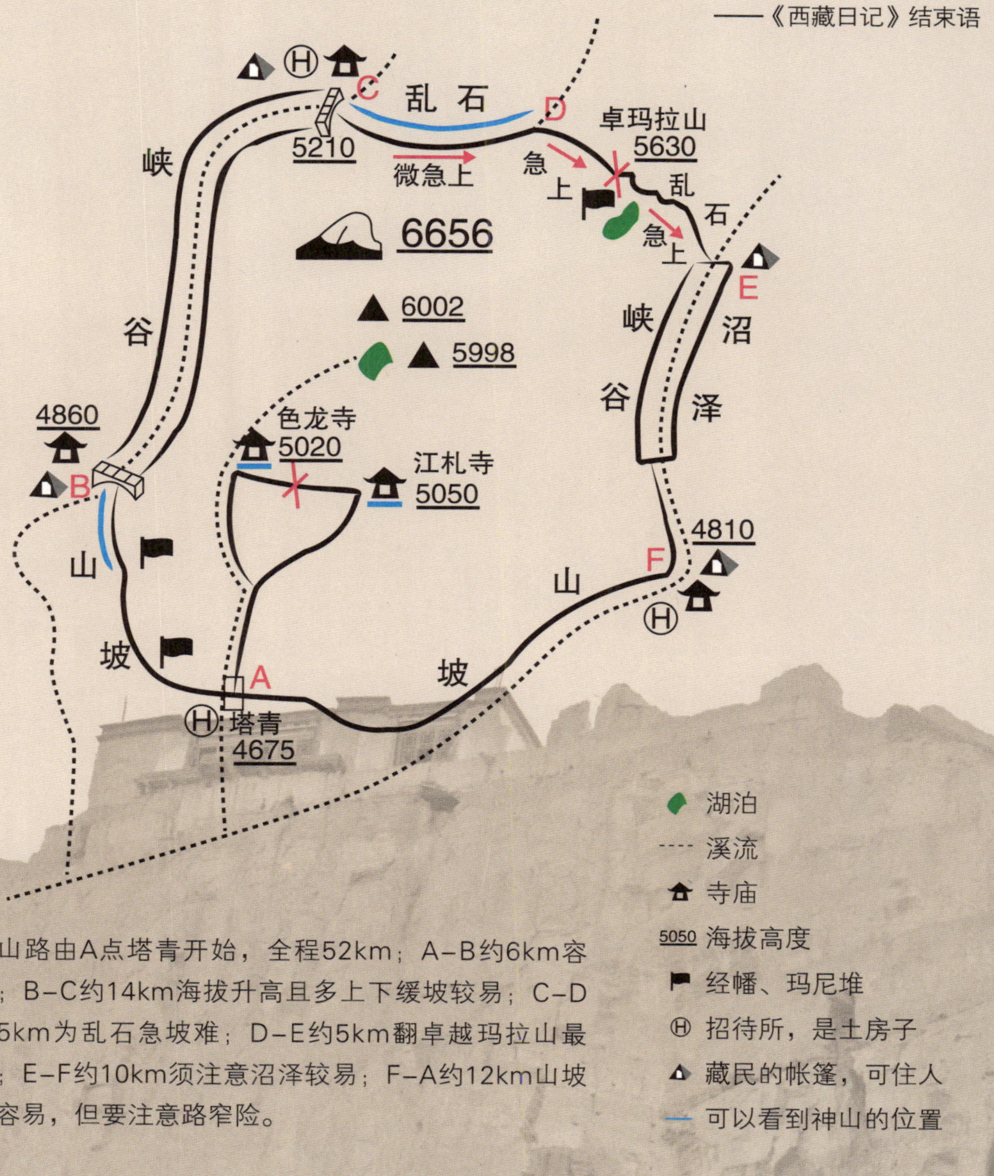

转山路由A点塔青开始，全程52km；A–B约6km容易；B–C约14km海拔升高且多上下缓坡较易；C–D约5km为乱石急坡难；D–E约5km翻卓越玛拉山最难；E–F约10km须注意沼泽较易；F–A约12km山坡路容易，但要注意路窄险。

我知道“玉树”一词，缘于诗人李白，口念他的“仙人浩歌望我来，应攀玉树长相待”，总以为浪漫得张扬，但却让我知“玉树”乃神界之物。后来，因驾车走“川西北甘南青海之旅”在家做路书时，才晓得人世间竟有一个地方也叫“玉树”！——位于青海省西南，安卧于昆仑山和唐古拉山的怀抱之中，素有“名山所宗”、“江河之源”、“牦牛之地”、“歌舞之乡”的美誉，是青藏高原上的一颗璀璨明珠。于是，顿生倾慕之情，跋涉千里，探幽访胜，醉于玉树大美。而今，早已远足归来，玉树仍为我心心念念，仿佛跋涉的灵魂已在那里居住，像一棵安详的大树。

玉树印象三章

（一）结古镇＋结古寺

车到结古镇，正值黄昏，夕阳把小镇晕染得很恬然。在玉树宾馆住下，我们便忙于初识小镇。然而，未曾料想，除广场上还威武着格萨尔王的骑马塑像，小镇上还保存有一些藏式建筑，街道还有被主人牵着戴大红脖圈的藏獒之外，结古镇已很像内地的繁华小镇了。——沿街大小商店里，川、青、藏甚至印度、英国的货物有；桑拿洗浴、KTV娱乐厅、彩票店、发廊也有，甚至连“卖枪支、做车牌”的小广告也有，喧嚣的城市粉尘遮盖了它原本的质朴纯净，该有的有了，不该有的也有了，这是造物者安排的因果必然吗？沮丧之至，很为明天“结古寺探访”担忧。——我的等待、寻觅，莫非又是痴梦一场？

一家川味饭店门口，一只很脏的黑狗目光茫然地伸着舌头。

树不动，树无声，树影婆娑下几只硕大的乌鸦在举足踱步。

资料说，结古寺是玉树地区萨迦派主寺，因“建筑宏伟”、“高僧叠出”、“文物丰富”而显赫于青海宗教和世俗史。次日，我们按计划拜访。结古寺座落于镇东北木它梅玛山上，海拔约4000米。

共临一条河，共拥一座山，山下是小镇，山上是寺庙。

行至半山，突闻“叮当”风铃声，如锦屏秀峰中演奏的梵阿铃，又如天界悠扬婉转的天籁。举目四望，近树远岫，清幽静远，有小溪从北面雪山流下；绚烂庙宇，蜿蜒而上，随心裁取，皆成画幅，有堪引大家拍摄之美。走到寺前，赫然着一座红塔，十八座白塔，一块石碑。碑上有藏汉两种文字书写的金色大字：结古寺。左顾右盼中，发现寺墙与沿途所见寺庙不同，均涂黑、红、黄三色，是萨迦派（花教）的标志，绚烂得诱人，肃穆得撼心。步入寺内，又听得“叮当”一声，抬眼见高悬于“都文桑舟嘉措”飞檐上的风铃，在暖日中熠熠，便觉有一袭祥和的光泼洒全身了。

伴碧水而依林木的结古寺，我喜欢！

谐清幽而含绚烂的结古寺，我喜欢！

结古寺很大，也就显得空，好在寺中到处都有茂盛的荨麻，望之如桑叶，一片葱茏，间或二三只高挑黄色菊花，随风晃动，犹若长尾彩翼的鸟影，于是，花光草影，错杂彩墙，阒静寺宇，平康直正，古寺的风神气象便十足了。

结古寺很大，适合独自溜达，其间，经堂大殿，僧舍伙房，都标有编号，且殿廊轩敞，极富开和气势。想瞻仰“都文桑舟嘉措”，无奈于闭合紧锁。去之不远，有殿名“大昭殿”，其间彩幡横额，极有布置，阒静得让人怀出尘之想。烛光闪烁中，有一位白发喇嘛独坐经堂，捧厚厚经书默诵。不敢入内，倚木门偷偷观之，白发喇嘛有佛一样的慈善而安详，宛似从唐卡、壁画走下的高僧，我顿生敬仰！

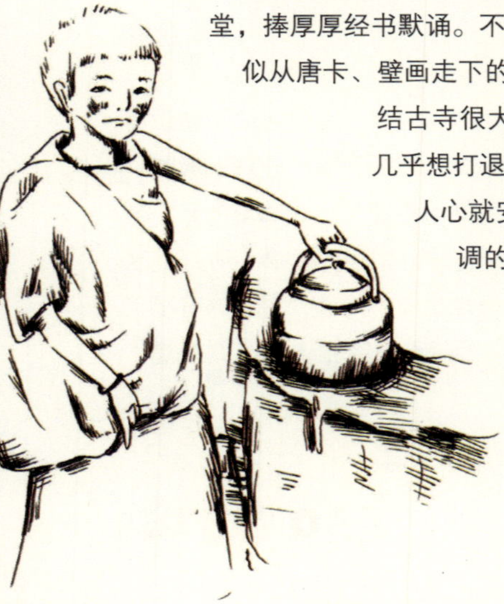

结古寺很大，越往上走，人语越疏，却见四处游走的狗，轮相布慑，让我几乎想打退堂鼓。还好，当我走近一僧舍时，听到了涌潮一般的诵经声。有人心就安，干脆坐于僧舍台阶，闭目倾听。这种有序、有谱、似乎定了调的声音，很朴质，潮水一般，一波一波涌来，一下一下拍击我心泉上的罅石……不知为甚，我想起了“滴水穿石”。

石阶弯曲，自僧舍到了伙房。屋内淡淡炊烟中，灶前一

柱光线下，有红衣小喇嘛在烧水，饶有禅家风韵。与之比划，不仅允许拍摄，还欣然配合，我除了笑眯眯连说“吐及其”外，无语以报。下伙房台阶，与独行的朋友相遇，他找到一个会说汉语的小僧当向导，问之，才知僧舍里住着60个“完德”。他们属于“见习僧”一类，要等在寺内学习一段时间后，再到西藏俄尔萨迦寺从大堪布出家受戒，学习以“道果”为主的萨迦派教法戒律等，学成再返结古寺，才能正式算该寺僧人。

向小僧提出瞻仰“都文桑舟嘉措”的请求，小僧欣然允诺，取来钥匙，打开大门。终能瞻仰经堂了，吐及其，扎西德勒！轻轻步入经堂，红柱雕梁红黄佛幡的正中是大日如来，如来上方是大鹏金翅鸟，两边是有着蛇尾的依希卓玛，而如来两侧之金力，已很现代化地捧上了用电发光的宝珠……

突然发现如来宝座下有两张照片，仔细端详，一种异样的感觉袭来心中。忙问小僧，知是两个圆寂时呈祥瑞之兆的僧人。之一，持降魔手印坐化名叫仁希江措的僧人，83岁，于2002年5月23日圆寂，圆寂后有人在印度看见过他。尤令我惊诧的是仁希江措神态安详的脸白得出奇，嘴的颜色竟很鲜红，且手指甲有一寸多长。小僧说这是成佛之兆，肉身不坏，头发指甲会继续生长。之二，阿卓和尚，80多岁，2002年冬天双手合十圆寂。火化时，阳光灿烂的天上出现了星星和一道绿虹，还有一只雄鹰在寺院上空旋了三圈。小僧说，火化后，阿卓的灰色舍利都分给了众僧，他也有一颗。我欲请示，却被摇头拒绝，小僧说：圣洁之物，不乱示众……

我长时间地在一种敬仰中端详照片，凝望久久。瑞兆之说，是否真实，我不想妄自评说，但我深信，一生诵经之人定能将心泉岩石滴穿而无私无我，定能走完从衣食到精神到灵魂的人生三境界，定能步入大美的菩提之境。

除此之外，“都文桑舟嘉措”里也藏有津津“故事”。小僧将经堂收藏的两件宝贝示以我们：1. 铜盆。头一天放进凉水，第二天会变成热水；2. 铜勺。用铜勺盛水会出现一条龙。对此，我仅一笑。经验告诉我，在雪域藏区，凡提及圣物神迹，如同窥望天堂，佛便与人同在，无论何时，无论何人，心都会呈现花之姿态，倘有一丝不恭不敬，轻轻一声呜响，定会颤栗不已。所以，固守“佛无处不在”，固守“神迹无处不在”，并视此为一种幸福，是淳朴藏人的至真虔诚。我制止了朋友“你真见过那个铜盆变出了热水”的反复追问，跟着小僧，一起走入午后阳光温暖的怀里。

一直，我都在以“资料说”游结古寺，看尽寺中三三六六，果得其仿佛，始信“因建筑宏伟、高僧叠出、文物丰富而显赫于青海宗教和世俗史”不假。录一天见闻详之：

1. 文物丰富——寺内主供释迦牟尼佛、莲花生、吉祥天女、宝帐怙主、旃檀木雕度母、密宗事部三怙主、自显度母和西藏萨迦五祖等，铜制馏金和优质木雕佛像达3400多尊；藏有以《甘珠尔》、《丹珠尔》为代表的经典近万卷，还有八思巴所赠的释迦牟尼唐卡、旃檀度母像及传为扎武百户祖传宝刀等许多珍贵文物。

2. 高僧叠出——寺内高僧，灿若星辰，如：著《般若波罗密多经释》等5部著作的昂嘎、著《大日如来佛堂志》及《藏区文物志》的桑杰嘉措、当代的玉树名医喇嘛才江、被尊为“玉树歌舞之父”的一世嘉那活佛。此外，1937年藏历12月1日，九世班禅洛桑却吉尼玛返藏途经玉树，在结古寺圆寂，尤为该寺蒙上了与之辉映的佛缘。

3. 建筑宏伟——寺庙依山而建，殿堂僧舍，错落有致，主体建筑“都文桑舟嘉措”大经堂由萨边寺大堪布巴德秋君和一世嘉那活佛设计，在德格佐钦寺的支持下，由扎武迈根活佛主持修建，可容1000多僧人诵经。此外，讲经院、大昭殿、弥勒殿、嘉那与文保活佛院也颇具规模，而且特色各异。最盛时，全寺喇嘛780多人，完德400多人。

4. 美中不足——我最关注的“玉树歌舞之父”，仅得少许介绍，连照像都没一张！问主持，摇头称无。说“大约250年前，嘉那活佛就圆寂了，他晚年生活于新寨，是新寨嘛呢城的创建人，你们再到新寨找找看吧。不过，很多珍贵东西都毁于文革了……”唉，照像未见，资料甚少，嘉那活佛从菩提心上升为应身轮法身轮投身轮头顶泥丸而达到涅槃境界的过程，我怎么才能知晓？嘉那活佛在涅槃境界中独创“多顶求卓”100多种舞蹈的过程，我怎么才能知晓？玉树藏人将嘉那活佛尊为“玉树歌舞之父”的根本，我又怎么才能知晓？——唉，在结古寺高僧中，我准备给以足够惊叹的人是一世嘉那活佛！

夕阳把大小庙宇晕染得一片绚烂，却将晚风悄悄变得凛冽，虽去意徘徊，但流连不可忘返。出寺门不远，成片荨麻边有一圹地，显然经过多次人力平整。其上，十个红衣完德踢球正酣，围观僧人又喊又舞，表情十分灿烂。

喇嘛踢球，从未一见！同伴忙于拍摄，抬着相机的我却痴了，心里一热：我要寻觅的答案原在这里呀！——寺只是山的风景，是佛的悬念，供一些传说，添一点神秘，禅机原在寺之外。

早就听佛门中人说：佛的光辉，当不在经堂之上，而是在他拯救灵魂而苦苦的修与行之中，在他普度众生而艰难的行愿之中。于是，绝非戏言妄想，我估计一世嘉那活佛肯定与六世达赖仓央嘉措一样，都会有过入世的眷恋，有过出世的般若，有过振翮高飞的灵魂，有过于“唯在行愿”中获“得大自在”的皈依，肯定被冷风密雨浸过，被苦汁咸水泡过，被烈火毒焰炼过……只有这样，仓央嘉措才能写出一首首动人情诗，刊落风华；嘉那活佛才能创出一个个撼人舞蹈，抚慰众生。否则，那些“忧郁其中”、“苦涩弥漫”、“禅意平和”的情诗莫非真能从幽暗经堂的冥想中衍生出来？！那些“飞腾旋转”、“粗犷热烈”、“雄劲洒脱”的舞姿莫非真能在幽暗经堂的冥想中衍生出来？！

我突然明白玉树藏人把嘉那活佛尊为“玉树歌舞之父”的根本了！它是一条感情纽带。——歌舞存在与否，对一个人，一个族、一个类都生死悠关，尤其是精神之生死的悠关。在绝境般的雪域，唯有歌舞可抚去精神上的疲惫、心灵上的创伤，生活中的艰难，唯有歌舞可传来雪域之神的律动，让一切的生命渴望都表露无遗，从而艰苦而欣然，凄苍而痛快，无奈而乐观，失落而追求……否则，生活在雪域高原的藏人遇到磨难时与之抗争的执拗与韧性从哪里来？

凛冽晚风中，一轮并不如血的残阳正在西坠，我们已至半山腰，旋即就进入喧嚣尘世了。回眸夕照中的结古寺，依旧绚丽灿烂，俨如题跋之于世俗画卷。玉树人的生活真那么有趣，共临一条河，共拥一座山，山上焚香吟经，山下尘嚣俗世，一面在虔诚礼佛，一面在享受现代，既要大步向前，也要徘徊低吟，既要物质，也要精神，好像非如此，心就无法满足……顷刻之间，像菩提树下大彻大悟的释迦一样，我终于明白了：只要有佛在心，无论花红柳绿，粉墨登场，潮起潮落，沧桑迁变，两袖依然会甩出那缕没有纤尘的清风来的。

（二）新寨嘛呢城＋嘉那活佛

神往大美雪域，除了壮丽风光，还有奇伟人文，嘛呢石是其中之一。何谓嘛呢石？“嘛呢”二字是六字真言的简称，但凡刻有六字真言或神佛形象的石块即称“嘛呢石”。藏家人通过堆放嘛呢石而把祈愿述之神灵，深信神灵会将福报投以自己。随时间的流逝，一块块嘛呢石，垒聚成堆，垒聚成墙，垒聚成城，成了雪域高原一道极富神秘色彩的风景。长城一样的巴格嘛呢墙，我刚刚见过，在四川石渠；神物一般的嘛呢石，我也有。2007年秋，驾车走阿里，在玛旁雍措圣湖畔拾得一枚赭红卵石，请冈仁波齐大金寺喇嘛刻制＋涂朱砂，带之回家中，供于书桌，时时以为师，悟人世之惑。

清晨，我们从结古出发，行3公里去看新寨嘛呢城。资料说，新寨嘛呢城创建时间约为1715年，创建人是一世嘉那活佛，为纪念之，也称嘉那嘛呢城。时至今日，新寨嘛呢城已长达247米，宽73米，最高6米，最低3米。由25亿多块嘛呢石、一座转经堂、一座佛堂、十几座佛塔、10个大转经筒、300多个小转经筒组成，是世界上最大的嘛呢城。——能有此行，我得向三位车友致谢，为圆我欲了解嘉那活佛的心愿，他们将去尕朵觉悟的日程挪后了一天。——他们觉得去新寨嘛呢城有些多余，它与前天看过的巴格嘛呢墙一样。

然而，面对号称“城”的嘛呢堆，连我也说不清楚，为甚还会泪如雨下？
然而，面对号称“城”的嘛呢堆，连我也说不清楚，为甚还会阵阵战栗？

我将视线咬住每一块嘛呢石，逶迤而行。恢宏的新寨嘛呢城，你聚合了25亿块或纤巧或厚重或优柔或粗犷或秀媚或朴素或斑斓或深邈的嘛呢石，既有五光十色的姿彩，又有富丽热烈的诱惑，既有神秘莫测的濡染，又有使奸佞为正直的教化，极富一番辽远且壮阔的来世韵味。然而，你决不只是25亿块嘛呢石的简单聚合，作为造化与心灵共构的一种自然存在，作为藏传佛教的经典与石刻艺术的宝库，你融合玉树人的血性、灵性、颖悟，贯穿一种强大生命意志力，凝固着一世嘉那活佛的夙愿，植根于玉树高原并与万古时空构成了万古的神秘。

我将视线咬住每一块嘛呢石，逶迤而歌。恢宏的新寨嘛呢城，绚烂的你不是诗屏，也不是画廊，分明是一具浩大而落拓的生命，25亿斑斓嘛呢石交叠着玉树人的心愿，向神述说。巍峨的你不是城郭，也不是山峰，分明是一部蕴藏神秘的天书，25亿斑斓嘛呢石交叠着一种本性征服，人神共途的美，无与伦比！

仿佛有一种声音召唤，我走入了五光十色的嘛呢城。

入嘛呢城，按规矩先拜佛堂。于是，轻轻入佛堂，我叩首于如来佛祖、八思巴佛、嘉那活佛的塑像；注目于佛祖手印脚印、嘉那活佛自显嘛呢石像；小声询问是否有嘉那活佛照片？坐在门边的当地人摇头，再大声问，仍摇头。活佛未留一字一照，我不相信，莫非也在文革中被毁？于是，记起结古寺主持之言："留得下的，早就留下了，留不下的，无论怎样都无济于事……"幽暗佛堂里，供桌上的酥油灯，有如归化时的寒凉火焰。

入嘛呢城，等于转经一次。"城"是由6米多高的嘛呢墙围合而成，"城"中又堆有一道道嘛呢墙，约3米多高，构成一条条斑斓小巷。"墙"上嘛呢石有的刻经文，或宏篇大著，或只言片语，涂以红白黑颜色，神秘诱人。"墙"上嘛呢石有的刻图像，佛陀菩萨，高僧大德，本尊护法，度母法王，应有尽有，无不闪着令人神往的佛光。小巷深处，我见两位老人在靠"墙"休息，手撮木碗中糌粑充饥，黑糊糊的手指，皱纹很多的脸，稀疏的白头发，褴褛的脏衣袍，唯有与我对视的眼，孩童般明亮……当我被其中一人衰老但很有热量的手牵着在她们身边坐下并接过另一人手中的酥油茶时，我流泪了！——在新寨嘛呢城，千千万万转经人，贫穷但骨子里却是纯粹的贵族！我跟在两位转经老人身后，慢走细看，越走越觉得自己是走在日暮时分的两座高峰下，山峰越高，拖在大地上的影子就越长，影子越长，越昭示出一种令我汗颜却又只能望其项背的境界。转经老人＋斑斓嘛呢墙，在我相机里具象为一幅画，看一回，记一辈子！

入嘛呢城，尤如徜徉石雕艺术殿堂。从技法上讲，有线刻、减底阴阳刻、浅浮雕、综合技法雕等。最常见的是突出画面肌理纹路的阳线刻制、单线刻出图像和文字的阴线刻制。据说，在这些贯穿强大生命意志力的嘛呢石中，传世之作约有几万块。或刻佛像经文，或刻律法历算，或刻宗教论述，或将一整套佛经都刻在若干石头上，甚至包括封底、封面而成一系列"经书"。所以，拥有"十万经书"的嘛呢城＝世界第一石刻图书馆。难怪友人惊叹：千载以来，天地之间，亦未有若是壮丽而奇伟者也，呜呼雄哉！

还是感觉有一种声音召唤，临出嘛呢城时，我又再次进入佛堂。供桌上的酥油灯在微微晃动，幽暗灯影里，无论何方圣神的塑像，皆朦胧仿佛。定定立于嘉那活佛的塑像前，我凝神而视，想读出他海阔天空的内心，想读出他皈依佛门的磨砺，想读出他普渡众生的佛心……然而，毫无创意的造像却让我毫无灵感，只是无端地觉得活佛的目光睿智沉静，似乎穿透一切，似乎对我说："我们的嘛呢堆，永远！"

禅的目的，就是要唤醒般若。

嘉那活佛如山，我高山仰止。

离别之时，我以藏族的方式捐三盏酥油灯以作供养，以汉族的方式给活佛磕了三个嘭嘭响头。

回眸之时，佛堂里响起诵经声：愿诸众生永离众苦及众苦因；愿诸众生永具安乐及安乐因；愿诸众生远离贪嗔之心，住平等舍；愿诸众生永具无苦之乐，我心怡悦……

回到车上，仍是一怀愁绪。好友相劝道：要你说出对一位诗人，或画家的了解，如果你不是专业者，能说出的，常常只是一些模糊的影像而已。譬如说起徐志摩，你只能背诵出“轻轻的我走了，正如我轻轻的来”，说起徐悲鸿，也只记得他是一个画过很多马的人。也就是说，许多创作者为了几行诗，或者几张被别人隐约记起的画，干了一辈子人们都记不起他。嘉那活佛却就不是这样了，他有传世之作，他真在玉树人心里……

确实，大千世界，有传世之作者，几属稀有。新寨嘛呢城因活佛而神秘，而成了风景，活佛因自己的沉默而成了传说。但无论哪一世代的人在哪一时刻里蓦然回首，除了耳熟能详的名字之外，他的新寨嘛呢城还在玉树恢宏绚烂，他的100多种“多顶求卓”舞蹈还在雪域生动如初，丝毫不曾染上岁月的尘埃，那该是一种多么大的褒奖呀！

我终于释怀了。

（三）尕朵觉悟神山＋赛康寺＋僧人索昂贡庆

玉树尕朵觉悟、青海阿尼玛卿、西藏冈仁波齐、云南卡瓦格博，是释迦牟尼钦定的四大神山，为佛门中人之毕生向往，也是壮美河山者的挚爱。现在，2006年秋，我们驾车走“川西北甘南青海”，打算朝觐尕朵觉悟、阿尼玛卿，从此正觉吉祥。

黄昏时分，我们终于到了尕朵乡。从结古到尕朵200多公里的路程，因遇上214国道修路，走走停停，竟耗时一天。

这里就是尕朵乡？能看见神山吗？车在一家刚建好还未正式营业的“雪域宾馆”中停下，还未签房，我们就迫不及待出门观看。这里虽被称为“乡”，却见不到一点“乡”的景象，空荡荡的街上一只黝黑的狗在不远处溜达，正疑心是藏獒时，它竟突然狂吠着奔将过来，吓得我们尖叫大喊地一下子逃进了店门。

突然的狗吠人叫，使街上一下子多了人。或红或青或紫的夕阳下，三三两两的藏人聚在一起，朝着我们笑。他们或站在屋檐下，或靠在石头墙旁，或蹲在木门框内，或干脆就站在街中间，全把目光抛过来，交汇在我们身上，尤其是交汇于我，我是五人中唯一的女性。但当我注视他们时，与谁人目光碰撞，谁便又含羞草一般卷了回去。我在阅读他们，读他们的憨厚、刚毅、质朴、也读他们的原始、贫穷，简单，他们读我什么呢？陌生？新奇？抑或“女人一个，怎不安分在家”的疑惑？我看见一个魁梧的康巴汉子，把挂在腰间的藏刀抽了出来，在马靴上蹭了蹭，又插进漂亮的刀鞘。这习惯的动作，这雪亮的藏刀，是否象征着康巴汉子的狂放、顽强？看来，尕朵乡太僻远了，鲜有外人，我想起了20年前我们用目光尾随外国人的景象。

但接下来的经历，让我发现此说大错特错了。——尕朵的藏人很热情，丝毫没有我们当年看外国人的隔膜。当晚，天空飘起了牛毛冷雨，我们围坐在店主夏古家烤火咨询如何转尕朵觉悟时，魁梧的康巴汉子提着酒来了，爱唱爱跳的姑娘小伙也来了……当歌声从被酒烧烈的喉咙里滚出来时，濛濛细雨中，在夏古家宽敞的院子里，豪放的锅庄一直跳到深夜。【“雪域宾馆”有院子停车，两人间，30个床位（15元/床），老板名叫夏古，藏族，联系电话：0976-8862800】。

清晨，下了一夜的濛濛雨停了，但天依然阴沉着，没有日色，也没云霓，空气却清馨非常，蕴有一种雨后的凉润。分别时，夏古又把昨晚的话说了一遍：先到赛康寺，找到主持索昂贡庆，请他帮着找向导才好转山。

扬不起一丝灰尘的细沙石公路上，只行驶着我们的一辆车子，偶而露出路面的碎石，泽亮着雨后的光润。路旁是高低不一的新栽幼松，一律湿翠寂寥。远处山坡上有草，是一种红茎的长叶，有白筋的叶脉，细密的毛刺，昨天还蓬勃着漫坡疯长，今日却全都倒伏了。只有广袤的草甸与昨天一样，向我们展现着一派祥和、生机：绽放成亮丽孤寂的黄菊花，一蓬一蓬，星星一样，靓在枯黄的矮草之中。帐篷里泻出的湿烟，沉沉地不往高处去，绕着帐篷写尽了人间温馨。枯黄矮草在翘首盼望，企盼太阳快出来把自己晕染成金黄。遒劲的草根与土壤之间，是土拨鼠的家，听到轰鸣声，它们探出了一排整齐的小脑袋……间或有高唱《慈祥母亲》的摩托飞驰而过，车把上的长长革条像马鬃一样飚舞，后座上的藏族姑娘向我们回眸一笑！

这僻远的玉树高地，秋来秋去都很早。到处可见边塞诗人岑参、王昌龄的绝句。

按路标指示，汽车驶过了一个藏族小村，在看见赛康寺的同时，也望见有如凌空出世一般的山峰，那就是尕朵觉悟了。远远望去，峭岭重叠，嶙峋险峻，但却无雪，寺庙上空的几缕白云，仿佛山神赐予的哈达，是毫无雕饰的伟大的自然之美。

下车观看，东北边有佛殿，西边是寺院，连接佛殿和寺院的是一个广场。广场很大，是寺院做盛大法事的地方。现在，广场上熙熙攘攘都是人，几个绛红僧人游走其中。询问才知，是赛康寺在廉价处理的积压物品。——小到日常生活用品，大到橱柜桌椅农具，均置于广场空地，绛红僧人非售货员，仅负责巡逻，货物任人挑选，选中者拿着货物到寺院门口三张桌子前验货定价交钱。

与绛红僧人说明来意，请求引见寺院主持。

于是，绛红僧人在前飘飘引路，将我们引至验货桌前，对一名正埋头填写货物名称的僧人说："他们看神山是啦！"还没等其抬头，又转身对我们说："索昂贡庆主持是啦！"便长扬而去。——我敢说，只有身处于如此特定环境里，才听得懂如此生涩的表述。

自此，我认识了赛康寺主持：索昂贡庆，结交了一位僧人朋友。

贡庆抬头看我们时，眉宇之间攒着一种复杂神色，似思，似忧。

赛康寺：著名格鲁派（黄教）寺院。相传这里是格萨尔王的故乡，诸如唐蕃古道、格萨尔王登基台等遗迹至今尚存。这里背山面河，灌木松杉竞茂，严密合匝，颇为壮观。尾随贡庆主持走入寺门，便觉气氛不同，仿佛气象特别大，原因是除高耸白塔之外，一律是红墙、黑椽、壁画、经筒、兼有黄色垂幔，再加上灌木绿椮，便有一种"正心诚意"的气氛，赛康寺比沿途看到的小寺肃穆多了，浩伟多了。

寺内左边是一排矮房和葳蕤花木，右边是带走廊的经堂，经堂门环上拴有五色丝幡，刹是好看。耳贴紧闭双门一听，诵经声如波浪，阵阵涌来。经堂后，是缓坡，上有藏经楼。楼呈下大上小的梯形，着黯红色，屋顶平坦，两个大经筒耸立其上，金光眩目。藏经楼内，最吸引我的是佛教经典《甘珠尔》与宗喀巴大师著写的《菩提道次第广论》、《缘起赞》、《中论广释》等藏书，此外，六道轮回图壁画、十项自在图壁画、绚丽的唐卡、紫红大漆橱门、鎏金勾绘的菩提图案、漂亮的酥油花、铮亮夺目的各种法器……都是难得一见的珍宝。见我垫脚伸脖地观看这些典籍，昂索贡庆竟让我以额头叩《甘珠尔》和《菩提道次第广论》，他浅浅一笑，说："叩典籍，得加持，助你心行。"

出赛康寺时，恰逢经堂门开启，鱼贯而出的喇嘛，皆戴黄色鸡冠帽，便知此乃黄教标志了。尾随贡庆步入经堂，认真叩拜黄教宗师的宗喀巴。仰视头戴黄色尖顶帽的大师，如同仰视令人惊诧不已的神话。1. 宗喀巴双手作转法轮印，我一点不诧异。——手印是佛教实践中一种具有独特寓意的手势，常见手印有转法轮印、说法印、禅定印、触地印、与愿印等。2. 宗喀巴双手生出两茎莲花，花朵却开于左右肩膀上，右肩莲花中生有经卷，左肩莲花中生有宝剑，我则诧异不已！——经卷 = 智慧，宝剑 = 神力，大师也崇尚文武双全之道？转身想与贡庆一说，却见他长时间双手合十闭目诵经，仿佛进入了一种很神圣状态，便不敢妄言打扰了。

瞻仰赛康寺，得一悟：藏传佛教，纵虽派系很多，然而，观看藏传佛教庙宇建筑，无论红教、花教、白教、黄教等，仅是外在布局稍有不同，内在感觉却为一样：只要一入其中，都能生出“平康正直”、“心诚意正”之感。

在寺内午饭后，贡庆说：“寺中之要，均已看过，其他建筑，请随心，定于下午三时在寺门碰面。”向贡庆致谢后，大家各取所需的行动了。由于甚喜经堂的壁画和唐卡，便未走远，里里外外地专心拍摄。约摸半小时后，见我抬着脚架欲走，一直站在附近的贡庆才说：“会修电脑吗？我的电脑经常死机，请你帮帮我……”

于是，有生第一次到禅房。贡庆的禅房极有布置，窗下修篁短篱，四壁皆挂一些花的照片，一张带刮了树皮痕迹的原木桌子上，突兀着一台很旧的Haier电脑。我很疑惑，电脑之于喇嘛，互不达界，他用电脑作甚？重做系统后，电脑可用了。贡庆显得很高兴，让我阅览储存在D盘中的文件。

浏览中，让我吃惊的是贡庆收集了六世达赖仓央嘉措的许多情诗，还做了一些裁章闲澹的“初解”。贡庆的初解，极有禅意，举一段为例；六世达赖仓央嘉措的诗歌，捧读之下，常常扼腕三叹。他一则执着，恨不相逢未剃时，一则逃逸，忏尽情禅，倾心空门，二者相纠相缠，抗颜接席，此乃“蚌病成珠”也。仓央嘉措的痛苦，连我都能觉察一二，莫说世俗中人了。《仓央嘉措情诗集》，我有，并能背

诵一些。不违贡庆的心愿，又为他增添了几首，其中之一：

你见，或者不见我，我就在那里，不悲不喜；

你念，或者不念我，情就在那里，不来不去；

你跟，或者不跟我，我的手就在你的手里，不舍不弃；

你来，或者让我住进你的心里，默然互爱，寂静欢喜。

……

浏览中，不知为什么，贡庆的话多了。他十分自豪地与我说，他是尕朵觉悟神山的一个花痴。——电脑中收存着贡庆将近3年拍摄的200多种花的照片，其中，最漂亮最稀罕的是红莲花。贡庆说，每年5月到10月是有花的日子，也是他最快活的日子。几乎3天就要去看花一次，3年都如此。不同花有不同的生长地，哪种花在阳面，哪种花在阴面，哪种花在深谷里，哪种花在海拔5500多米的悬崖上，他都了如指掌，花是他住在山上的耳鬓厮磨的好友。

浏览中，不知为什么，贡庆把他的秘密告诉我，他正在与中科院昆明植物研究所联系出一本专门介绍尕朵觉悟神山植物的书。——他电脑中收存着近2万文字，既有对每种花的藏、汉、英的名称标注，也有对植物习性、花果季节、生长特征及药用功效等的简单说明。贡庆说，他正尝试着用佛教教义来解释环保，也考虑到在小学课本中添设环保知识，让大家爱护尕朵觉悟。为圆这一心愿，他决定辞去赛康寺主持职务。

我问贡庆为甚不潜心伺佛，执于衣钵，从主持到堪布，孜孜而修成正果？

贡庆回答：佛之本意是悟、是修、是行、是灵魂的拯救。若思断情绝，弃这人间于不闻不问，佛性又将何在？我的一世花缘，我的神山情缘，怎么能在弄错的位置上蹉跎？

我惊异贡庆的眉宇之间，蕴着太多的深邃，他将是一个利益众生的人！

我欣喜贡庆主动将他的Email给了我：gongqing2006@yahoo.com.cn

于是，还没与他分别，我脑中已构思着如此一信：在云的这一端，我安安静静地守望着你，自始至终。——希望你钟爱的花儿们得到保护，绚丽灿烂；希望你图文并茂的书早日出版，泽及众生，扎西德勒！

下午三时，大家聚合于寺门。贡庆说："我寺教规之一，下午5:00，以寺前小河为界，禁止女人走近寺院，我带你们去村里住宿和找向导，可否？"我嘟囔道："为什么呀？莫非这里不拜欢喜佛？不是说密宗修行的最高阶段是必须有女伴合作才能修法？"朋友们大笑，贡庆却在一言不发地凝视我，眉宇间显然添了一些惊讶。"真的，我没说错呀，不信问主持，这是密宗理义的双修法，赛康寺为什么要有排斥女人的教规？”认真申明后，还是笑声，还是让我很窘的一言不发的凝视。很顺利，在贡庆的帮助下，我们在村里找到了向导解决了食宿。当晚，在向导家吃我做的青菜刀削面时，我又感觉到了贡庆一言不发的凝视。抬头看他，已是佛一般慈善而安详了。

尕朵觉悟又称“觉悟夏尕”，由一系列险峻山峰组成，意为“白圣客”，传说中是一位智勇双全的将军，神山主峰海拔5470米，周围山峰有28座，平均海拔约为4900米。分别是他的战将、神医、铸剑师、裁缝、家眷等。无论《甘珠尔》，抑或《格萨尔王传》中的有关描述，都为之披上了神秘的宗教色彩，尕朵觉悟是长江流域的神山之王，也是玉树藏民的千古守护神。向导告诉我们：围尕朵觉悟转山分三种：1. 大转——路途遥远，需8~10天，而且只有最后两天才能看到主峰；2. 中转——约55公里，需2~4天，有30公里可通车；3. 顶转——只需1天，但路比较危险，曾多次出现事故。考虑到余下的行程还很长，时间又有限，便决定“顶转”：登至亚玛盖朗垭口，近距离接触神山即可。——贡庆如此言之：“从顶转始，至大转终，与佛感应，佛我一体”。此话含意我懂：以后应再来尕朵觉悟大转一次。

开窗见山，开门见水，是赛康寺一绝。

还有更绝的：沿寺后山麓，曲折着一条被贡庆“转”出来的可达海拔4900米亚玛盖朗垭口的小路。清晨的天空总是那么静，那么温馨，贡庆步履稳健，像佛一样从容，他把我们一直送于寺后山麓。

挥手作别，我们跟着向导沿山麓西上。山无什么风景，除遍地嶙峋石片，还是嶙峋石片遍地，在没有路的路上，我们走得很踉跄。向导常常提醒：小心，把脚踩稳。显然，长草之处好走，很多的草都被践踏过，东倒西歪，醉了似的，山上还有花，单一的品种，贴着地面，一色的蓝。不知为甚，又想起了“花痴”贡庆。有花时节，他3天就上山一次，与花睇视，即悟禅缘。这无以伦比的执着和先知先觉的智慧，非神灵转世而莫能至此，这样的智慧是学而有之？还是尕朵觉悟灵气的凝聚？

沿山麓西上，山麓荒凉，心比山麓还荒凉。不料刚出山麓，眼前一亮，攀塬而上的小路旁，黄色野菊烂漫了大半塬坡，而右边山崖，尽是巴掌大的碎石，冰冷得近乎于一种残酷。面对这倔犟峥嵘的生命，我们都在安静拍照。镜头中，绿色的枝蔓铺地而起，葳蕤丛生；黄色的花朵颤满枝头，浓艳顽强；厚墩墩的单层花瓣，平平绽开，如蝶蹁跹；而背景是嶙峋山崖，是唤不出名字的巍峨大山。凑近细看，发现花蕊比花深黄，随风颤颤，像极了蝴蝶触须。这壮美于嶙峋山崖的野菊花，不畏霜冻，无惧日曝，恰似蝶之生命来历一般壮丽。——谁都知道，蝶的美丽来自那并不美丽小虫的生命

挣扎，而小虫生命的全部意义就在于一个美丽的生存目标，它去挣扎，去牺牲，去义无反顾地粉碎自己的生命原体，使之在裂变后以更美的生命状态存活于世。贡庆能这样吗？人在看野菊，思绪却又绕着“收拾禅心侍镜台，沾泥残花有沉哀”的贡庆了。

神山上的气候很怪诞，很莫测。才冒出须臾的太阳，又沉在乌云中了。冷风裹夹着乌云，在空中悄悄集聚。唯高远之处有银光闪耀，仿佛有神喻似的，叫人向往不已。远处的泉水呈靛青色，在灰白山石中奔流。生长在石峦中的野花、野草、野藤、枯的枯了，黄的黄着，还有少许的红，仍保持着一种表达的欲望和深情。几只白羽黑羽的小鸟，时时飞来，在石片上跳跃，它们的叫声圆润乖巧，犹如婴啼……

朋友问向导，假若没了这些鸟，没了这些花，没了这些水，尕朵觉悟神山会日渐颓萎吗？向导不置肯否，仅是笑笑。我又记起贡庆的忧愁，想起贡庆电脑中的文字了：以前，神山上的红莲花，一坡一坡都是，今年，我在山崖上只找到了唯一一朵。

走不完的砾片路，走不完的泥泞路，我们走过了弯来绕去，攀上了道道悬崖……走得气喘吁吁、大汗淋漓时，发现枯黄矮草中冒出的株株雪茶，明白我们已攀至雪线以上了。于是，又一鼓作气，攀完最后石山险路，下午2时许，我们到达了亚玛盖朗垭口。垭口海拔近4900米，在此了望神山主峰，一种琢磨不透的神秘让人窒息。

太阳极小，被很浓的云雾遮住，烁着隐约的白光，
神山极大，让云雾将全身隐去，只露出一个山头，
没有连际的青石冷峻严肃，峭绝玄美，一派铁青，
被青石合围的积雪如雪莲，美轮美奂，一派悲壮，
神山用横跨天堂与地狱的身躯在渲染着一种神秘，
用坚凝的玄机提示所有山岭：低头，躬身，祈祷……

我们“顶转”尕朵觉悟，纵虽只是走近了神山边沿，但也能算一次与神山的亲密接触。妄自评说释迦牟尼钦定的四大神山孰美，不恭，也不敢。但总以为尕朵觉悟的美最朴实无华，它以一种不是迎迓的迎迓，使我的行旅风尘与神山合而为一，它起伏的皱褶隐伏着思的奥圣，让我脱颖出一种投身神山的正念，即：逸出世网，到自然中去，以其任运自在的精神充实自己；再者，尕朵觉悟的美也是逼人的，传说中的28座大山，像一群不懂得匍匐的康巴汉子，而5470米的主峰则是最动人的一笔，它有一种刚烈与血性的表白，它是一种傲岸的雄性存在。在一种仿佛能听见冷兵器撞击声的觉悟中，我收敛了观赏闲情，有一种般若，有一种声音，来自神山深处……

转尕朵觉悟神山，历时一天。——整个上午、正午、下午。

然而，尕朵觉悟、索昂贡庆之于我，仍像一本未读完的书。

后记：

时隔四年，即：2010年04月14日，青海省玉树藏族自治州玉树县发生7．1级地震，而震中就在县城附近……

而今，无可挽回的损失已流逝在时光的浩荡里，沉浮起落在记忆里的，总还是玉树给我的忘不了的惊叹、情节、风景，那是一片永远生长青稞、牦牛、流泉的贞洁土地！

竭尽全力补救，

竭尽全力重建，

面向栖息着永恒之象的玉树土地，我祈祷：

玉树，早日痊愈你所有的哀痛，

玉树，重新凝聚起跨世纪的期冀！

压根儿没见最好，也省得情思萦绕；
原来不熟悉也好，就不会这般颠倒。
……

车行于画卷一样的甘孜州，诵读六世达赖仓央嘉措《情诗集》这一情诗时，倏地忆起“德格印经院”曾给了我这样的吸引与诱惑。

五年前，拜读宗喀巴大师所著《菩提道次第广论》。查阅诸多资料时，见过一张“德格印经院库房”的图片，让我顿生激动不已的向往。那是一张颇有些年代的黑白图片：一排又一排古老木架上，难以数计的经文雕板排列有序，浸润在一种神秘的晨霭中……

我无法形容这张黑白图片盈满的征服了我的美！

我无法描绘德格印经院凝聚的令人仰止的文化！

往后，任岁月淘涮，向往之情没有一丝一毫的磨灭。

更甚，与它相连的马尼干戈镇、玉隆拉措、雀儿山……也茂盛在我的相思丛林里。

而今，踏上探访它们的路途时，一种将与心上人相见的心绪，始终澎湃在我的心中，既情思萦绕，又神魂颠倒，竟与六世达赖仓央嘉措抒写的一模一样了！

美如画卷的旅途

——玉隆拉措·雀儿山·德格巴宫

玉隆拉措

拂晓醒来，钻出睡袋就看天。人在旅途，盼的就是天气晴好。可惜事与愿相违，阴霾的天空中，聚集着冷风邀来的众多乌云，它们正合谋制造着令人焦心的晦暗。

阿弥陀佛，只要不下雨就为天官赐福。——我们按时出发了。

出甘孜县城，沿317国道，驱车向北，行约60公里，到达中国西部牛仔小镇“马尼干戈”。小镇的家家户户都以牧马与雕刻嘛呢石为生，返回时我们将宿于此，并停留一日，故今天只作片刻停留。去小镇不远，驱车约10公里，位于317国道旁的“德格新路海风景区”便到了。

购20元门票步行入内，走完景区石径，再踏土路越过小山丘，一泓幽蓝倏地盈满了我的双眼！

湖水漫漶着粼粼波光，蔚蓝之至；嘛呢石静卧在新路海湖畔，神奇之至；白塔立于绿茵山坡上，炫眼之至；五色经幡在风中飘舞，斑斓之至；雪山环抱着一汪幽蓝，祥和之至……

张着嘴巴却没叫出声，我一时噤住了！

像眼睛铺在地上一样，做天堂的影子，只接纳白云和苍鹰的影态。

记忆中无数湖水，何曾有过如此摄人心肺的祥和?

记忆中无数湖水，何曾有过被我如此爱恋的圣洁?

这一泓幽蓝就是玉隆拉措，它让我思念了五年。玉隆拉措是藏名，现在，人们都喜欢唤它的汉族名字：新路海。

它的汉族名字很直白，即“新路边的海子”。“新路”为当年担任进藏任务的18军将士修筑，其中蕴含了一种纪念；它的藏族名字很诗意，即“叫人迷恋不已的神海”，其中蕴含着一个传说：格萨王王妃珠姆用自己的青铜梳妆镜化成了它。我喜欢这个名字。

圣洁的湖水边，尽是冷气袭人的天籁。

夹着雪粒的山风，梳一般刮。

芊芊绵绵的小雨，雾一般洒。

微冥的天色里，我沿着湖畔迤逦而行。

玉隆拉措是一个很大的冰川湖，海拔约4040米，由雀儿山巨型冰川淘挖侵蚀而成。雪山、冰川、草甸环抱着它；冷杉、柏树、杜鹃点缀着它；湖畔没有尘埃，没有喧嚣，清幽绝妙，雅宜超凡；湖水蔚蓝得像一颗巨大无朋的蓝宝石，明净得像一枚硕大的青铜镜。

沿湖迤逦的我，迷濛在一个美的幻梦里。

美的幻梦中，我听到了空气中漾动着细碎的环佩声，仿佛看见珠姆王妃披一件蝉翼一般的素洁鲛绡缓缓走来，铅华淡洗的她，肌肤胜雪，垂踝的青丝在风中飘舞……

玉隆拉措是一个千年的神湖，一首永远的诗，天上人间。

它滋润着甘孜的田野与草原，它是最纯净最崇高的甘冽。

甘冽是冰川之水，从雀儿山的粒雪盆汩汩而下。

甘冽是山的血液，是山的心语，更是山的爱情。

掬一捧湖水，犹如握住了恋人的手指，颤栗从指尖流向内心。

我饮清冽流碧的甘冽，

我品销魂醉魄的幽香，

我闻莹莹清露的气息，

我赏莹莹生辉的天光，

我听波光里撞击的音籁，还隐约着鱼的喋喋。

哦，这便是本来的高山流水。

玉隆拉措很大，倘要看顾得全，览尽它的三三六六，很难。

这里的雪山、冰川、翠峰、草甸、花影、白塔、经幡……迷濛而邈远，全都笼在时聚时散的烟岚里，让人顿生出尘之念。

于是，看波光，看云影，看山色，看石姿，色彩依次展开；

于是，听水声，听松涛，听鸟鸣，听蛙唱，清新流过胸膛。

我的视线不觉集中到两个特殊镜头上了——

湖畔有很多的嘛呢石，体态庞大者粗犷，身形较小者率意。或卧于水，或欹在土，或半水半土，都雕有眩目的六字箴言。它们像一只只载了佛心的古船，又像一个个匍匐于地的藏民。浩浩淼淼的湖水与极富宗教色彩的嘛呢石相衬，一派淡定安祥，再加之次第展开的色彩，“深深一湖禅意，浩浩一湖圣洁”的意境以足至十分。说不清何种心理，很想与这些灵性的石头合影。可当我眯笑着与它相靠时，又觉得自己俗而又俗，小而又小，有如俗世中的一粒浮生物。

湖畔坡地上郁青着一片冷杉与杜鹃，有的绿得深，有的绿得浅。颜色深处的树很密，树干笔直向天，枝柯纵横交错，缠绕得甚是亲密；色浅处的树很矮，而且离得很开，中间见一浅黄草地，有一佛塔在纯白着自己的纯白，有一经幡冢在粉红着自己的粉红，隐约在流碧溢翠中，煞是妙曼，弄得我跃跃朝它走去。走近才见，黄草地上敞亮着一条褐色小径，它由转经人用鞋底造成。按照民俗，我围着白塔，顺小路右转三圈。这样，流碧溢翠的坡地上便徜徉着一点红了。

转经刚结束，正想朝湖畔走去，听得同伴呼唤，命我再转一圈，给他的照片衬个色儿，于是，如同卞之琳的名诗《断章》，我成了风景中的风景。而后，我安静地“面”湖而坐，仿效高僧之面壁，以清波“洗”心，让一种原始的萌动渗透我的筋骨，渗进我的血脉……

在圣洁的玉隆拉措，我回到了生命之初，回到了生命之源。

夹雪粒的山风，住了。

芊绵绵的雾雨，停了。

下午的少许阳光洇染着静谧的湖水，

晶莹亮眼的玉隆拉措美得前所未有。
我融于了这一泓碧蓝，
犹如一个进入爱恋状态的情人！

雀儿山

左催右喊中，只有不舍地离开了；三步一回头，依旧是情思萦绕……

然而，当我发现同伴聚精会神驾驶汽车在夕照中急急忙忙地奔驰时，才猛然醒悟自己在玉隆拉措实在耗时太久了。——天黑前，我们必须越过雀儿山，它100%的险峻。

藏民说：天有多高，雀儿山就有多高，天就在与天齐高的雀儿山上。

我说，雀儿山标志着人生的一种高度，它6168米的海拔不容许生命中的弱者通过。

雀儿山，顾名思义："雀儿也飞不过的高山"。

雀儿山，我们渴慕已久但又心怀忐忑的大山。

夕照中的雀儿山，天空很蓝，蓝得深不可测，有些发暗。空气很净，净得毫无纤尘，有些滞沉。山道很险，险得提心吊胆，有些恐怖；夕照中的雀儿山，巍峨壮美，寥廓静寂，有瞬息变化的白云，有阳光下依然飕飕的雪风，有终年不化的皑皑积雪，有排山倒海的大小山峰，有令人逶迤不尽的惊羡……唯独没有鸟儿划过的痕迹；夕照中的雀儿山，"严峭岭稠叠，连障叠嶙峋"，渲染着一种叫人喘不过气来的险峻，然而，如此大山，雄峙华夏，耸立于世，却从未获"名山"之誉，有失公允地一直寂寞至今；夕照中的雀儿山，滞留着一种洪荒的余韵，滞留着未曾被触摸过的原初，滞留着被大自然反复修改的壮美，冥蒙而混沌，犹如一部邈远的神话。

车至半山，坡越来越陡，心惊胆战的旋行攀升开始了。

载着四个鲜活生命的汽车盘旋在叫人喘不过气来的险峻上，走的尽是在险峻崖岭上凿辟出来的凹凸山道。

刚小心翼翼地爬上一段陡坡，正全神贯注地绕过一个急弯，没料到岩上泉水竟会劈面打来，"哗啦啦"落在挡风玻璃上，吓得我们魂飞魄散，以为遭遇坠落的山石；巨崖上黑糊糊的山洞，状同一个张大的巨嘴，钻山洞时，感觉像是把车吸含进又蟒蛇一样吐出一样；四周山峰魔鬼一样疯长，一个高出一个，闪着或青或紫的光；顶着白雪的无数峻岭，像千百栋屋宇累叠，峰峰相连，浩然一片；咧成兽牙的巨石参差着，如狰狞的山鬼森然而立；半个月亮怯怯藏于其后，好像一藏千年，都不敢探出触摸的手。车内不闻半点人声，只有引擎"哼哼"轰鸣。回眸与系好了安全带的同伴相觑，心中突然悸动起一种死的恐惧。

快到山顶时，才晴了一会儿的天，又飘起有些发蓝的雾雨。雾雨被冷空气一冻，变成了浑圆透亮的米粒雪。狂风肆虐着它们，将车窗敲得叮咚乱响。眨眼功夫，车窗上铺了一层，路上也铺了一层。车行其上，险象环生，惊魂难定。车轮打滑了，就连方向也有些飘悠了，大有“右走一步能活下来，左移一步就嘎然死去”的危险。

无奈，只有将轮胎气放了一点，很小心翼翼地慢行。

无奈，只能将“生与死”揉成一张破旧纸巾，任冥冥之神安排。

此时，在云缝深处晶亮着的小块蓝天，竟与死神铁青的瞳孔一模一样；从云缝间射出的几缕光束，竟闪烁着匕首一样锋利的寒光；很冷的雪风从车罅缝中钻进，带着呜呜的响，像一群小鬼嘘嘘地游荡；车外如烟的蓝雾，飘来飘去，是鬼魂不招而至的一种呼吸……

一种不妙在胁迫着我，好像再前一步，就会付出鲜活的生命。

然而，尽管我们心里都蒙上了太多的恐惧，尽管我们对雀儿山的情感怎样的翻云覆雨，有一种诱惑，仍不可抗拒。

譬如，我心里就蜷伏着一个挥之不去的呼唤：心中圣殿，德格巴宫！

命中注定，与险峻的雀儿山结识，是一种缘分。

关山重沓，倘若没有萦绕情丝相牵，没有筋骨相连的眷念，没有对藏族文化特殊而执着的感情，我断然不会舍去舒适，远离坦途，冒险走上连鸟儿都不能飞过的雀儿山。

于是，我只有在心里喃喃：唵嘛呢叭哞吽……

反复喃喃中，惧怕渐渐消融；仿佛得了佛的护佑，人也从容笃定了。

我认定：佛陀一定会保佑所有前往佛地的人！

终于到雀儿山垭口了，此处海拔5050米！

我们像藏民一样，恭敬下车，向山神致敬。——在凛冽雪风中，我们取下帽子，迎风抛洒事先准备好的五彩“风马”，山呼“啦索索，啦索索！”

纵情呼喊在雀儿山垭口，我五内如沸，泪水抹去了又出来！

这时，夕阳极大极白，在紫色的山腰缓缓下落。伟大的光圈泻染开去，恢弘的山峰笼上一层淡淡的温暖，一消了原先的恐怖冷色。天幕上的远近山峰，犹如千万匹奔腾的野马，突然静止了野性狂飚，呈现着一种惊人骇俗的大美，迥写着与内地名山不一样的独特。

微红的月亮像半面铜镜，挂在湛蓝的天上，分外娇羞。

天籁大野，日月同辉！

我们沉醉在只有临近天界才能看到的风景中……

啊，越是悠远的美，越是无声地躲避着尘世；越是奇绝的美，越是令人难以接近和占有。站在与天齐高的雀儿山上，我们迢览众多巅峰，笑对入怀雪风，既得云天气慨，又懂山川情怀，始知庄子“心有天游”四字气象了。

德格巴宫

离天亮还有好长一段时间，我就被翻窗而入的诵经声摇醒了。掀窗帘细细一看，窗前平台上，迷濛烟雾中能见一位老人在煨桑，并喃喃有声。这种有序、有谱、似乎定了调的声音，不仅没令我生厌，反而让我于梦和醒的边沿，继续眷恋在睡袋的暖与舒适中，隔着窗子感受着藏区特

有的生息与节律。

德格的清晨，依然是浓云密布，有一种雨天的迷濛与厚重。昨夜的大雨，把这座小城刷洗得非常洁净，就连四周的丛林也不带一点尘埃的葱翠欲滴。在更庆寺一喇嘛的引领下，我们沿一段上仰20多度的坡路慢行，至欧普龙山沟口，更见许多绿树夹迎，山翠蔽空，红墙金瓦隐约其中，间有水声自远处传入耳中，时而涓涓，时而潺潺，似婉转悠长的鸟语，又如不绝的诵经声，倏地想起了桃花源之世。

于是，左顾右盼，兴奋得如同稚童一般。蓦然，云层错开，亮隙扩大，有许多巨束日光激射，辉映着掩在山翠里的红墙金瓦，我眼中的“桃花源”又成了一方灿灿世界。

更庆寺喇嘛说，这是一块吉祥宝地，红墙金瓦就是德格巴宫。

吉祥宝地——桃花源之世，这异曲同工的赞美，我尤为喜欢！

喇嘛说，欧普龙山沟具备了藏族传统风水中典型的“八瑞相”，即：右旋海螺、胜利幢、妙莲、吉祥结、宝瓶、宝伞、金鱼、金轮。在他的指点下，我们仰望了四周青山，发现有的像右旋海螺，有的似负宝大象，有的如展翅大鹏；我们还知道了欧普龙山下有金沙江的两条支流：色曲河、欧曲河，它们如两条腾跃的青龙，护佑着吉祥宝地上的德格巴宫。

突然间想起，自古有诗云：天下名山佛占多。

想必佛跟文人雅士一样，只喜山水秀美之处。

“德格”是藏语，意为“善地”。德格巴宫就是这一块善地上最璀璨的文化瑰宝，堪称“善地吉祥多门大法库”。它始建于公元1729年，耗时27年，1756年竣工。创建者是德格第12代土司兼六代法王巴登泽仁，后继者是第13代彭措巴登土司与14代洛珠降措土司。德格巴宫不仅是藏文化发祥地，也是全人类最珍贵的文化遗产之一。

据考，藏文化共有三大发祥地：德格巴宫（四川）、日喀则朗通印经院（西藏）、拉卜楞寺觉列印经院（甘肃）。而藏文化中70%以上的典籍，德格巴宫都有收藏。它现存藏传佛教经书32多万块印版、藏文化各类书籍10000余册、各类珍贵画版6000多块，其中不乏珍本与孤本。当年，清政府曾赐予德格土司一对铜质镏金孔雀和法轮，以彰显他创建印经院的丰功伟绩。

我以为，无论哪个土司，抑或匠人，凡参与德格巴宫修建的人都功德无量！

时间河流在湍急向前，它淘尽了世间英雄。但是，无论哪一时代的人在哪一时刻里蓦然回首，都会发现世代相传的德格巴宫永远屹立，生动如初，丝毫不曾染上岁月的尘埃，该是多么了不起的褒奖呀！

伴碧水而依木林，谐清幽而含静远，誉称“吉祥宝地”的德格巴宫真美！

凝视这一与佛意相符相合的藏式建筑，为它凝重庄严的外形，为它鲜洁清爽的内蕴，为它灿灿生辉的镏金法轮与镏金孔雀倾倒，它们确实是中国藏区所有寺院里最荣耀的唯一。

啊，我就在德格巴宫面前！

啊，德格巴宫就在我面前！

我无法说清楚我的心在怎样的颤栗！

我只会痴痴站立，面对我心之神圣！

顺着脸颊，汩汩而下的是我的眼泪……

此时，不知从哪里飘来几缕白云，先驻足在左侧的山峰上。须臾，它们忽而在正门顶上的镀金孔雀与法轮间穿行，忽而在紫红色的墙内墙外流连忘返，仿佛慈祥白度母赐予德格巴宫的洁白哈达，把慕名而来的我引入了颇具神秘色彩的景观之中。

景观一：德格巴宫不是寺庙，但沿着院墙转经的人很多，一圈又一圈，有浩荡之势。这样一个伟大的圆，令人心驰神往。

晨钟在轻响，经幡在飘舞，转经的人们围着德格巴宫在走，摇着经筒，一圈一圈；衣袍破旧的他们，满脸沧桑，却泛着一种黑红的亮光；他们相信轮回，相信为来世的幸福要执着于今世的烦恼与困顿。于是，他们善爱互报的心里，尘世间的困顿与磨难，都轻如鸿毛；他们是一个浩浩荡荡的群体，又是一个单纯而朴素的一，他们追求的执着，有如苦行的圣徒，其虔诚，竟到铭心刻骨。——以既定的仪式，从生转到死，甚至一步一匍匐，一步一叩首，为的只是向心中的佛虔诚膜拜，为的只是进入令人醉迷的人生终极。

这浑厚的人文基因，这信仰，任何世俗力量也征服不了。

这浩浩荡荡的人群，这样一个伟大的圆，让我刻骨铭心！

与我们同来的更庆寺喇嘛要去转经，他说：在德格巴宫转经，今生的修行功德会成倍增长，

来世必定获得大智慧的解脱。如此之说，我100%相信，因为什么土地长什么苗结什么果，德格巴宫是一块凝聚大智慧的吉祥宝地。

于是，把相机放入摄影包，端正装束，我小心翼翼走入转经队伍，试图让自己融于这样的虔诚之中。

我的双脚在走，一圈又一圈，心虽有些惴惴，但却没有一点被拒斥与唾弃的感觉。很快，我与转经的人们便有了一定程度的相知相依，话语与动作都是多余的，卓玛、扎西、央金……不再是陌生的符号。他们于我都很亲切，只要与他们对视，映入眼帘的都是心无栅栏的笑容！

一圈又一圈，我的双脚在走；

一圈又一圈，我的思想在走。

我沉浸在以善为本的佛光中，顿生一种灵性慧悟：人与人之间的依存关系原来就是这么简单、明白，只要“心诚意正”即可。——这是一个最简朴不过的生活道理，许多人却难以做到。同时，我也知晓，对于善爱互报的藏家人，我将注定无法继续深入，他们将永远超脱于我苍白的想象和探求之外。我充其量只能在遥远的地方，我充其量只能在偶尔的机会中，聆听他们众爱众善的心跳。

景观二：德格巴宫是一个“藏经馆”，收藏量居中国藏区印经院之首；德格巴宫又是一个“活着的博物馆”，古老的刻板印刷文明至今仍旧鲜活如初。它虽简陋而落后，但不觉一丝一毫的衰败，有生命朝气和一种可称作“场”的神秘力量在。

参观德格巴宫需买门票，票价25元，我将它视为一种功德。随同门票还赠与一本印制精美的小册子，将德格巴宫的经堂、壁画、印板、版画、印刷工艺都作了图文并茂的介绍。这样的门票实在令我惊讶不已！——如此僻远小镇竟能有如此文化的策划，实属罕见！不禁想到，全国各地有多少“美丽的门槛”都要凭票跨越，而像这样“文化而高贵”的邀请，怕是少有。

这样的“文化”，就是财富，

这样的“高贵”，就是文明，

德格巴宫，不愧一座凝聚智慧的文化圣殿！

步入大门，院内静寂无声，几乎不见人迹。拍摄院内全景时，曾坐等一位红衣喇嘛作衬，良久，仍寥无一人。这与院外浩浩荡荡的转经人群相较，又是一番景象。——这是一种大智大慧的沉寂，其间袅绕着无限古意。掐指一算，277年的悠悠时光就凝铸在其中一石一木里了。

拍完默寂的院内全景后，与朋友分手，各取所需的拍摄开始了。

我始终挂念着“印板收藏库”，匆匆想寻到它。——因为，在我心里，它们已鲜活了五年。即使现在没了以前看过的黑白图片，然而一个“它”的印象，如同嘛呢石上的六字箴言，清晰明了。

所以，当我与图片上一模一样的印板收藏库相见时，

我由衷的倾慕，犹如从心海中喷薄而出的七彩阳光。

踏在“印板收藏库”的斑驳青砖上，我的脚步很轻，很慢，生怕扰乱佛陀普度众生的思想步履。为防火，库房内没有一点电路设施，唯一的光源来自早启晚闭的窗子。两排木架墙间设一长形窗，采光＋通风。天光从开启的窗子涌进，或明或暗，朱砂染红的印板与红桦木架都呈暗红光影，洇染着一种缥缈神秘的远古色调。我用倾慕的眼光抚摸，细细端详，为它盈满的智慧折服；我用活跃的思想斟酌，慢慢品味，为它蕴孕的文化仰止。徜徉其间，我除了惊叹雕版者的博学与绝技之外，更为这些精妙绝伦的雕版庆幸不已。——这些亘古不变的雕版，远离劫难，深藏于此，给历代藏学家提供了一个洞穿古代文明的窗口。——这无可比拟的功绩，恐怕是当年的创建者六世法王却吉·登巴泽仁所始料不及的吧？当库房里的喇嘛告诉我这些朱砂红印板就是著名的《大藏经·甘珠尔》时，我已不由自主地双手合十，顶礼跪拜了……

很想自拍一张照片，让自己与这凝聚智慧之光的美融为一体。于是，支起脚架，采用8的光圈、1/15秒速度正要自拍时，一位喇嘛过来制止说：“请爱护文物，请不要拍照。”他指着隔壁的房间说：“印经房，可以拍。”

说来也怪，只要一听到古寺梵钟敲响，一看见端坐着数拨佛珠的喇嘛，我都会一下子肃整起来。现在，更有甚之，我觉得我的每一根发毛都流露着内心的恭敬＋忏悔，连忙道歉说：“对不起，对不起……”

表情肃穆的喇嘛笑了。

于是，微笑的喇嘛在前，虔恭的我在后，一同向印经房走去。走至宽大的窗边，向左，再

上十多级楼梯，四周有些黑，且静寂无声，很像步行于时间隧道之中，只有木质楼梯在脚下“吱吱”地响。

然而，等我一脚踏进能容纳20多人的印经房时，霎那间，仿佛历史活了！

真的，历史活了！数千年踪影全消的“刻版印制文明”竟如此真实地出现在我的眼前！

进入这个很古老的印制场地，仿佛置身一个很久远的凝固岁月。

这里的印经者都两人一组，他们先在简陋印凳上夹好经板，让之倾斜大约30度，印刷时，两人高低相对而坐，高者一手在印板上抹墨，低者取未印纸张高者另一手接，并平铺于经板，与此同时，低者再用滚筒均匀压印，高者取已印纸张置于身旁……如此循环，飞快的仰俯不已。据说，他们每天的任务为2400页左右，按此计算，他们至少要仰俯4800次。

此外，每日收工前，他们还要到楼下领取旦日用纸，先取水将纸弄湿，后用布包好，两块木板夹之，再压上一块四五十斤的石头以让水慢慢滗出，确保旦日印刷上墨清晰且不会散开。询问后知：纸是藏纸，用“瑞香狼毒”的根茎手工制成。狼毒草根有毒，用它作纸，虫不蛀，鼠不咬，不仅纤维柔软，还耐酸碱，所以比布的寿命还长。

间或，有喇嘛来巡查。我见他表情平和，不督促快慢，只是抽查印制质量而已。我估计这只是印经院的一个管理环节而已，因为，所有印经者都是一边念经一边干活，心中有佛岂会马虎与怠慢？——偷工减料，马虎怠慢，是无信仰者的勾当。

焕然一新的手工印制，细腻而真实；

再现于世的刻板印刷，古老而鲜活；

德格巴宫，中国刻板印刷文明的活化石，堪称世界文化遗产。

很古老的印制场地，如梦如幻，奇特非常。我迅速支起脚架，选取不同的角度，把印经房全景和印经者的专注神情、逼真动态……都摄入相机。最后，我把镜头聚焦在临窗而坐的两位老人身上。

两位老人在用珍贵的画版印制佛像，

两位老人的动作不快，但细腻之至。

首先，他俩在《释迦牟尼》画版上涂抹朱砂等颜料，待其稍干，两人合力把一块黄土布紧紧绷好，使其纹丝不皱地贴在画版上，再用柔软的布团轻轻拍打片刻，然后，两人抓住黄布四角，将之果断揭起，褐暗的土红，灿灿的杏黄，生动的纹线，一张微笑的释迦牟尼佛像便再现于世了。最后，其中一人起身，把印好的佛像晾在身旁的绳索上，其中一人又开始涂抹朱砂等颜料……

两位老人印制得很投入，几乎无视于我的存在。

拍摄结束后，我静静立着，处于一种很庄严的沉静里，视觉好像幻化到很远很远的地方。

——这些质朴的神圣的经文佛像，分明是历史在梦醒时分就赠与人类的了。现在，它们却带着新鲜的染料，带着先古的信息，带着类似天机的玄秘和说不出的魅力，又展现在我的面前了……

时间静止着，历史静止着，视觉却幻化着。

简陋的印经房内，历史与今天，古代与现在，交错叠现，深邃奇异。这种神奇的时间重叠，给我的浪漫想象和神秘刺激，很难用文字来表述清楚。正午的阳光很亮，大量七彩阳光涌进窗子，辉映在朱砂红印板、黄色土布之间，交错在仰俯不已的印经人身上，印经房不再简陋了，它溢满了生命朝气，溢满了一种可称作“场”的神秘力量。

堪称“中国刻板印刷文明的活化石”、“世界文化遗产”、“凝聚大智慧的藏文化发祥地”、“藏族人民崇拜的善地吉祥多门大法库”的德格巴宫，整个布局为一个扁“回”字，宫内建筑依次为护法堂、印板收藏库、晾晒纸张室、印刷室、装订室、经书成品库、刻制印板室、造纸场地等。整整一天，我朝拜了它从上到下的每一个房间。值得自豪的是：我是来此朝圣的人们中为数不多的昆明人。

是夜，我酣然入睡。

睡梦之中，德格巴宫用它温柔的手蒙住了我的眼睛，揽住了我的一切，我忘情在前所未有的拥抱之中。当它温柔的手把我所拥有的一切剥成一朵莲花时，六世达赖仓央嘉措《情诗集》里的一句话飘然而至：分别即是魅力，即是怀念，即是刻骨铭心的牵挂。

我相信这是肺腑之言。

因为，伟大的德格巴宫从此种植于我的周身了。

此外，还有美如画卷的玉隆拉措、雀儿山……

无不定格成我意念中永恒的画面、持久的风景！

文成公主庙

一个升华了的伟大女人的话题

圆天如盖，四野无限寥廓、恬静；阳光明媚，黄了稍儿的草，像镀了一层金。

玉树的宽阔草原上，平坦的公路几乎没一个弯。我们驾汽车驰骋，览尽了壮阔与坦荡，览尽了灿灿的金黄。风驰电掣20多公里，遥见一山谷，正以润眼的绿色突兀着与草原迥然不同的风景。

莫非它就是勒贝沟？减速拐弯，驶入询看，果然。

沿山谷公路前进不久，但见一不大的褐红庙宇，无声地安卧在勒贝沟这“洞天福地”的怀抱之中。

湛蓝的天空中，许多白云铺向远天远地，徘徊着不舍的去意；嶙峋峥嵘的岩壁上，挂满了粉红经幡，阳光将它们晕染得妩媚而绚烂；几十棵高大的松柏站成一围，无声肃立，很像唐朝送亲队伍中身披盔甲的威武卫士；聚拢在一起的滴翠灌木，与谦卑宫女一模一样，簇拥而立，在聆听风中咏诵的大唐鼓乐；万仞峭壁的蓝天上，一只孤独的苍鹰飞得又高又险；两个小喇嘛斜依褐色庙门而站，脸上的表情或聚拢而来，或疏散而去，都是一副深邃哲思的样子。

玉树勒贝沟里泊着一汪难以忘怀的岁月。

褐红庙宇便是我们要探访的文成公主庙。

走入庙门，窄长的白墙小院正中，端立一黑色石碑，上刻五个朱红汉字：“文成公主庙”。石碑背面，也刻有大小体藏文，小者是文成公主庙的简介，大者是修建缘由：“为祝愿万民众生安康幸福，为祝愿佛教昌盛，修筑此庙。”

如今，文成公主庙已是国家级文物保护单位。

蹲下，我摸了摸黑色石碑，很冷，它正在阳光中复活。

朋友说：知道吗？你摸着了唐朝。我想：我摸着了一个唐朝女人的梦。

同为女人，我知道每个女人都有梦，都会在某一时刻绽放出特有的美丽。文成公主，这位唐朝女人，她于我的吸引力，岂止仅仅史册上“汉藏友好使者”的丰功伟绩？我奢望能访到她“女儿梦”中的一些水流星影。

想来也怪有意思，读若干“藏族神话故事”有一发现：善良的藏家人常把心目中超凡入圣的人敬祀为神，文成公主就是其中一例。

由是，祀奉文成公主的庙宇遍于藏区各地。其中，玉树勒贝沟的“文成公主庙”因载入史册是真正意义上的古迹。

史载，公元641年隆冬，文成公主在唐送亲使江夏王太宗族弟李道宗和吐蕃迎亲专使禄东赞的伴随下，出长安前往吐蕃，迤逦西行。松赞干布在柏海（今青海玛多县）亲自迎接。他谒见道宗，行子婿之礼；他喜见公主，倾爱慕之意。随后，他与公主一路同行，翻越巴颜喀拉山，涉过通天河，在草肥水美的玉树休整一月。当是时，文成公主认为艰难旅途的有惊无险皆因佛主相助，她请求松赞干布派工匠在勒贝沟悬崖上雕刻了九尊大型佛像。——这便是文成公主进藏沿途留下的规模最为宏伟壮观而弥足珍贵的历史文化遗迹之一。

公元710年，唐蕃再次联姻，金成公主进藏路经勒贝沟。爱屋及乌，她下令替9尊佛像盖建殿堂一座，并以“文成公主庙”名之。如今，两位公主早随岁月之河一去不返，而文成公主庙作为逝水之后沉落的一种文化积淀，获得了万人敬仰的永恒。

站在窄长的小院中仰望，文成公主庙颇有些壮观。整个庙堂倚万丈悬崖、贴巍峨石壁而建，土筑石砌，高13余米，窗门墙壁皆为褐红，加之镏金宝顶，色彩绚烂无比，尤如挂在峻险山崖间的一片云霞。

从外观之，庙宇似为三层，第一层是厚重的双开木门，第二层是高大的双扇藏式窗户，第三层也是一排六扇藏式窗子。据说，这些窗子平时都不开启，作采光与装饰之用。

入内视之，庙宇实为一堂，高敞而幽深。

这样“外三内一”的巧妙设计，气度不凡，它令我一下子想到了造型奇特的北京天坛。

高敞庙堂的正中是大莲花宝座，其上，双腿盘坐着高约7.3米的主佛。主佛双手叠交，垂放于腹，双目正视，端庄慈祥。佛像头顶岩石上刻有六字真言，头顶后部刻有五彩光环，身体两旁刻有三尺宽的藏式图案……可以判断，它们都是将工匠悬吊雕凿而成的，有些粗拙，可正是这样的粗拙创造了艺术。

两侧的小莲花座上，左右各立四尊高约4米的侍者佛像。他们手持宝物，或莲花，或金刚杵，或牡丹，或宝瓶，或如意宝食碗，或七星上方剑，而且神情各异，栩栩如生。

庙堂里，九尊佛像与大小莲花宝座皆以悬崖巨石刻成，突兀悬空，有飘然欲行之感。此外，庙堂东西墙壁上有两组大型壁画，如今已是珍贵的历史资料，它们以独特的视觉，展示着文成公主路过勒贝沟时当地藏族头人和藏民隆重欢迎的动人场面。

奇怪了，这里的佛像为什么都头戴金冠身穿朝袍呀?

朋友的一句轻轻自语，足以让我心动、神潸、欲泪!

我是一尘世俗女，既唤不出庙中各尊大佛的法号，也弄不清各尊大佛主管人间何种事务，但我清楚知道佛像若需披挂时一般都为袈裟。所以，面对这些“头戴唐代朝冠”、“身着唐代盛装”、“耳佩金银玉环”的佛像，我生出了一种“梦回唐朝”的幻觉，文成公主洒泪离别长安的跫跫足音骤然响起……

我沉浸在无边想象之中：1357年，朔风如诉，悲声切切。“如今往后，哪里是如期如寄的家呀？山峰之上？水流之上？不毛之地？”——迤逦西行的和亲队伍中，文成公主肯定这样长久地喑哑过。

我的心在说：“公主，不要犹疑，坚定地往前走吧，西藏的北风很硬，但西藏有豪情万丈的真情汉子！”

阵阵清风从敞开的木门吹来使我感到了幽深庙堂的冷。

公主洒泪走向冷月边关竟演绎成了让万方奏乐的大爱。

举目四顾，公主庙堂与岩崖都已满是沧桑，

倾耳聆听，公主的唐朝恋歌依在起伏跌宕，

那么久远，那么真切，从“着唐朝衣冠却含飘逸仙风”的佛像身上流露了出来，一种永远的思乡表白！

我瞻仰过不少的藏族寺院，也造访过不少的名刹古观，所感受的大都是建筑物的森然、陈设的堂皇、佛像的肃穆、雕琢塑画的精巧……此外便是让我每根发毛里都蕴有的恭敬与戒惧；文成公主庙却大不相同，它浓郁的大唐韵味、它牵动人心的思乡恋情，它昼夜长明的酥油灯，它从不间断的香火，它供奉的一对恩爱夫妻……都让我获得了一种从未有过的感受，

在这里，我默然心祭者，是唐太宗一个远亲侯王的宗室之女；是身负“和睦邦交”使命远嫁吐蕃的贤德之女；是屡被大唐嘉勉“和亲抚蕃·功德千秋”的睿智之女；是至今仍被藏民族视为“功德女神”的文成公主。

于是，这些亲切的红尘气息一下子解除了我的“戒惧”，让我放开胆子恭恭敬敬地“作怪”去了——

凝视文成公主与松赞干布的画像，隔着时间，我与一对恩爱夫妻对视。

以烙印的方式：我清晰记住了文成公主。一位慧质兰心、沉蔼如水的唐朝女子。椭圆的脸庞，柔媚的眼睛，紧抿的嘴巴，尤如一位毅然决然点燃爱火焚烧自己的爱神。

以仰慕的方式：我也将松赞干布烙印于心。一位“力拔山兮气盖世”的吐蕃汉子。虎虎生风、率真自然，浑身上下洋溢着一种“文明”的大唐男人所没有的万丈豪情。

摸了摸像框上的灰，我触到了一种久远的欢乐。

抬眼凝视东西墙面上的壁画，我的思绪撑开了一树故事的花：

相传：松赞干布与文成公主在玛多柏海相见时，驰骋高原的吐蕃王顿时为之倾倒，无权选择婚姻的公主也庆幸自己遇上了一个伟丈夫……

旷世的爱情，和平的婚姻，在一浪高过一浪的藏家锅庄歌舞中诞生了！

我无法想象情窦初开的公主如何害羞地听完松赞干布热情四溢的情歌，我也无法想象公主如何情不自禁地放下矜持，红着脸用古筝之声情意绵绵地回应自己的伟丈夫。然而，我能判断文成公主和所有睿智女人一样，不仅把“女儿梦”交给了松赞干布，还将被太阳晒黑了的西藏视为了

自己的第二故乡。

这样的相传，如今已无法考证，更何况还揉进了我心造的意境。但是，我宁愿相信它是一个真实的存在。有史为证，文成公主用自己的全副心智与圣母一样的情怀，把“一见钟情”化为了“胼手胝足”，化成了“相濡以抹”，让自己拥有了一腔情爱、一方天空、一种圆满，从而名彪青史。

这样的女人，慧智而隽永，
这样的女人，高贵而神圣，
这样的女人，让男人永远奏凯！

徜徉在幽静的文成公主庙里，我的思维活跃在浩瀚史册的累累昭示里：文王拘，而演《周易》；仲尼厄，而作《春秋》；屈原放逐，乃赋《离骚》；左丘明失明，厥有《国语》；孙子髌骨，《兵法》修列……纤弱的文成公主为泱泱大唐那万寿无疆的男人背负“和亲”十字架，险厄艰辛，直面人生，也诞生了隽永深长的完美。

文成公主把藏族从受制于自然领进了一个有意识利用自然的轨道，把生命的生存意识升华到了生活的思维；文成公主让称霸西域的吐蕃与大唐关系水乳交融达三十年之久，被藏民族祀奉为“绿度母”一样的女神。文成公主与“三过其门而不入”的大禹一样，与“深掏滩低作堰；遇湾截角逢正抽心”的李冰一样，永远辉煌在中国的史册里！

然而，将这些赞美赋予文成公主的同时，我更愿意将文成公主看成一位让男人熨贴自若的娴雅女人，一位让男人赏心悦目的“贤内助”！造化呀，和亲吐蕃的岁月，竟会孕育了文成公主充沛的想象与无边的渴望；西藏的贫瘠粗糙，反倒十分奇特地养出了文成公主慧质兰心的幽香，这是一颗什么样的灵魂呀?！

扪心自问，倘若能像文成公主一样，用自己后期修炼出来的睿智与高贵，抵住了各种沉沦因素的盘剥与消释，让生命之火如同涅槃的凤凰，该有多好！

人不一定能使自己伟大，但一定可以使自己纯粹……

所以，无论作为“历史人物”，还是被祀奉为“绿度母”，文成公主都不失一个纯粹女人的风采。

瞻仰文成公主庙，实际是涉及一个升华了的伟大女人的话题！

时值正午，又到了离别的时候。

乘着冥想的翅膀，有关“文成公主女儿梦”的飞舞完成了。

当我从公主庙堂出来时，阳光已把庙宇涂抹成一片绚烂。勒贝沟的松柏、河流、经幡、嘛呢石显得特别光辉耀眼。我拍了许多照片，当镜头对准用一块黄布揩拭石碑的小喇嘛时，我看见一只美丽的蜻蜓亭亭在“文成公主”字样的黑色石碑上，薄如蝉翼的翅膀在阳光下闪闪烁烁，心中爱怜顿时如潮，它蓄积着，膨胀着，瞬息之间，似有什么在生长？似有什么被割舍？我发现原先对文成公主的神秘之感飘出了脑际……

转经：在巴格嘛呢墙下……

（一）

这里古称“太阳部落”，这里是一片永恒而轮回的净土。

这里是四川省石渠县，石渠县位于川、青、藏的交界处，属甘孜藏族自治州，海拔4024米，是离太阳最近的“世界第一高城”，世界上最长最大的巴格嘛呢墙就矗立在这里。

这里到处弥漫着自然的声响，飞翔着经幡与白云，飞翔着藏家人的祈福与梦想。每次煨桑祭祀后，藏家人便在这里留下各式各样的嘛呢石，留下大大小小刻有箴言咒语及佛菩萨造像的嘛呢石。日久天长，嘛呢石越垒越高，越垒越长，凸现成著名的巴格嘛呢墙。天长日久，著名的巴格嘛呢墙就这么悄无声息地矗立在名字叫做“扎溪卡”的草原上。

一眼难以望到头的色彩斑斓的巴格嘛呢墙，是祈福与梦想的地方。甚或神仙的故乡。

千百年的岁月很像风，沧桑了彩绘着佛像与经文的嘛呢石。

千百年的历史很古老，长城一样的嘛呢石墙令人恍若隔世。

风一样的岁月里，扎溪卡草原绿了又黄，黄了又绿，轮回而年轻。巴格嘛呢墙却老了，沧桑天宇里，它如大地凸起的经脉，隐藏着人世最深奥的谜底，像一个永不可解的谜。

古老的嘛呢石在风中祈祷，
年轻的扎溪卡在雨中祈福，
古老与年轻都有不谢心花，
岁月风一样地呼啦拉飞过。
一草一世界，一石一天堂，
藏家长久不衰的灵石崇拜，
神秘的宗教与超常的想象，
都凝在高耸的嘛呢石墙上。

啊，数不清的岁月像耳语的风，轻悄悄逝去，无影无踪；数不清的嘛呢石垒成了嘛呢墙，凸现成藏家人顶礼膜拜的祭坛，朴素而璀璨。

古老单纯的信仰，无声无息的顽强。

（二）

关于嘛呢石的传说，风一样围绕巴格嘛呢墙萦绕。

很久很久以前，藏族先民对自己生活的环境充满了敬畏，他们将难以涉足的巍峨雪山奉为神山，将不知深浅的浩瀚湖泊称为神湖，他们认为众多的神灵不仅掌管着自然界的风云变幻，也主宰着人类的生老病死与灵魂超度……

他们虔诚信奉着“万物有灵”的苯教。

佛教进入藏区后，由于苯教思想的根深蒂固，二者纷争数百年，留下了不少的杀戮事件，也留下了诡谲奇异的无数传说，最终结合成带有浓厚苯教色彩的藏传佛教。于是，像对空气的需求一样，宗教于藏家人，如同生生不息的呼吸，呼也自然，吸也自然。

于是，藏家人把他们的企盼一点点从思想中抽出来，通过堆放嘛呢石、系挂经幡、摇转经筒、磕长头、转神山神湖等方式，交给了充斥天地之间的神灵，他们深信神灵会以神的方式，接受拜谒，将巨大的福报源源不绝倾注给虔诚祈祷的自己。

所以，苯教古老的禳解祈福观，使一座一座的嘛呢堆高高耸起，藏家人有了转经礼拜、匡正思想、祈福禳解的祭坛；“太阳部落”的巴格嘛呢墙，犹如一枚不朽的高僧大佛的舍利子，散发并蕴育着一种无言的睿智。

我尾随在络绎不绝的转经队伍里，围绕弥漫着酥油香味的巴格嘛呢墙，梦幻一样徜徉。

审视形态不一的嘛呢石，发现刻有经文的居多，刻有图像的较少，大致分“供敬”、“祈福”、“禳解”、“忏悔”五类。其中，表示虔诚“忏悔”的嘛呢石最将我撼动，在它身上，我看到了一种深沉而复杂的宗教感情。

譬如，倘若做了违背教义的坏事，纵虽他人不知，但深信天知地知神佛知的藏家人会寝食难安。自责之余，他们便请来“朵多”（石刻艺人）雕刻一块或多块嘛呢石，将自己的属相和誓言刻于其上，向佛祖许下永不再犯的心愿。

譬如，倘若不慎伤害了野外小生物，犯下“杀生”之佛戒，他们也会请朵多雕刻一块嘛呢石，石的正面刻六字箴言及生物画像，石的背面刻忏悔之言，择一良辰吉日，向成事佛祷告以求宽恕。

……

嘛呢石上的经文，刻上宏篇大著的有，刻上片语只言的也有，而刻有六字箴言者居多。六字箴言刻于一石的称“嘛呢折周”，六字箴言分别刻于六块小石的称“朵周折周”。嘛呢石上的图像，大都是佛陀菩萨、成事佛、高僧大德者、本尊护法神……这些图像，或威猛慑人，或柔婉慈祥，无不闪跃着生命的律动，蕴含着令人神往的璀璨佛光。

无数嘛呢石垒成了巍峨的巴格嘛呢墙，供奉着藏家人凝固了的夙愿。

无论春夏，或是秋冬，它们都将藏家人的祈愿和神灵在冥冥中交谈。

巴格嘛呢墙，朴质而高贵，单纯而丰富，

是藏传佛教宗教经典与石刻艺术的宝库。

它的美，无与伦比。

（三）

以前，我常常俯视着地图对巴格嘛呢墙极尽想象，神往的执着，犹如圣徒。

现在，我尾随于转经的藏家人在巴格嘛呢墙下一圈又一圈地转。其虔诚，也铭心刻骨。

我抚摩着蕴含供放者各种夙愿的嘛呢石，

我感受着藏家人深沉而单一的宗教情感。

仿佛有一种声音召唤，我走进了嘛呢石镶成的斑斓小巷，

突然灵光一闪……

有思想者说，“宗教”倘若一无顾忌地归之于“政治”的范畴，则属于剧毒式的精神鸦片。它是一条“愚民”的皮尺，极富弹性，任凭统治者作扯长或缩短之用。

对于融入政治的宗教，摇头，忒没兴趣。我是一个迷惘又不垮掉的人，眼前唯有一片自然的印象，一片永恒与轮回的净土。

我只想说，在这片净土上尾随络绎不绝的藏家人转经，当宗教圣水弥漫过来时，我懂得了人性的善良高于一切的道理。于是，我的灵魂沉浸在一种特有的宁静中，似乎有一位先哲圣人为我的人格底片润色。

我的眼睛，从来没有过的明澈；

我的心地，从来没有过的纯善；

我的生命，从来没有过的丰富！

我只想说，宗教都有残缺，都有一种永远的遗憾，但却蕴含着一种无言的大美。残缺是谜，是诱惑，是最高的想象。宗教永远与善良相关，与人性结合在一起的宗教将永远不朽。

嘛呢石不朽！

巴格嘛呢墙不朽！

藏区所有的嘛呢石堆不朽！

它是人力所为，又绝非单纯的人力所能为。

它是祈福与梦想的地方，是神仙居住的地方，是在风花雪月的牧歌和田园曲中凸现的故乡！

哦，嘛呢石累积着千万年沧桑变迁的智慧，它因沉默而成为传说。巴格嘛呢墙因沉默的嘛呢石而神秘，而成其他民族神往的风景。

巴格嘛呢墙不着一语看人来人去，

沧桑而璀璨的嘛呢石因此而通玄。

禅不可说，一说就破，

让顿悟之水哗哗流淌，

自来处来，到去处去。

巴格嘛呢墙是祈福的悬念，是风景中的名胜。

于是，我俯身从清澈小溪中请来一块心形石，恭敬献上，无言合十。

TIPS 行走攻略

行：四川甘孜一线为“景观大道”，建议自驾车出游，可阅尽魅力甘孜。无自驾条件者可采取租车或乘班车前往。

一、分南北两路到石渠

南路：成都——康定（370公里）——石渠（700公里）

1，成都——康定：成都旅游客运站发车（电话：028-8543609）；上午7~11点，每小时一班，行程约7小时。豪华大巴110元，普通大巴90元。

2，康定——石渠，康定汽车站发车（电话：0836-2822211），每天早6:30一班，行程约两天，普通客车192元。

北路：青海玉树——石渠（152公里）

玉树汽车站发车，每天仅一班，早7:30，行程约3小时，普通班车30元。

二、石渠——色须寺（10公里）——巴格嘛呢墙（40公里左右）

从色须寺至巴格嘛呢墙没有班车，请在尼呷镇租车。（丰田4500每天500元，油费自付。）大半路程在扎溪卡草原上，车道随季节变化，不固定，朝北过雅砻江第一湾后往东即到，行程约2小时。

宿：住宿方便，但均无热水洗澡，有扎溪卡饭店、政府招待所、邮电招待所、贸易饭店供选择，每晚15~30元。色须寺也有宾馆可住，但卫生条件较差。

食：沿途以藏餐馆为主，也有川味饭店，还能找到面食馆和清真餐馆。

友情提示：

1.沿途海拔较高，大部分在4000米以上，注意防治高山反应。

2.沿途大多为藏区，要尊重民俗，见面多说“扎西得勒”；表示感谢可说“卡托”或者“吐及其”……

我知道香格里拉的尼汝，知道尼汝的南宝牧场，全因了桑塞尔博士。——2002年10月，世界自然遗产“三江并流”申报工作已到关键阶段，“国际自然保护联盟”派吉姆·桑塞尔与莱斯·莫洛依两位专家飞抵昆明，在国内专家陪同下，从10月9日至20日，他们将前往丽江、德钦、怒江，对“三江并流”八大腹心区域评估考察。桑塞尔博士是IUCN首席报告人，云南石林申报世界自然遗产的命运就因他的一句话而终止。据说，考察路上，吉姆·桑塞尔一直不苟言笑，很让中国专家忐忑。但是，当他身临秘境尼汝时，灿烂笑容第一次绽放在他雕塑般的脸上，甚至还情不自禁挥笔写道：“世界第一村……”于是，2003年秋，我慕名走向了尼汝，走向了南宝高山牧场。

尼汝密境纪历

神秘安娴之境——尼汝山村

走入尼汝山村，很是艰难，所以路之远近铭刻于心。乘班车出香格里拉县东行81公里达该县洛吉乡，再沿洛吉乡自筹资金尚未竣工的乡村公路骑马北行32公里达尼汝，辗转跋涉共需两天时间。

催马越过很高的石门关，眼前豁然开朗，尼汝村以一种婉丽脱俗的姿容出现在我们面前，恍若“碧草为茵，琼瑶为箪”的梦中仙境。大山洼里，“闺在深山无人识”的尼汝村，安娴地卧居着，馨净的空气中荡漾着一串悠扬的羊咩声，一条土路蜿蜒伸展到村子深处，一棵棵白桦树静静

地立着，夕阳把成串的苞米染得一片金黄灿烂……

顾不上去“三江并流红山景区尼汝管理站”联系食宿，大家都趁着极好的光线，抬着相机，“亲吻”销魂醉魄的河谷风光。我漫步在村中的小土路上，沉迷于“空气之馨香，大树之爽朗，青藤之缠绵，野花之艳丽，小草之柔软，村民之淳朴”的完美人居环境中，诸如桑塞尔博士“世界第一村”的赞歌我喉中已含苞欲放了！

此时，一抹夕阳顺山势在悄然移动。远处，山腰三四间藏式屋舍俨然，白色的墙，灰色的瓦顶，夕阳让它闪着诱人的亮光。褐黄色的苞米山地一层一层铺向远天远地，像登天的梯子；近处，亮亮的夕阳光涂抹在栅栏上，还涂抹在栅栏内高大的白桦树上。栅栏用土坯与石块围成，生动而无规则，在黄昏的山谷里显得优美而宁静。晚风温柔地轻拂，成片的白桦树一动不动，也无一丝声响，黄黄的叶儿在夕阳中表情灿烂。山谷一片岑寂，花香随着馨香的风浮动而且弥漫，只有尼汝河在深谷间隐隐瓮响……

一切都沉静到了极点，一切都纯粹到了极点！

顿时，明白吉姆·桑塞尔动情的缘由了：尼汝山村是与大自然相依相偎的一片净土。

简单晚饭后，太阳落山了，尼汝村开始朦胧，唯有农家挂在墙壁上的成串苞米还在灿烂。在“三江并流红山景区尼汝管理站”工作人员的带领下，我们去藏民家访。

沿着蜿蜒土路，走到小村深处。斯那尼玛家崭新的大木楼让我惊叹。那是一幢土木结构的藏式楼房，矗立于宽大的院中。与所有的藏族民宅一样，木楼照例是两层，底层饲养家禽牲畜，二楼为一家人的起居场所：宽敞的客厅，约100平方米；四五间卧室，室内传来小孩的嘻笑；两

人才能环抱过来的大柱子，象征着主人蒸蒸日上的生活。斯那尼玛在中甸跑车，女主人卓马在家忙掇农活，两个小孩都在尼汝完小读书。他笑着说：“等明年赚了钱，房子还要彩绘一番，今年嘛，钱没有喽……”很大火塘里，暖亮的火苗灼灼；火塘四周，摆放着刚摘来的苹果、烧得香喷喷的苞米、自制的苏里玛酒，它们的香气无遮无拦地扑进我的嗅觉扑进我的感受里。

许多村民闻讯而来，他们围坐在火塘旁，一边抽着自裹的香烟，一边喝着自制的苏里玛酒，一边用生硬的汉话和我们交谈，并伴有撩拨心弦的豪爽大笑。谈话内容大多为吉姆·桑塞尔来到尼汝村的趣事，也涉及到今年苞米的收成，明春小麦的播种，牦牛产奶的多少，新生牛犊的长势……

相信未来的幸福，相信“三江并流”美好的前景，是尼汝村民的共识。在他们眼里，此时的困顿和卑琐尤如轻飘的鸿毛，即使他们的所劳仅够维生，所织只够蔽体。

顿时，更明白吉姆·桑塞尔”动情的缘由了：尼汝山村有一群心无栅栏的淳朴乡亲！

“尼汝村是我洛吉乡的骄傲，它面积约80平方公里，海拔仅有2705米，它是拥有106户602人的一个藏族村。尼汝村四面均是海拔4000米的高山，原始森林遮天蔽日，“闺在深山无人识”，是一个人迹罕至的秘境。由于海拔较低，尼汝村平均气温为20℃，雨量5800毫米，可谓风调雨顺，很适农作物生长。藏民们日出而作、日落而息，用绿火焰一样的禾苗，用合唱队员一样的牛羊鸡鸭，用不绝的炊烟和芊芊绵绵的梦想，打扮着自己的家园，过着“童孺纵行歌，斑白戏游诣，怡然有余乐”的悠然生活……

此时，洛吉乡乡长谷涛向我们介绍尼汝时的诗化语言悄然浮上了心头。谷涛是云南大学中文系87届的毕业生，以香格里拉“一支笔”著名。现在，他正率领全乡自筹资金修筑通往尼汝的乡村公路，他是一位以意志与博识领导洛吉人民奔向小康的带头人！

古冰川遗迹之境——南宝牧场

策马越过高高垭口，回眸一看，顿生自豪之情！——海拔4100米的丁笼大山、孙竹峡界、波涛激涌的深涧险滩、遮天蔽日的原始森林……沿途许多惊心动魄的险要，都被我们一一抛在身后！——随后，紧跟尼汝村书记牛小坤，绕过丁笼湖，再登上一座山头，海拔4200米的南宝牧场，仙境一般，豁然出现了！

睁大被泪水模糊的双瞳，环视，一种接近云霭、鸟语、神的震撼滑过了我的心弦！湛蓝天宇上，朵朵白云飘浮；白云下，长有冰蚀角峰的巍峨大山参差；大山下，微黄带青的草甸一望无际；草甸上，三四间小木楞房炊烟袅袅，矮矮的高山杜鹃林丛，其上还缀着一些紫蓝残花，稍稍触动花枝，紫色花瓣顷刻从疏枝间簌簌凋落；草丛中，蓝玉簪龙胆花正盛开，东一簇，西一簇，润得养眼，香得醉心；最后，我将衷情的目光定格在湛蓝的冰蚀湖上，青铜镜一般，让蓝天与白云与自己相融……

我心里一热，南宝牧场，不知多少世纪都默默无言的你竟会如此美丽！

我心里一热，南宝牧场，你是一片只有借助幻想才能达到的神秘境地！

顿时，我的心被南宝牧场感染成柔黄紫蓝雪白的透亮，喉咙中的赞美歌儿已在馨风中绽蕾吐香！

尼汝村书记牛小坤说：南宝牧场是“三江并流”世界遗产提名地景观资源价值的典型展示区。

据资料介绍：在4200米的南宝牧场上，考察队首次发现面积约6平方公里的古冰川遗址，它保留和展示了较完整的第三纪古冰川地貌，迄今已有200万年的历史，遗迹之完整在国内属于罕见。专家推测：200万年前，南宝牧场应被厚达几十米的冰川所覆盖，因气候变暖，冰川才随之慢慢消融，于是，这里不仅成为多种濒危珍稀物种的栖息地，还留下了在冰川的作用下形成的角峰、刃脊、冰斗、冰斗湖、石河、终碛堤等罕见景观，它们皆成为“由于横断山系的南北走向和青藏高原的作月，三江并流地区未经受第四纪古冰川的肆虐”之论断的最有力证明。

于是，在牛小坤书记带领下，我们拿着资料寻找并印证这些罕见景观。

于是，走进南宝牧场，犹如走进积久渴慕的知识殿堂，野性的山光水色，犹如一个敞开的胸膛，将古冰川地貌的块垒和玄机一一展现。

首先，罕见的景观地貌中，峥嵘的“角峰”最易寻见。

抬头一望，矗立于南宝牧场周围的角峰，历历可数。它们均为高于4000米大山的峰顶，都由雪蚀和冰川刨蚀而成，所以状如巨大尖角，颜色大都黛灰，很像一群群头颅高昂的汉子，擎住了南宝天宇，向世界展示着它们的壮美，展示着它们的力量，展示着它们的亘古沧桑。可以这样说，这些角峰是与嶙峋的苍峻交叠、与万古的空濛所构成的浩大而落拓的生命。

此外，黑海、黄海不仅风光旖旎，还是“冰斗湖”与“冰蚀湖”的代表。

理由如下：黑海是一个三面被陡壁环绕，一面向山下敞开的圈椅状洼地，而开口处有一个高高隆起的岩槛，地质学家称之“冰斗坎”；黑海面积不大但湖深如斗，大约900平方米的湖水深得泛黑，“冰斗湖”非黑海莫属。而黄海则在黑海下方，上下高差约为10米，面积是黑海两倍左右。黄海水浅，湖底的黄黏土一目了然，湖面上长有成片的黄绿小草。两海之间有一道由砾石、卵石、砂、黏土等冰川沉积物组成的长达200多米的“终碛堤”，黑海的水由此流入黄海，浅浅的黄海便终年水波盈盈，便是标准的“冰蚀湖”了。

在此，我们把三脚架立在巨大砾石上，享受着一种难得的拍摄快意。

漫漶着粼粼亮光的湖水，向天空吐着一种特有的宁静。不知名的小水鸟拍打翅膀，啼叫着从潋滟的湖面滑过，留下了微微漾动的涟漪。高高低低的树木挽着倒影，依稀蒙着淡青的烟雾，许多的砾石卵石笼罩于淡青的雾气里，凸现着诗句一样的圆润晶莹。一阵微风吹过，透彻清凉，沁

人心脾，仿佛已濯静了一身的尘嚣，自有一番大自在。于是，以为自己就是“终碛堤”里的一枚砾石了，冰蚀湖水覆盖着我，滋润着我，我与湖水倾情共融……

只有“石河”与“刃脊”最难寻，直到返回途中才发现它们。

沿一条U形山谷，我们蹒跚下行。U形山谷里全是嶙峋怪石，行于其中，连四条腿的马都踉跄不已。实在走不动了，仰面躺在一大石块上喘气，我望着一川怪石，突然醒悟：这是否是难以寻觅的“石河”？对照资料，与小坤书记商榷后确信。这条山谷学名为“槽谷”，槽谷两壁非常陡峭，谷底无树无草，均由冰川侵蚀而成。槽谷两壁经寒冻与风化，山石不断向谷底崩坠，便形成了这条浩荡壮观“石河”。

小坤书记说：“石河”附近必有“刀脊”。于是，徒步走完石河，我们跟在书记身后，舍马步行，奋力爬到一架巨大山石之上，领略了“刃脊”之美。

这座刀削斧劈的山石，雄奇壮观，绝对胜于黄山“大块文章”七八倍。牛小坤书记一边揩汗一边说：这堵山石，地质学家称之为刃脊。它由相邻两冰斗在扩大中不断掘蚀山坡而成，两冰斗间的山岩单薄得如分水脊，远望就像一峰巨型的石质刀脊。

牛小坤书记真是一位好向导，他带领我们从东北方向上南宝，从西南方向下南宝，阅尽了南宝的罕见风光。途中纵虽遭遇了躺在路旁酣眠的黑熊，吓得大气小气均不敢出，魂飞魄散地绕行；纵虽绝大部分山路需要徒步跋涉，累得走不像走爬不像爬的狼狈不堪，但却藉此以南宝牧场为课堂，完成了一次古冰川地貌“考证”的构想，令人欣喜万分。但世事总难全，我们“考证”也不例外。譬如，资料说“三江并流”考察队在遗迹中心发现了一块重达几十吨的冰漂石。考察队的发现以我们巨大吸引，想找到它并拍摄它。然而，“冰漂石”寻觅未果，终成此行的莫大遗憾。

冰漂石的仙踪何在？哪里是遗迹中心？我们陷入了无知的黑洞。

然而，这恰恰说明了一个颠扑不破的真理：越是清纯的美，越在无声地躲避尘世；越是奇绝的美，越令人难以接近和占有。

人间福地之境：硕都湖

风，梳一般地刮，雨，雾一般地下。

牵着马慢慢走出了尼汝村，依依不舍，在小石桥畔留个纪念照。从头顶的树枝树叶中上眺，大山那边，青空镜转，白云花动。视线收下，迤逦而来的是潺潺的尼汝河水，还有被雾雨刷绿的群山。——唉，袅绕着无限意味的尼汝呀，将又是我永远怀念的曾经……

无可奈何，我们已走到与尼汝分别的路口！

今天，牛小坤书记带领我们，不走回头路，从另一条路返回中甸：出尼汝西行30公里至硕都湖，其间，要涉过尼汝河，要越过奔俄大山，要经过地基淌大草甸，到硕都湖后再乘车朝东南向行42公里至中甸，我们的尼汝之行实际上是一条圆圆的循环之路。

已望见硕都湖了，我催着马儿急急往前赶！

自1993年见过它一面，至今已整整10年。十年前，硕都湖十分寂寞，几行玉梭样儿的草埂与一泓碧水作伴，孤寂了不知多少年。那时，我多盼望湖中能漂着一片帆影，多希望能听到几串银铃一般的笑声，多希望能看见撑着木船的藏族少女。然而，如镜的湖面总是那么缄默无语，总是那么温婉湿润，总是那么孤冷矜持，犹如一个嫁与寂寞和冷清的少妇，美得那么典雅俊则，也冷得那样孤傲恬静……

如今，硕都湖早已被开发，蓝天白云下是否依然保存着我曾经爱过的硕都湖？于是，像是去践约一个心仪已久的向往，与硕都湖重逢成了我此行的一个重要目的。

我催马急急地赶来了，我爱过的硕都湖！

于硕都湖东岸的高山上，一边勒马，一边远眺，我五内俱热！我望见了从寂寞中脱颖而出的硕都湖，我望见了我爱过的美到极致的一泓碧水！硕都湖，你依旧如诗如画；硕都湖，你依旧柔和安娴；硕都湖，你不仅增添一种慧质兰心的魅力，还洋溢着一种安居乐业后无跌宕情绪的惬意，你以处子般的娴静走向了大千世界，极像一位被文明的礼仪风范熏陶出来的山野村姑！

藏族同胞称硕都湖为“硕都岗海”。藏语“硕都岗”意为高山大牧场，以此推想：“硕都岗海”便是由“环湖的大高山、绿茵的大牧场、清冽的大海子”共同构成的大美景致，像一个无法描述的梦！

年复一年，遵照时令变化，硕都湖都在安静平和地变幻着自己的色彩。四季之中，我最钟情于它的绚烂金秋。

此时，硕都湖的草都泛黄了，牧场极像一块淡黄的大草毯。淡黄草毯上，低头吃草的牛羊，珍珠一般。亮得眩目的小河，九曲八弯。炊烟在牧人屋上，澹淡舒卷，放飞着牧民的芊绵梦想；此时，硕都湖的山都斑斓了，一树树红叶，一株株黄叶，一丛丛红果，深绿浅绿镶嵌金黄艳红，靓丽而璀璨；此时，硕都湖的碧水变蓝了，15平方公里的湖面上风微水静，明净得像一枚硕大的青铜镜，斑斓大山倒映湖中，蓝天白云倒映湖中，水天一色，上下连接，深阔无际，湛蓝水底仿佛沉淀着数不清的白玉；此时，硕都湖的“裂腹鱼”长肥了，那是一种全身金黄，细腻鲜美，腹部有一条裂纹的淡水鱼；此时，硕都湖上还栖息着数不清的水鸟，它们不时拍打水面，鸣叫着飞翔出极其优美的弧线……

金秋时节，山神把所有奇妙的给予都变成了童话中的五彩手帕，抛满了美丽的硕都湖。

天色渐晚，小快艇将我们送至硕都湖西岸。西岸是一座充满藏式风情的大花园。——矗立于山巅的白塔，斑斓的白桦树林，蜿蜒的步行栈道，丛丛簇簇的鲜花，掩映在树木中的藏式矮房……与东岸的纯自然风光迥异而别具魅力。

天色渐晚，我们乘快艇前往硕都湖西岸，打算由西岸返回香格里拉县城。

硕都湖西岸是一座洋溢着藏式风情的大花园，一排排藏式木房掩映在绿丛之中，黄绿交融的草场上鲜花丛丛，矗立于山巅的白塔，色彩斑斓的白桦林，蜿蜒的步行栈道……与东岸“硕都岗海”的纯自然风光迥异而别具魅力。

从寂寞中脱颖而出的硕都湖呀，繁华没迷惑你的双眼，纯粹没远离你的视线，你没忘记用沧桑塑造自己，你没忘记最朴实的生命歌唱。你是歌舞升平岁月的象征，你是一个得天独厚的人间福地！

徜徉于硕都湖西岸，爱恋着这一泓生命葱郁的碧水，感悟着这恬淡生命中的无穷魅力，俯拾着悠悠无语的眉目间永不衰败的秘诀，谁能做到心若止水？我静静地立在秋色湖畔，望着山尖金箔般地沐浴在落山太阳的余辉里，望着夕阳把硕都湖慢慢儿隐去，久久不肯离去……

神往某一处景观，如同渴慕一位偶像憧憬一个目标，只有零距离的切入，才能让渴慕的光华永驻，才不会发出“不过如此……”的喟叹。哦，斑斓而深邈的秘境尼汝，峰峦皱褶里芳沁心魄的小山村；第三纪古冰川遗址南宝，多种濒危珍稀物种的栖息地；拒绝着媚俗与无聊，让生命境界得以升华，仍然宁静和淡泊的硕都湖。沉浸于你们的怀抱，疲惫没了，孤独没了，一任思绪铺开，我尽情体味着你们的纾缓与缱绻，体味着你们的脉动和韵律，包容着海，仰望着山，囊括着天。你们将作为造化和心灵同构的一种存在，永远散发着神秘的濡染芬芳，昭示着永远动人的境界。感谢吉姆·桑塞尔，他说出了我的心里话：愿你们像现在一样，永远得到保护！

TIPS
行走攻略

"秘境尼汝五日游"路线：

中甸县——洛吉乡——红星村——尼汝村——南宝牧场——尼汝村——硕都湖——中甸县；这条路线为环线，可选择从洛吉乡进尼汝，也可选择从硕都湖进尼汝。

---

1. 中甸县城每天有一班开往洛吉乡的长途客车。下午2时发车，票价20元，全程86公里，需4小时到达。

2. 洛吉乡政府设有食宿站，宿费8元/床，洗澡2元/人，荤菜8元，素菜4元；租马要提前预约，马匹价为80元/天，脚夫价为50元/天。（电话：洛吉乡办公室0887-8877000；王秘书　13988727930）若从硕都湖进入尼汝，马匹可在硕都湖东岸牧场租借，价格贵一倍以上。

3. 洛吉乡至尼汝村，有尚未修通的乡村公路，全程32公里。骑马约需8小时，中途在红星村午餐，可找村长鲁茸扎实（张国武）安排，红星村尚未通电话。

4. 到尼汝后，宿"三江并流红山景区尼汝管理站"，食宿收费标准和洛吉乡近似。上南宝牧场应在牧场住一宿，可向管理站租用睡袋。联系人：村支书牛小坤。

5. 尼汝至4200米的南宝牧场，全程约30公里山路，骑马约需7小时。倘若人少，可免费宿牧人木楞房，倘若人多，需自带帐篷，自备两天以上食物。南宝牧场昼夜温差大，应带足御寒衣物。

6. 尼汝秘境与南宝牧场，四季皆美，春秋尤佳。目前尚未开发旅游，无门票，也无任何通讯设施。

7. 尼汝村至硕都湖，全程30公里，途中翻奔俄大山，赏七彩瀑布，过地基淌大草甸。硕都湖东岸牧场景色极佳，两岸有快艇来往。从硕都湖至县城42公里，交通便捷，有客车、出租车营运。

不知从什么时候起，我迷上了云南藏区的美妙风光，不止一次地投入它的怀抱；也不知道从何时起，我对云南藏区美妙风光的迷恋，竟演变成一些康巴汉子的名字和面孔，演变成闪着圣光的藏传佛教……于是，在梅里神山的本命年（60年一遇的水羊年里），我和丈夫踏上了朝圣梅里的内转经之路，目的有二：以此举浸润佛光恩泽，让夫妻之爱保持永远的和美；以此举摄影撰文，亲吻如画的藏区，赞美心纯如水的藏族同胞……

朝圣梅里神山：我和丈夫同走转经路

一、白转经堂：于白石晶塔中领取朝圣梅里的钥匙

晴空万里的早晨，扎西带领我们一行六人：汉族二，藏族四，在屋顶的煨桑炉虔诚敬神后，背起重重的行囊，遵照藏传佛教的习俗，沿顺时针方向，开始了我们为期七天的内转经行程。

相传，梅里雪山内转经路线是由一位藏传佛教大师开创的，全长约为150公里，已有700多年的历史，沿途的白转经堂、飞来寺、巴久寺、巴久洞、些鲁崩寺、巴姆能寺、白马芝布洞、神瀑、规堆寺、规迷寺……都需要一一朝拜。其实，只要阅读《德钦旅游》，你会发现：这条内转经路线已被简化为时尚的旅游路线，譬如，沿途的飞来寺、雨崩村、明永冰川就是著名的风景点，而且，上述的修行圣地都有很好的生态环境，满山的植物永远遵照着时令或青翠或绚烂。只要乘上四通八达的汽车，便可作赏心悦目的游览。然而，我们既是旅游者，更是朝圣者，除了用脚丈量壮美大地外，我们将严格按内转路线，拜谒沿途的寺庙和圣迹，整个行程为沿顺时针方向的一个大圆圈。

远远的，能望见白转经堂那升达半空的煨桑青烟了，宛如连接神秘天宫的袅袅飘带。按照藏传佛教寺庙的布局，我边走边设想：青烟袅袅处肯定有一个大大的煨桑台，形状肯定也是漂亮的宝瓶形，寺内转经道上肯定有许多的朝圣者，朝圣者“嗡嘛呢叭咪哞”的诵声肯定不绝于耳……

果然，走近白转经堂，我不仅见到了想象中的煨桑台，见到了喃喃着“嗡嘛呢叭咪哞”的朝圣者，还发现它居然是一所座落于一块巨大岩石上的小寺院，面积和一个篮球场相差无几。然而，寺院虽小，不仅拥有供奉莲花生的佛殿、置放大转经筒的洞姑房、首尾相接的寺内转经路，还有我从未见过的奇观：许多石笋一样的白色石塔。

据说，白转经堂的白石晶塔是从天上飞来，且会一天天长大，自有它奇妙的生命。与丽江纳西文化的发祥地白水台的传说一样，它也是藏传佛教大师米拉日巴尊者用雪做成的。现在，那些“天上飞来”的白石晶塔已在文革中被毁，我目睹的是在被毁原址上“长”出来的塔林。石笋一样的白色塔林或高或低，或粗或细，高者达3米左右，矮的也有半人之高，既不晶莹，也不温润，只是白生生的一片。然而，这些塔林“长成”故事却非常感人，它们全是朝圣者用石膏汁浇出来的石膏笋柱！

原来，沿寺内转经道的转经结束后，朝圣者都会到寺中老尼处取石膏汁。有钱者，花一元两元，无钱者，祷告一番也可领取满满一桶，然后，低头走上塔林原址，默诵祈祷之词，虔诚地将石膏汁一勺一勺浇于毁坏的塔林，石笋塔林便一点一点地“长”起来了。

此时，有朝圣者在浇石膏汁，忙将之摄入相机。我以为：这些石膏塔林比“天上飞来”的白石晶塔还珍贵，是朝圣者们用“心愿”和“石膏汁”制作的虔诚之塔！放下相机，我们也参与了“浇塔林”这一行动。跟在丈夫身后，提一桶石膏汁，手执小勺，将我领取进入卡格博宫门钥匙的心愿溶于石膏汁中，浇在着渐天渐长的石膏白塔上。

藏胞认为：卡格博宫门的钥匙就在石晶白塔里，需向莲花生大师祈祷才能得到。于是，跟在扎西等人身后，走进了供奉着莲花生大师的佛殿。

佛殿很小，仅能容下三五人，二三十盏酥油灯摇曳着灿灿火苗。我们买了六盏酥油灯，恭敬供奉于莲花生大师神像前，默诵心愿并三叩头。依着扎西的言传身教，我们先双手合十于胸，再抬至鼻尖举至头顶，最后下跪并将额头贴在莲花生大师趺坐的脚上。如此这般的三叩头，平生第一次，浑身莫名震颤，仿佛陷入一种恍恍惚惚的幻觉中，仿佛看见了拈花而笑的佛。

“钥匙在哪呢？怎么取？朝圣者那么多，怕是只是用手摸一摸吧？”恭恭敬敬退出佛殿时，我悄声地问扎西。扎西眯眼一笑，对我耳语：“佛之一切皆非物质，钥匙也如此，看不见也摸不着，只能用心领取。”

哟，如此玄奥，如此神奇，一种来自佛界的震颤滑过了心弦，心底的情绪如一叠一叠的浪潮……

二、飞来寺：无缘看到圣洁绝伦的卡格博峰而唏嘘

拜谒白转经堂“领取”卡格博宫门钥匙后，我们走上了攀明卓腊卡大山的山路，著名的飞来寺就在山顶，它是我们内转经的第二站，也是瞻仰梅里十三座雪峰的最佳观景台。

距我们约一公里的山路上，行走着一朝圣队伍，大约十多人。为获取素材与拍照，决定追上他们，与之同行。于是，甩开手臂近乎小跑地前进。蹬飞的大小碎石，沿山坡“噗噗”地滚下，惊飞了灌木中的嘤嘤小鸟。

明卓腊卡大山上，看不到头的“之”字小路蜿蜒，一直延伸到云端深处。厚重的云雾压得很低，笼住了整个山顶。不知是风的作用，还是太阳的努力，笼罩山峦的云端也在缓缓移动，或分离，或组合，变幻着无穷天象。一会儿，少许的阳光会欣喜地撕开浓云，露出隐约在云雾中的山尖，浸漫在阳光里的山尖就灿灿生辉，仿佛是一个接受日月照耀的神仙境界；一会儿，山峦又云遮雾绕，满山树木兀自静默，与人之心境相映生“静”，只有跋涉的脚步声，仿佛要走向渺远的秘境……

一个云遮雾绕的天空，
一座高耸入云的大山，
一条蜿蜒漫长的山路，
一些艰难跋涉的转山人，
一副天荒地老的朝圣图。

想在这盘旋山路上追人，真难。我们走，他们也走，我们歇，他们也歇。费老大的劲，半小时后，才追上了他们，才得知他们来自西藏察瓦隆。将近走了一月的他们，人人诟面蓬头，个个衣着肮脏，脸上却洋溢着很祥和的笑容。

从此，我们有福了！——漫长的山路上，不仅有看不完的风景，还有听不够的歌唱。——那是一种从疲劳沙哑的喉咙中唱出的沧桑歌吟，那是一种从粗砺心田中衍生出来的崇拜的歌吟，那是一种具有神示意味的灵魂歌吟，歌词只有六个字“嗡嘛呢呗咪哞”，却被察瓦隆朝圣者唱得辽辽远远的无休无止，苍苍茫茫的回肠荡气！

跟在他们身后，我专心学唱，虽也字正腔圆，却唱不出那份沧桑与虔诚，自觉像一只学舌的鹦鹉。陶醉于拍摄的丈夫行于队伍之前，不时抓拍，不时回眸一笑，大声催我快行。我流蜜的双眸，瞻望着他跑前跑后的背影，巡视着壮美的山川大江……我似乎感觉到：朝圣路上，每走一步，我心中的安详和幸福就会增加一分。

正午2时，到达飞来寺，梅里十三峰仍然云雾笼罩。我们早已饥肠辘辘，但仍要遵照扎西的规劝，朝拜圣山后才可用膳。——在藏胞心里，梅里十三峰是圣神圣灵的化身。

梅里十三峰的海拔均在6000米以上，终年银妆素裹，各显其姿，又紧紧相连，雄屹绵延数百里，以其亮丽的姿态超然于众山之上，是云南最壮观的雪山山群。关于卡格博峰，经文中如此描写：“卡格博峰外形如佛光赫奕的大佛塔，卡格博峰内有千佛集会簇拥诵经”。对此，藏胞深信不疑。他们认为：卡格博山顶上住着万能的神灵，既掌管着风云变化，也会出没于雪山草地及民宅帐房间，主宰着人间的疾苦、生灵的命运、灵魂的超度……所以，“生前不朝拜梅里，死后就没好归宿”的观念根深蒂固。于是，德钦梅里雪山脚下，总聚集着从藏区而来的人们，他们吃最简单的食品，喝最清纯的涧流，诵最哲理的六字真言，他们结伴而行，风餐露宿，转山途中的艰辛无法言说，但是，只要你与他们相遇，准能感觉到他们内心的祥和光明，准能看到他们满脸的灿烂微笑，准能得到“扎西得勒”的真诚祝愿……

焚香炉前，扎西在准备煨桑用品。我和丈夫则自暴俗人面目，专心忙于探奇观景，用相机记录难得一见的人和景。

猎猎大风中，舞动的经幡纵横交织，圣洁的经幡缤纷灿烂，将飞来寺围成了一个经幡世界，我喜欢新近拴上的经幡，它们鲜艳夺目；我更喜欢那些栉风沐雨的经幡，它们虽已褪色，却因经久不息地代替人们向神佛祈祷而魅力无穷，有一种深邃逼人的宗教气息和意蕴。

沿经幡中小路探入拍照，却与来自察瓦隆的朝圣者们相遇，他们一手摇着转经筒，一手揿着佛珠，都在口诵经文，都在低头作顺时针绕行。于是，又尾随他们至飞来寺。

面对云雾笼罩的卡格博峰，察瓦隆朝圣者以等身长头叩拜。——先齐诵“嗡嘛呢叭咪哞”，再双手合十，举过头顶，全身匍匐，如此反复，向卡格博峰仰起虔诚泪脸……

顿时，他们饱经霜露的黑红脸膛，粘结着尘土的乱发，肮脏的褴褛服饰，都成了我眼中最有魅力的风景！他们格外庄重的神情，纯净无邪的眸子，苦苦行修的虔诚，都成了我心里最有光华的形象！

我的眼泪涌了出来……

然而，任虔诚的人们再虔诚的朝拜，卡格博峰都未揭开神秘的面纱，只露出峥嵘冰山上的一个小尖角。

我知道美妙绝伦的梅里十三峰，决不是一到德钦就能看到的风景，要想看到它，一则需要缘分，二则需要心性，犹如人世间珍中之珍的真爱，所以，我四次来到梅里雪山脚下，隐忍着四次等待的轮回。今天，面对匍匐于地的朝圣者，我自觉无法隐忍，自觉愧疚！我想：梅里圣山肯定是在拒绝凡夫俗子，肯定是在拒绝没有崇高信仰的我们。唉，倘若今天没有我们，卡格博峰肯定会显出神姿；倘若今天没有我们，朝圣者肯定会沐浴在圣洁的光辉之中……

于是，将满腔的愧疚之情付诸行动而身体力行。——飞来寺焚香炉前，我们焚烧松柏，敬呈

五谷，泼洒净水，喃喃祷告：祈祷山神别再云遮雾绕，祈祷太子圣峰展露真容，祈祷神将巨大的幸福倾注给虔诚的人们……然而，梅里十三峰仍以茫茫云雾拒绝了我们的痴情。

唉，无缘看到圣洁绝伦的卡格博峰，我们唏嘘慨叹！

三、永宗村：于巴久山洞中慧悟到苦行僧渴望苦难的真谛

太阳偏西时，我们终于从明卓腊卡大山下到澜沧江江边，大脚趾顶得火辣辣地疼。在夕阳的映照下，奔腾的溷浊江水闪着黄黄亮亮的光泽。踉跄着跟在扎西身后，我们顺澜沧江边砾石滩中的小道前行。小道是人用鞋底造出来的，灰白灰白的，一条碎石土路和它相连，经过永宗吊桥，通向一座绿荫的小村庄。这就是我们内转经路上的第三站：永宗村——内转经路上的第一个宿营地。扎西说：永宗村是一个苦修圣地，村里有一座名叫“巴久”的寺庙，江边悬崖上有一个著名的“巴久”山洞，此洞修出了著名的巴久活佛。

从砾石滩中的小道一直上攀，等踏上村中的弯弯碎石路时，我们进入到永宗村的一片绿荫里。昨夜的大雨，把永宗村的群山峭壁刷洗得干干净净，满村的灌木丛林越发苍翠欲滴。西沉的夕阳耗尽了一天的热量，倚在山头上不舍离去。无数的小红果嵌于绿叶间中，宛如红玛瑙一样剔透闪烁。茂密的核桃树叶摇曳着阳光，树枝上缀着毛茸茸的果实。巴久寺在江边悬崖上兀立着，凛然而醒目，寺旁有一座嘛呢堆，随风舞动的经幡绚烂而多彩。不知从哪里飘来的几缕白云，忽而穿梭于绿林间，忽而在飘舞的经幡中流连，极像神明赐予永宗村的一条哈达。放眼一望，村里“屋舍俨然，阡陌交通”，有纯洁娴静的可亲之感；仔细一听，隐隐传来“鸡犬相闻”声，村里的一切声息，如同天籁；徜徉其间，我似乎听到神的脚步声弥漫在清新的

空气里……

巴久寺内，酥油灯摇曳着黯暗的光。完成朝觐后，趁天还未黑，我们打算去看专供苦修的巴久洞。然而，扎西等人还要叩触“活佛莲足”以求护佑。蹲在“圣迹”前，我仔细端详：活佛莲足很宽大，约有常人的五个脚掌大；活佛莲足很端庄，五趾分开犹如莲花花瓣。据说：此乃莲花生大师的足印，以头触之，能保“心无累”。“心无累”的说法很吸引人，是世人追求的一个崇高境界，然而，我不相信此举能使“心无累”，便在丈夫耳边悄语：“我们去看巴久洞吧？僧侣们能心无累，俗人心焉能无累？”丈夫颔首赞许，相视而笑。他轻声跟扎西说了缘由，我们便出寺门，急急向烟色如晦的峭壁走去。——专供苦修的巴久洞，是我们在转经途中最想了解的一个谜。

巴久洞是澜沧江悬崖上凸出的一个山洞，一扇紧锁的木门将山洞与外面的世界隔绝。趴在木门和岩石的缝隙处，眯一只眼，瞪一只眼，我在作欲看清洞内的努力，却无效，里面既没有苦修的高僧，也看不到苦修生活的蛛丝马迹。巴久洞下面的岩壁上还有四五个小山洞，且装有木门，正打算沿羊肠小道攀山壁去探个究竟时，细心的扎西送来了巴久洞的钥匙。

“吱呀——！”

推门声将我的心倏地拎了起来，进而紧缩成一团，有关鬼屋的传说竟从心底冒起。我责备自己，这样的心念有亵渎神灵之嫌，无奈它竟会如此顽强。惴惴然跟在丈夫身后，猫腰走进幽暗之中。等眼睛适应山洞的黑暗后，我终于看清了洞内一切：粗糙的原木板铺地，破旧的蒲团和唐卡，熏黑的小塑像，三四卷线装佛经，糌粑盒子，酥油桶，一只暖水瓶，一个面盆，一条破毯子……哦，感谢这些藏家日常用品，它将我拉回到了人的世界，心也复归了原位。扎西告诉我们：现有一位僧侣在巴久洞修行，他是四川巴塘人，出去外转经已9天了。

站在这幽暗山洞里，用眼睛翻遍洞内的旮旮旯旯，除博大精深的苦之外，我找不到一点点人类的享受，这是一种极端贫乏的生活，一种极端难耐的寂寞。站在这远离尘世的山洞里，达摩祖师在山洞面壁十年苦修成佛的传说，释迦牟尼一天只食一粒芝麻或者一粒米甚至不食人间烟火在雪野山林苦修六年而瘦如骷髅的苦行僧生活，巴久活佛一天仅吃三勺糌粑甚至还将之减少在将自己静闭于山洞的自虐中修成正果的故事，都得到了最感性的验证。为潜心修行，目睹以“苦”为生活之必须的苦修苦行，我心中涌动着悲悯和纳闷。虽读过总理“达摩十年图破壁”的诗句，也曾以此砥砺自己“凡事必坚持而为”的意志，但为虚无缥缈的来世而苦修，值吗？“算了，莫以俗人之心去度僧人的内心世界，两者是不可能互通的……”我劝导着自己。

忽然，这静得连自己的心跳都听得清楚的山洞里，传来了一个浑厚低沉的声音：“嗡嘛呢呗咪哞……”它像来自一个我一无所知的地方，它更像一把击中我灵魂的利剑！遁声寻觅，“嗡嘛呢呗咪哞”是从扎西喉咙里滚动出来的。扎西一直蹲在山洞内，手里转经筒在“嗡嗡”地旋转着。

“走吧，天已快黑了……”

扎西边说边起身，对正在支脚架的丈夫说：“最好别在洞内拍照，假若真有碍他的修行，那就不好了。苦修来世不易呀，哪个高僧不是受尽苦难才使自己大放异彩的？”扎西边起身边往外走，嘴里仍念着已念千千万万遍的六字真言：“嗡嘛呢呗咪哞……”。

以巴久洞为核心的苦修地，除江边翘崖上的四五个岩洞外，还有七八间专供修行的小木屋，是村民帮着修建的。这样的木屋独立于高僻之地，追求一种与尘世隔绝的孤独和冷清。苦修者认为：“世间之我，无非暂栖于皮囊，倘若超越俗念，一心向佛，过十万亿佛土而向西方，做藏传佛教之献身者，何足惜？我将拥有无穷来世……”于是，将自己“闭”于其中，以此净目、净耳、净口、净心地苦苦修行。

我明白苦修的缘由了：只有超越俗念而苦修，消除今生所造罪孽，才能进入佛的怀抱；只有苦修而进入佛之怀抱，才是脱离轮回的唯一途径，这是上圣和下凡的共修之道。苦修者们悟透这一点，遂义无返顾地离开碌碌众生，在大寂寞中追求常人难以企及的大境界。由此，我不禁想到：在“享乐至上”的尘世中，倘若抛去“成佛”的迷信成分，能继承执着的“苦修”精神，从而在深刻的孤独中抛弃浅薄，在坚定的孤独中拒绝平庸，在宁静的孤独中剔除浮躁，在慎重的孤独中把握情感，而成大慈大悲大能之人，该有多好！

当晚，我做了一个梦，梦见巴久洞的苦行僧完成转经回来了。他是一个有非凡人之态的人：两目平视，慈霭祥和……

四、西当村：在温泉圣地作沐浴瑜伽的美好想法烟消云散

推开小窗，高原山野特有的清馨雨雾扑面而来。昨夜到今晨，淅淅沥沥的小雨一直未断。然而，这样的迷蒙雨雾中，仍可见朝圣的人们跋涉在通向西当的小路上。飘散的云雾在渐渐聚拢，款款汇入山腰浓云密雾中，犹如传说中空行母歌舞的纱幔……

回转身，正想大发抱怨之词，扎西却高兴地说：“转经途中，凡磨难都是好事。它是佛的旨意，说明我们的朝圣得到了佛的重视……”在这“苦行僧”思想的影响下，我们也说说笑笑地走进了阴霾雨雾。

出永宗村，一直都是上坡路。随着海拔的升高，山坡上渐自多了灌木杜鹃和高大冷松。生态表明：我们已离开了干热河谷地带，正走向暖热混交林地带。此时，满天的雨雾迷蒙，我们裹着雨披，高一脚低一脚得踉跄行走，带起的污泥抹满裤管；满山的泥泞山路，滑得叫人心惊肉跳，摔得污泥浑身者已为多数。我幸亏有丈夫的呵护，凄风苦雨中，紧拉他的手，温暖流淌在心的坎坎沟沟……

西当为圣地，各种传说皆有，盖源于祖师莲花生。

当年，祖师莲花生乘坐白马，陪乘坐鸟王鹏的妻子空行母到明永冰川侧面山坳的一圣地。途经西当大山时，见跋涉千里的朝圣者们，由于风餐露宿，个个诟面蓬头，便让鸟王鹏于西当山涧泄一尿，并亲自执金刚杵将大鹏尿化作温泉，让其成为“八功德净水”，不仅可供朝圣者濯污净身，还可除治各种疾病……《谷抵卡瓦格博圣地赞》云：西当热泉内有密藏，为莲花生遗迹。再加之西当山崖上尚保存有第一位转世活佛让穹多吉为西当“加持”时留下的圣迹，西当故为朝圣路上的朝拜地之一。

由是，我的心里充满着喜悦与向往。

我想：管它风吹雨淋，管它污泥满身，到了西当，便可濯足净身，便可沐浴瑜伽……

海拔约2650米的西当温泉，人流熙熙攘攘，大多为朝圣者，也有慕名而来的旅游者，汽车马车塞满了西当的两个停车场，喇叭声，人语声，马嘶声，汽油味，马粪味，尿骚味、垃圾味，充斥于西当天地，这是转经路上环境最糟糕的一个地方。在此，德钦县旅游局投资建起一座温泉宾馆，不少的简易建筑也在山谷中蔓延，都是一些应旅游热兴起的餐饮住宿店。这里只见遍地污浊，只闻马嘶人喊，既没有圣地的宁静祥和，也看不到大师的圣迹，便没了去“八功德净水”沐浴瑜伽的心思。我想：如此的西当，企望“八功德净水”尚能圣洁，纯属痴人做梦！还是不见为妙，就让那一泓氤氲的热泉留在想象之中吧！于是，圣地西当成了我们购买

“两壶酥油茶，四个麦饼，五袋榨菜丝”的地方，西当的温泉宾馆成了我们仅住一宿的地方。

经历让我知道：凡修行圣地的生态都保护得很好。因为，淳朴藏民认为：山上住着神灵，神灵亵渎不得。所以，他们都自觉遵守着一条不成文的规矩：不污染水源，不伤害动物，不就近砍柴，尤不砍斫青枝。例证：约瑟夫·洛克在美国《国家地理》发表介绍云南的文章和照片时，曾深情地写过这样一段文字：“当开化民族陷入了无止境地追求贪婪和野心的时候，你们却在大山的保护下继续生活在和平和欢乐之中，除了属于人类的本性之外，不再有其他需要了，我祝福你们……”

但是，具有“八功德净水”的西当圣地为何遭遇如此蹂躏？往年静寂如世外之源的圣地怎会变得如此凡俗不堪！莫非西当人因“开化”也陷入了无止境的贪婪和野心中？

黑黝黝的夜正在进行，其他声音都消失了，唯有风声，这是西当特有的山涧地势造成的。在空空旷旷的峡谷中，没有什么阻挡的屏障，大风带着海涛一样的节奏，一阵紧似一阵地呼啸而过，放肆地传递着神佛大兴风雨的指令，它所向披靡，它无法遏制，它甚至会惩罚贪婪的人类。

我蜷缩在被子里，为西当悲哀了……

祖师莲花生亲自执金刚杵变“鸟王尿成热泉为八功德净水”以供朝圣者濯污净身除治疾病；第一位转世活佛让穹多吉也千里迢迢来西当为温泉“加持”使其成为永永远远的灭诸病圣的热泉……唉，天上没了神佛，山里没了圣者，能把恢复西当温泉原模样的心愿寄托给谁呢？朝圣者在西当圣地沐浴净身的美梦，还能实现吗？……

呼啸的夜风里，飘游着我的灵魂，一颗醒着的灵魂。我醒着的灵魂随呼啸的风躁动，随呼啸的风叫喊。躁动什么？叫喊什么？夜风肯定知道，神灵也肯定知道！

五、雨崩村：尽情享受梅里天国中宇宙一样的宁静空远

今日行程：从海拔2650米攀至3900米的南汝山丫口（约15公里），再下至3050米（约8公里），夜宿雨崩村。整整一天，霏霏淫雨，途中的艰辛万状，不再赘言，因为丈夫言论总在耳畔铮铮：笑迎艰难，体验艰难，转山带给我们的将是一个完美的必然！

拄着手杖，冒着风雨，两点钟左右，我们攀到了南汝丫口。

南汝丫口的生态极好，一个墨绿的世界。又粗又高的冷杉密密麻麻，像一棵棵擎天大柱，杉树间系有无数经幡，新新旧旧，高高低低，横竖交织，构成了一条彩色通道。“圣地迎客第一家”的大招牌醒目于其间，客栈提供食宿，收费不贵，主人风趣地说：“我们不赚朝圣者的钱，要酒要菜的旅游者就多收一些，维持生意嘛，呵呵……”

将背囊放于客栈，我们跟在扎西身后，怀抱半途采集的柏树枝叶，拿着在白转经堂买的经幡，规矩敬山。藏胞们上到南汝丫口，第一件事就是煨桑，将自己的一枚真心奉献于卡瓦格博神前。——敬畏神山，与堆嘛呢石、转转经筒、拴系经幡一样，是“不问今生只求来世”的藏胞敬仰神灵的一种传统方式。

宝瓶形状的焚香炉前，扎西双手执桑烟滚滚的柏树枝，面向梅里圣山，先恭敬三拜，后迸腹腔之气，吼出长长一声：“嗬，啦嗦罗——”这一喊声，盛满了对山神的崇敬，盛满了我们与梅里圣山早已命定的缘，也盛满了一种令人肃然的震撼。

我呆站着，忘了抛洒五谷，忘了向桑烟中泼洒清水。

我呆站着，灵魂随喊声的尾音飘去，向着梅里天国！

高亢渐归虚无的喊声划破阴霾的天空，在群山中回响……

奇妙呐，结束午餐正要下山时，阴霾的天空突然放晴，太阳笑吟吟的，像接到神的命令一般，将久违的灿灿金光撒了一山。——这“突然”的程度竟让我想到这山里肯定住着神仙。

我们虽仍在泥泞中跋涉，但天宇蔚蓝了，重峦叠嶂也靓丽了，喜悦的心也幻化成一朵含苞怒放的花儿！远处，杜鹃花树和高大的冷杉参差相衬，晚开的白色杜鹃在风中袅娜，金黄、紫红、黝绿的色带参差地抹于山间；近处，晶莹的雨珠在树叶上闪亮，嘛呢堆上湿湿的经幡开始飞舞，朴拙的经文沁满雨水显示着历经岁月的沧桑美……哦，这刹那间冒出来的斑斓秋色，像潘多拉的魔盒突然被打开一样，满山又满坡。我与丈夫在疯狂地“扼杀”胶卷，“色迷”在这美轮美奂的景致里。

云南四季景致皆美，盛秋尤为精美绝伦。藏区的秋季较长，绝伦之美在十月中下旬。于是，美妙之时行走于具有绝伦之美的大山上，我们且歌且舞，我们陶醉在宛如彩色屏障的山梁上！

这不，天空正沉静地湛蓝着，高山正酣美地红黄着，哈哈，就连狗尾巴草都五彩斑斓……

拄着手杖，沿盘旋的山路下山，轻松自在，气和心平，没了登山时老牛一样的喘气，我便问起了“为什么雨崩村至今仍保留一妻多夫风俗”的话题。

我询问的主要问题：为什么会有这样的风俗？这样的风俗在年轻人中还在继续吗？他们的个人情感怎么处理？

被询问者：扎西、裕康、取宗、同路僧人……

所有被询问者都友善一笑，但回答却众说纷纭，我将之归纳为二：1. 生活在雪域高原的藏胞，面对巍峨雪山和浩然湖泊，深感自身的渺小与无奈。为了能生存下去，个人情感只能退居其次，一妻多夫的大家庭便应“环境”而生了。在兄弟几人共娶一妻的大家庭里，共妻的男人们有不同的分工，或在家放牧，或出外作农牧交换，或从事手工业，由共有的妻子主持家庭的一切，有福同享，有难同担，它已成为保证自给自足的一种需要。2. 极端的贫困也是造成兄弟共妻的又一原因，这一现象各地各民族都有而不仅存于藏区。3. 至于涉及到的“可长达8万多岁的灵魂”，“生死轮回”，“灵魂转世”等回答……我真无法言清了，就留下一些情结疑窦，以后慢慢儿去解吧。

下午5时，我们到达雨崩村。

小小的村庄安卧在大山怀抱里，静谧得像一个渺远的神话。——西沉的太阳柔和明亮，圣洁的神女峰白雪皑皑，紧贴在蓝宝石一样的天空下，犹如佛光赫奕的大佛塔，举目瞩望，顿生倾倒皈依之情。神女峰腰间有一条长长的云带，犹如传说中空行母歌舞的鲛绡。鲛绡云带下是嶙峋的石崖，石崖下方则是一处炊烟袅袅的家园，名曰：“上雨崩”和“下雨崩”。——上下雨崩村都很丰美，环绕着村落的是牛羊点点纤草绵长的牧场，是清冽纯净的涓涓溪流，是柔和安恬的和平之景；上下雨崩村都很壮美，雄伟的缅茨姆、吉瓦任安、翁雪增归缅布三大雪峰与它紧紧相连，微黄的草地，小小的山村，袅袅的青烟，赭红的寺庙，高高低低的嘛呢堆，神秘的五色经幡，三三五五的转山人群……有如“世外桃源”一样，非人间的美丽令人窒息！

于是明白了为何将雨崩村喻为卡瓦格博神的后花园。——雨崩村位于卡瓦格博神妻子“缅茨姆”雪山下，这里终年碧草为茵，琼瑶为篁，美得令人窒息，自然便是卡瓦格博和妻子的“林卡”（花园）。同时，也明白了为何将雨崩村赞美为秘境中的秘境。——试想，假若将梅里十三峰喻为一朵巨大的雪莲花，走进雨崩村，来到缅茨姆雪峰下，不是从雪莲花的边沿走到了花之心蕊吗？

那我该怎么赞誉雨崩村呢？我词穷了，我真词穷了……

天哪，我只知道眩晕在雨崩村的祥和宁静里，满心都是“我乘碧草做的飞毯找到了你，我乘金色的太阳车找到了你”的欣喜！

觐见“些鲁崩”寺后，天色渐暗，空气中夹杂一些细雨，冷冽的夜风吹得我们簌簌发抖，然而，美轮美奂的夜景却让我们舍不得离去，于是，扎西等人去老乡家准备晚饭，我们则流连在缥缈冥杳的美景里。

墨蓝的上空有一轮皎洁的圆月，披着素淡的霓裳在墨蓝中穿行，朦胧的月光笼罩着山谷，四周异常岑寂馨净，空气中漫漶着粼粼的荧光，淡淡的花香随着爽净的夜风流荡，远处，圣洁的缅茨姆沐浴在皎白的桂华里，犹如一座诱人的羊脂玉雕……

雨崩村安卧于宇宙一样的宁静空远中，像一个被神佛深深眷恋的天使。

夜空里，传来了一声又一声的呼唤，分得出来，有扎西的，有裕康的，拖着长长的尾音，唤我们回老乡家吃饭。围着燃得很暖很亮的火炉，一盆大锅菜，一碗炒辣椒，一锅白米饭，吃得浑身冒汗。饭罢，我慵懒地欹卧于长凳上，耳边是丈夫和老乡笑谈声，心却仍在窗外那没有一丝尘埃的天宇里。

雨神拥抱你初洗如婴的身体
我被你诱惑而来
风神亲吻你流年辗转的经筒
我被你感召而来
……

朱哲琴的歌声在我的心底缓缓飘起，这是最美的女声吟唱的最天籁的藏族歌曲——《没有阴

影的家园》。随着时而低徊时而狂放的歌声，我的眼前幻化出一片五彩缤纷的草甸，高低参差的花茎在碧草间无尽蔓延，漾动着莹莹清露的气息和销魂醉魄的幽香，远远处，雄伟的卡瓦格博的宫门在徐徐展开……

雨崩村，美得让人窒息。雨崩村，我心中的天堂！

六、神瀑前：和朝圣者忘情地接受雨崩神瀑的圣洁洗礼

神瀑是从海拔3500米神女峰上泻下的消融雪水，云南藏胞视之为“琼浆圣水”，受其洗礼，不仅消灾除病，还能一生吉祥，每个朝圣者都以实现圣浴而满心欢喜。扎西说：“神瀑也有无水时，但只要在落水处煨桑，虔诚祈祷，缅次姆总会赐圣水以朝圣者的。这怕就是‘心诚佛相随’的缘由吧？……”在藏区，但凡听到此类话语，正确的做法是沉默不辩。我暗想：神瀑圣水是煨桑“暖”下来的，肯定与神佛无关，但圣水也确实因“心诚”而至。——淳朴藏胞的形象便越发鲜活于我心中了。

再者，前往神瀑途中，巴姆能寺（莲花生禅洞）必须一去，那儿有莲花生大师以手为笔书写的梵文石碑。禅洞上方的“白马芝布”洞也值得一钻，相传“此洞能占卜”。据说：倘若能顺利钻出，你是好人，以后没有过不去的关；倘若不顺利，则意味着神佛不愿接受你的祈求，再不诚心向佛，大灾小难就会降临。丈夫深知我“喜奇”的秉性，早早叮嘱再三：白马芝布洞不用去钻了，神瀑圣水也不必去淋了，抓紧时间拍些好照片，宣传圣山，自会得到神佛的厚爱。——耐心听丈夫叮嘱时，突然发现他没使用“迷信”、“无聊”等字眼。哈哈，在这玄奥的土地上，再唯

物主义的他，敢轻慢神佛？敢亵渎神佛？！我笑着允应了他，这是他对我的关心。

清晨，围着村中的嘛呢堆绕了三圈，我们踏上了前往神瀑的山路。

前往神瀑的山路才经过修整，两米多宽，八九公里长。山路平缓时，总能与滔滔的神瀑河作伴。河边总是大片的河滩，其上有许多我从未看过的景观：高低的灌木丛中悬挂着用头发拴系的石子和首饰，许多用河石堆成的小屋里放有少许的钱币，经幡飘舞的树林里放置着五颜六色的破旧衣服……

好奇，问了才知：1. 取自己身上一样东西，诸如首饰，钮扣等，用头发拴挂于圣地，能了却烦恼；2. 用河石垒成小石头房子，不是稚童“搭家家”的天真游戏，而是在“嗡嘛呢呗咪哞”的吟诵中，为自己为亲人建造的去天国住的小屋；3. 怕有碍转世，怕惊扰亡灵，藏胞一般不保留死者遗物，也不提起死者名字，他们将死者衣物放置于圣地，企盼死者已以新形象转生于人间。——宿命而达观的藏族同胞，假若我是神，必定让之如愿以偿。

悬崖上的“莲花生”的修行洞，是朝圣者必去之处。跟在裕康身后，我沿羊肠小道手脚并用攀爬，二十多分钟后，便雄纠纠站立于陡峭洞口了。

其实，山洞是悬崖深陷的一个凹口，只不过它较深较宽而已。洞内就势造了一间弓腰至90度才能进去的“关闭房”，关闭房一侧便是佛堂，佛堂虽小，陈设却全，梵文石碑就竖于佛堂一旁。凑近细看碑上梵文，闻到浓浓的酥油味，以手触之，油腻黏糊且厚厚一层，于是，瞻仰莲花生手迹之念想，只有作罢。——藏族同胞有用酥油涂抹圣物以示崇敬的习惯。

围梵文石碑绕了三圈，我和裕康到洞边煨桑。在裕康“神佛会怪罪”的劝说下，我找到了置丈夫叮嘱于不顾的理由，加入了钻“白马芝布”的队伍。

我匍匐在洞道里，望着前一位藏族姑娘脚底，蛇一样地蜿蜒前行。洞中道势虽然怪诞，但只要顺应道势，或左或右，或仰或伏，或侧或屈，没有过不去的道理。我喜洋洋的心中又多了一份很哲学的思考：走人生之路与钻白马芝布，方式非常贴近，都讲求“顺应道势”。若求胜心切，不讲求策略，不循序渐进，必将堵于洞中，纵虽调整后能出洞，空耗时日不说，已亦伤筋动骨伤腰身，难以再如顺利者跳跶自如了。

钻洞结束，重返山路，继续朝神瀑走去。此时，我们已走在陡峭的山脊上了。

陡峭山脊的一边是哗啦啦的神瀑河，一边是神女峰冰舌下的草甸，高高的神女峰与“斯洽”冰舌在阳光下熠熠生辉，陡峭山脊的尽端是一个圆弧谷底，很宽很大，笔直的崖壁像一座置于圣界和俗世之间的大门，神瀑就从悬崖绝壁上飞泻直下。由于今年雨季较长，神瀑一改涓涓细流的模样，虽没“飞流直下三千尺”的浩荡，却也飘洒着徐霞客笔下的“长如流，飘如练，白如云”的美妙风姿。

“神瀑啊——”

迅速脱了外衣，我们喊着笑着奔向神瀑，去接受众生企盼的圣浴。——丈夫的叮嘱早被我抛于爪哇国。一圈、二圈、三圈，围着圣水中的嘛呢堆，我们一共跑了三圈！

接受圣浴的情景，今生今世，无法忘记！——由于没有心理准备，刚跑进神瀑的我，几乎被飞流直下的冰冷水柱击倒，一个趔趄，几步踉跄，我已摔倒在訇訇大水中。无法张嘴，无法出声，我趴在水中的嘛呢堆上，心念：“嗡嘛呢叭咪哞……”诚惶诚恐中，感觉一种庞大而静默的歌声冉冉升起，面前仿佛出现一座闪着圣光的宫殿，雪亮亮的大门正在徐徐开启。不知道是谁将我拽起，也不知道我跟着谁在圣水中奔跑，只知道我浣云浣雾一般，像俗人在生命钟旁作汪洋恣肆的追求一样……

神瀑为冰雪溶水，谷底的气温不会超过3℃。圣浴之后，大家哆哆嗦嗦换上干衣服，又嚷又叫地挤在煨桑处烤火。我则笑眯眯地迎接丈夫的嗔怒，穿上带着他体温的抓绒衣，裹上弄干湿发的毛披巾，喝着保温壶中倒出的热茶，哆嗦着向他讲述倒在神瀑中的幻觉……——沐浴于神瀑圣水中，犹如融于佛主怀抱，得到佛主摸顶，佛主点化一般。

扎西说：“缅次姆神瀑是内转经路上最权威的‘神谕所’，受到如此圣浴，意味着卡瓦格博神接受了我们的祈求，我们今生有福啦！”

以前，我读过一些藏传佛教的书籍，知道“神谕所”在藏传佛教中所处的地位。——神谕所能降神问卜，能代神宣谕，能确定与寻找转世灵童，能帮助藏民判断吉凶祸福，能保佑藏民幸福安康……我想：在最权威的“神谕所”面前，我不仅得到了圣浴，还看见了雪亮亮宫殿的幻影，这样的吉卦让我兴奋不已！

兴奋之余，顿生再许一愿的冲动：专心拍照的丈夫也应得到神佛的庇护。于是，闭目喃喃：慈悲佛主，请同样赐福我的丈夫吧，让我们的夫妻之爱保持永远的和美！

闭目喃喃中，突然记起《谷抵卡瓦格博圣地赞》所云“山神恩赐，沐圣浴和饮圣水，家泰人

安”。对！要给丈夫喝下甘之如饴的神瀑水。于是，像得到神示一样，我迅速掏出水杯，冒着瀑雨瀑雾，跑到神瀑河畔，俯身灌了一满瓶。当我哆哆嗦嗦将神瀑水举到他嘴边时，我看见他的眼睛湿润了。——我已知晓，我们将永远相濡以沫，不用山盟海誓！

七、明永冶：与寺庙经幡森林及嘛呢堆晕化在一起的大冰川

告别雨崩村，两天之后，我们终于走到卡瓦格博神山下的一个小山村：明永村。——从海拔3050米的雨崩村上至3900米的南汝丫口又下至2200米的西当再上至3400米的莲花寺，不是上山，就是下山，行程为58公里，其间，浩浩荡荡的澜沧江总伴随左右。

晨霜依旧，浓云依旧，渴望的心情也依旧。踏弯弯曲曲的山路，我们走向阔别了五年的大冰川。山路依旧，风景依旧，沿弯弯曲曲的山路，诸如“阿妈的嘛呢堆”、“空行母的舞池”、“大尸林”、“护法神的打铁风箱”、“卡瓦格博神宫的门槛”又一一目睹。大约两小时后，当明永大冰川重新跃入眼帘时，满腔的惊叹折服之情顿生，以前如此，现在亦如此！

明永冶是卡瓦格博圣山的大冰川，为世界上罕见的低海拔（2700米）低纬度（北纬27度）的季风海洋性冰川。这条冰川绵延约8公里，宽500余米，大致可分三段：上段是海拔5500米至4500米之间的扇形冰库；中段为海拔4500米至3000米间的冰瀑；下段是海拔3000米至2800米间的冰舌，弧形的冰舌向下一直延伸到2700米的森林地带，末端是高约80米的直立冰壁。明永大冰川既是云南境内藏传佛教最重要的朝圣地，也是“三江并流”区域中一个最著名的风景区。

远望，高挂下泻的明永冶像一条浩大的羊脂玉带，熠熠生辉，为梅里雪山一道靓丽的风景；近视，500余米宽的冰瀑从卡瓦格博峰上流淌至山谷之间，冰瀑上层层叠叠的冰晶、冰笋、冰芽，犹如凝固了的惊涛骇浪。山谷中有茂密的树林和随风飞舞的经幡，明永冶安娴卧居在云涛雪浪之中，将汩汩流出的玉液琼浆送入明永河，注入澜沧江，大地上便有了袅袅的炊烟和芊绵的梦想。

仁爱博大的明永大冰川，用滔滔溶水滋润着德钦的山川大地。

平静安详的明永大冰川，以靓丽姿态为梅里增添了无穷魅力。

洁白素净的明永大冰川，永远与美妙的神话传说晕化在一起。

泰然伟岸的明永大冰川，永远与人们的美好生活相恋在一起。

如今，明永大冰川已开发为著名的旅游胜地，“明永冰川七日游”不仅能满足浮光一掠的旅行者，让他们舒舒服服地坐车骑马住宾馆，也能使访幽探奇者流连忘返，让他们自由自在地徒步背包睡帐篷……总之，明永大冰川亘古至今的雄奇俊秀，雪域大地上奇特的人文景观，赢得了一片重重叠叠的赞叹声，明永大冰川是德钦人民的骄傲！

拜谒规堆寺后，在扎西的带领下，我们沿山坡东侧一条当地藏民走的小路直奔规迷寺。这是一条时隐时现的下坡荆棘路，比栈道路程缩短近半，但却陡险难走。摔了无数次跤，手脸被划

破，也累得气喘吁吁，却快活非常，因为，我们经历了一种“另劈捷径”的兴奋体验。再者，此举将时间缩短近20分钟，让我们赢得了宝贵的拍摄时间。——当时，夕阳将要西沉，魔术师一样的光线，把嘛呢堆、规迷寺、经幡、红叶、草地、冰川、雪山融成了一副大写意的山水画，画的题名便叫做“安祥的和谐”。

规迷寺雷同于其他寺院，一样的外形，一样的布局，一样的嘛呢堆。

转经路上，但凡有寺庙，必有嘛尼堆。规迷寺的嘛呢堆称转经路上的“嘛尼堆之最”。远视之，规迷寺的嘛呢堆位置很好，正处于两大山交汇的山谷中，不远处便是云雾缭绕的卡瓦格博雪峰；近睹之，嘛呢堆上插有许多的参差灌木，拴系着随风飞舞的各色经幡，正“哗啦啦”向上天传达着信徒的心愿，为明永冶这一著名的旅游景点增添了强烈的宗教氛围。

嘛呢堆称“十万经石”堆，由刻有不同内容的大小嘛呢石垒成，嘛呢石上或刻佛像，或刻《度母经》，或刻忏悔之语，或刻六字真言，更多的是什么都没刻的一块圆石。据说，阵风每吹拂一次，就等于为堆者祈祷了一次。这样的嘛呢堆不仅寺庙附近有，藏族村寨中也有，仅规模不一而已。嘛呢堆一般都固定在村中某处，由不断堆垒而高大，村民们供奉它，每天围它转经，嘛呢堆是无数代人用双手和意念建筑的神祇，是人为的神圣所在。

各类神祇都有极高的审美价值，嘛呢堆也不例外。审视嘛呢石，总会为其上的拙朴雕刻而倾倒。带有圆转角笔画的藏文，像一只只眼睛望着你；密密麻麻的经咒，有一种令人惊叹的艺术魅力；即使雕刻的纹路被风化得模糊不清，深邃逼人的宗教气息仍无边无际……围嘛呢堆绕行，我抚摩着嘛呢石上各样的苔藓：灰白、浅绿、褐黄，一种斑斑驳驳的沧桑岁月从心底悠然升起。顿

时觉得：嘛呢堆不仅是人为的神祇所在，也是一个充满宇宙感的大型艺术品。

不远处，传来“叮叮当当”的敲击声，声音牵引着我们来到规迷寺门前。狭长的草地上，一位藏族工匠正在专心于嘛呢石的雕刻，高高的鼻梁上架一副平光眼镜。飘舞的经幡下，一位年长喇嘛正在聚精会神的校对，刻好的嘛呢石排成一列。询问得知：青白圆石上雕刻的是《度母经》，虽无行如流水的笔法，朴拙粗疏的敲凿也蛮有味道。

我蹲在一旁仔细端详，久久不肯离去……

八、飞来寺：湛蓝蓝的天空里有一座销魂醉魄的银色宫殿

天空湛蓝，云朵飘浮，阳光像筛过一样，均匀而纯净，万物都浸在这纯净的阳光里。高峻的明卓腊卡山上，“之”字山路从江边一直扯向蓝天白云间。路边的野花野草，枯的已枯了，艳的还艳着，挺拔的大树，缠绵的青藤，因阳光而斑斓，也因阳光而陶然。

我们走在之字山路上，走在满山阳光中，走在宏大的山水世界里。

纯净的阳光不仅擦拭了我们的视觉，还抚弄着触觉，通融着嗅觉，清洗着味觉，让我们享受这真正的国色天香。

回眸，巴久寺仍矗立在大山怀抱里，寂寞而骇俗。

环视，经幡仍绚烂在纯净的晨风中，深刻而沧桑 。

远眺，太子峰仍笼罩在烟紫雾霭下，缥缈而冥杳。

同行的藏族朋友满脸微笑，在为转经圆满感到满足。而我，却处于一种莫名情绪的包围中，遗憾？失落？伤感？压抑？卡瓦格博呐，莫非我的前世就已汪洋恣肆够了，今生不能再与你痛快与轻盈？否则，你为何仍要拒绝我，仍要残酷地将自己笼罩在紫烟雾霭中？一为自己哀，泪下谁能禁？！——耽于不能与卡瓦格博相见的我，于内心的反观中发现自己颇像一个作穷途之哭的弃妇！

——2003/10/11转经日记

转摘我的“转经日记”，目的有二：以倒叙之法，为最后一天的行程有关的描述。——是日凌晨，我们从明永村出发，走澜沧江峡谷，过永宗公路桥，经德钦县林业局林场检查站，跋涉于明卓腊卡大山的之字山路，攀向卡瓦格博圣山对面的飞来寺。是日夜晚，宿于飞来寺“摄影之家”客栈，准备笠日清晨再朝拜卡瓦格博圣山并与之作辽远壮阔的告别；其二，以此抒写自己爱上卡瓦格博圣山的凄美结局：留给自己的将是一场注定以单恋告终的漫长相思……

在客栈晚饭后，我屡次跑到大门口，忧心忡忡地看浓云覆盖的天空。海一样的夜空很黑很静，仿佛有云消雾散的声音，又仿佛有冰轮在徐徐地碾过苍穹。客栈主人是一对老夫妻：扎堆和阿永玛。他们笑呵呵地说：去睡吧，明早能看到卡瓦格博。

于是，枕着老夫妻的吉言入睡。

天才泛青，鸟虫细碎的鸣唱就将我唤醒。推窗一看，窗外的景象使我震颤不已：天呐！梅

里十三峰雪亮亮地横卧在湛蓝蓝的夜空里，犹如一排恢宏的银色宫殿！我颤声大呼：“快，快起床！”惊醒的丈夫才钻出睡袋，我已背上摄影包，扛着脚架，冲出了客栈大门。

天空明净得像一枚硕大的青铜镜，梅里十三峰像十三座羊脂玉雕，笼罩于烟月的青光下，一字排开，高低不一，磅礴异常，惊世骇俗。卡瓦格博峰更是“漾荡众壑，领挈诸胜”，它盘古一般，顶住了天之一角。沉浸在亲睹圣山真容的颤栗中，我仿佛在经历一个缥缈的神话传说。愕然！恍惚！眩晕！甚至以为身在梦中！侧目一望，丈夫也瞠目结舌于这超绝人寰的奇观里。于是，紧盯镜头，我以痴情凝眸品咂这姗姗而来的喜悦！

惊世骇俗的卡瓦格博，你为我开启一道幸福之门，

羊脂玉雕的十三峰前，我捡起了多少闪光的诗句。

不知过了多少时间，飕飕冷风中，丈夫小声说：“注意，太阳要出来了。”

“是的，卡瓦格博峰尖开始红了！”我凝视着相机里的卡格博峰，声音有些发颤！

东方的云层里，一字排开的雪山上，有太阳微光在闪烁。——太阳已睁开了惺松睡眼，金色睫毛正在抖动！转瞬间，一抹胭脂红已涂在雪山峰尖上，有婴儿般的鲜活，有处女般的宁静，有母亲般的温柔，有丈夫般的伟岸，还有哲人般的庄严……

卡瓦格博，我灿烂的柔情如万花飞絮，轻轻落在你飘逸魅力的雪峰上，

卡瓦格博，你红润润的雪峰，悄然盖住了我感情中最后一块贫瘠荒原。

顷刻间，像菩提树下的释迦一样，我发现了佛曾经发现的秘密：“一切有为法，皆是无常”。在经历了顶风冒雨路烂泥泞走不像走爬不像爬的惨烈后，我们完成了一次倾心的完美，我们转经终于成为使卡瓦格博感动的一个故事！

大约三四分钟，高低不一的雪峰上令人眩晕的柔红逝去了，美好的东西就是那么珍稀。这时，雾气氲氤的深谷中慢慢飘起了一条云带，缠绵于卡瓦格博的山腰上。其上，是雪亮的卡格博圣峰，它用亦真亦幻的美妙制造着一种神秘，一种至高无上的大尊严。其下，是暗绿色的大山谷，明永冾闪着银白的光，像一条浩浩荡荡的白雪大河。

我坐在观景台风声浩荡的长廊上，心静如水，享受着一种纯淳的空灵。

观景台一旁，丈夫用树杈在泥地上“写”下一副楹联：“大地恨难平，专铸十三长宝剑；从山嫌太翠，故栽一万白芙蓉。”

这幅楹联是云南作家杨世光为咏玉龙雪山而作，写出了玉龙雪山“积玉堆琼几千叠”的磅礴之美。然而，借之来歌咏梅里圣山？我以为写形尚可，但梅里圣山惊世骇俗的美以及蜂拥而至的感观，为它所不能及！——抱歉，我并非否认杨世光的诗作魅力，也并非在贬低玉龙雪山，作为一个挚爱梅里圣山的人来说，我知道自己曾经沧海……

于是，我拣来一些石子，沿字迹用力嵌之入土。

丈夫满脸笑容说：“明年再来，它肯定还在……”。

后记：

其实，行走于祖国山河，犹如读一部辉煌的无字巨著。

譬如，转经路上的山水世界，烟紫雾霭中的梅里雪山，就是天际苍穹的壮美文字；波澜壮阔的风卷云飞、恍若仙境的云蒸霞蔚，就是穿梭于浩瀚自然的透明文字；云朵一样的牛羊、天仙一样的牧羊姑娘，就是秀美大地的幸福文字；以乐观心态对待艰难困苦的纯粹藏民、咏唱了千年万年的六字真言，更是展示着真善美的虔诚文字……

所以，行走于祖国山河，目之所见是阅读，耳之所闻是阅读，体之所察是阅读，心之所悟也是阅读。我们读雪山，读白云，读青松，读朗月，读爱情，读友谊，读艰难的跋涉，读藏族同胞的优秀品质，读善待大山的环保意识，即便睡梦里也在阅读心灵深处的文字。

于是，我想：倘若将这样的阅读进行到底，人就拥有了辽远且壮阔的滚烫情怀！

一生一回，如此安份，一个人静悄悄地怀念一个地方。心，随化蝶飞舞的思绪起伏，灵魂，早已飞越躯壳，与遥远的哈巴雪山再作一次圣洁的约会。整整一夜，我把思绪植于哈巴雪山的圣洁、辉煌、巍峨、峻峭里，我把怀念融在哈巴村人的朴质、勇敢、善良、娴静中，直到曙色四溢的拂晓。

哈巴雪山：一次难忘的圣洁之旅

一、哈巴村：一个有眩晕风景和虔诚信仰的藏族回民村

在哈巴村村长杨士林的带领下，我们的汽车驶过一道廊桥，进入到哈巴村的绿荫之中。恰在这一刻，西落的太阳透过乌云，洒下了一片和煦的光。哈巴村美得令人眩晕。——两只不知名的鸟在一高一低的脆叫，茂盛的森林边是土木结构的清真寺，呈矩形状，寺前有两棵大槐树，草地茂盛，绿茵连绵。我顾不上洗净满脸的灰尘，也顾不上随着阿香去收拾房间，挎上摄影包，便跑到哈巴村令人眩晕的风景里去。

哈巴村位于著名的哈巴雪山脚下，是一个有400多户人家的村庄，村中人皆为藏族，信仰伊斯兰教。村子中间有一条碎石车道，石道的两侧杂树相接，梨树、桃树、核桃树、花椒树、肩摩踵接的繁茂。一些青石小径宛转地通向这户又转向那户，深入整个村庄。低头在自家的园子里劳作的少妇，一律头戴方巾，闻到人声，偶一侧脸，只能窥到她们的清秀眉目。

从令人眩晕的风景里拍照回来，忙着洗头洗脸。这时，残阳染红了阿香家石块垒成的屋顶，袅袅的炊烟漫散其上。宽大的院子里，鸡走，猫睡。一棵不知名的树上，盛开着缨络般细碎小花。阿香忙出忙进，笑眯眯为我们准备晚饭。一双儿女乖巧地围在她身边，掐葱掰蒜，淘米洗菜

……见她一人忙碌，我悄悄走进厨房，做起了她的帮手。

由阿香的小女儿带路，我提着鸡跟她去清真寺请阿訇宰杀。步入静寂无声的清真寺，就被一种寂谙所震慑，令人不敢有一丝一毫的张扬。阿訇提着鸡走进内间，我们坐在长凳上等候，并轻轻悄悄交谈。小姑娘很羞涩，问一句答一句，见我盯着她看，便把头扭向一边，小手在裤子上蹭来蹭去，羞答答的惹人喜爱！抬头环视，清真寺显然与汉族寺院无相同之处，它没有由人形和动物形组成的偶像图案，大多以阿拉伯文、几何图纹和花卉画纹组成抽象图案为主。我久久注视着悬挂在大殿正面墙壁上用阿文书写的横幅，其内容是“世间无主，惟有真主。穆罕默德，主之使者”。

谢过阿訇，拎着宰好的鸡，我们回家。这时，清真寺里传出了敲打木头梆子的声音。见我诧异满脸。小姑娘主动开口说：“在呼唤人们前来履行功课呢，这是我们的‘昏礼’，要在太阳的白光消逝前举行。”抬眼一望，不同方向，许多表情肃穆的村民正匆匆走向清真寺。天色渐渐黑了，清真寺里传出的礼拜声清晰悦耳，有着洪钟般的阳刚之气，也有着充满慈悲的似水柔情。

二、走进哈巴雪山的怀抱，也走进了一种虔诚的信仰

今天，五一劳动节，我们攀登哈巴雪山的日子！

浓浓雾霭隐去了淡淡炊烟，也遮住了哈巴雪山的身影。雄鸡啼鸣中夹杂着几声汪汪狗叫，唱出了令人耳目一新的山村晨曲，沉睡了一夜的山村醒过来了！早餐后，大家都在做登山前的准备。村长和四个村民将三天所需的食物、被褥、背包都捆在四头牦牛背上，小山一样高。为了确保第一天就到达4200米处，他还预备了两头牦牛以助体力不济者。这样，哈巴之旅的队伍组成了：人员18人（村民6，我们12），牦牛6只。

山涧淙淙，牛群哞哞，我们的队伍浩浩荡荡出发了！

村长真是一个好向导，山上的每一条小路、每一种植物，每一种飞鸟，他都熟悉。而且，只要上山的路稍微平坦一点，他就会扯着嗓子，唱起充满比兴意味的民歌。譬如：鞋子好穿么，不能穿着睡么；妹子好看么，不能成为一家么……受此感染，我们也扯着嗓子学唱。唱着吼着，民歌里那直勾勾的情意竟在心里不可抑止地发酵了。

中午，我们在海拔3000多米的芋古滩午餐。提前到达的阿香给我们准备了馒头与热汤。吃饱喝足后，我将自己放松在哈巴雪山的草地上，隔着塑料布也能感到草的温暖与酥软。蓝天中有悠悠白云，叶丛里有小鸟啾啾，手臂上有可爱的小虫子在痒痒地爬，山、天、云、风、阳光、树木、野花、鸟雀……我神思恍惚地沉浸在哈巴雪山的静谧之中。

现已值初夏五月，哈巴雪山仍是一片春色，满眼的多层次的绿：鹅黄绿，墨绿、浓绿、碧绿、翠绿、浅绿、淡绿、嫩绿……看着这些参差在一起，融合在一起的绿，我心里充满了感恩和赞美！

突然，一阵高亢嘹亮的歌声划破了静谧，它像来自天际，像月亮长了翅膀飞落在绿叶丛中，又从绿叶丛中纵身飞向高高的蓝天！被歌声撼动，我们不约而同遁声奔去。——绿茵茵的草坪上，村长和五个村民在做“祖合尔”礼拜。他们面向西边，随高亢而琅琅的颂词声，或伸平两手对准两肩的站立，或左腿铺地右脚屈立的正襟危坐，或两手对准两肩七个器官都着地的匍匐……反复十拜！他们高亢嘹亮的歌吟其实是用阿拉伯语念诵真言，有一种说不出来的特殊韵味，像是长吟的叙事诗，又像是顶礼膜拜的赞美！

我的心被震撼了！

他们信仰的执着，如圣徒一般，其虔诚，其认真，竟到了铭心刻骨！ 圣人说：“志在林，则为鸟，志在水，则为鱼。”而我们呢，生活在一种说不清理不顺的烦躁里，一切一切的信仰都在淡化，都在模糊，都在消减，最后成了一个不知道信仰什么的人！

“安拉给我们规定了每日五番礼拜，这是每个穆斯林接近真主的阶梯，礼拜中，安拉会了解他并恕饶他以前所犯之罪，以使他的功修被安拉接受。”

“你不要骄傲自满地在大地上行走，你决不能把大地踏穿，决不能与山比高。”——《古兰经》

……

整整一个下午，我都在听村长关于穆斯林信仰的介绍，有这样一种虔诚的信仰，真好！

三、与哈巴雪山亲近，痛而幸福

哈巴雪山是神秘而雄俊的。因为它高，主峰达5396米，由于山峰陡峭，大都由不稳定砂石组成，很难有登顶者；因为它美，它俊美的山顶常年没在白云深处，云遮雾绕，很难看到真貌。千年万年，哈巴雪山的俊美雪峰，星罗棋布的冰渍湖，深深吸引着爱它的人们……

下午五时许，我们走到了一片高山牧场。此处海拔4200米，有一间村民放牧的小木楞房，今晚将在小木楞房里过夜。听村长一说，我们立刻放下背包，就势瘫软于地，再也动弹不得。

滋滋有味的晚饭后，夜幕已甫垂，天上还有着青玉般温柔的晶莹，远处的树木却已沉入幢幢的暗影中。我侧身很惬意地斜躺着，远眺雪白的山顶，用口琴吹奏着路上学会的民歌，沉浸在哈巴雪山5月的夏意中。此时，飘散的云雾渐渐聚拢而来，低沉地压在小木楞房上，像是伸手就能摸到。黑灰的云雾越来越暗，它们绞扭着，翻滚着，恐怖得像一条兴风作浪的恶龙！突然，一阵米粒大的冰雹劈头盖脸地打了下来，我呼朋唤友地欢叫着，兴高采烈地合拢双手，承接上天给以的意想不到的礼物！更让人意想不到的是，冰雹过后，满天满山又是飘飘洒洒的雪花！刹那间，精致的雪花在碧绿的冷杉上绽放，红艳艳的杜鹃花树上托起了洁白的哈达！

高山上的气候变化真大。入夜，气温骤降到零下10度！在海拔4200米的高度，这样的冷真叫人受不了！我们只有围坐在燃烧的火堆旁取暖，朝火的一面被烤得滚烫，可后背袭来的冷仍让你寒彻肌骨。于是，只有像烤饼一样，烤了前面再烤后面，如此替换。从未经历过这种磨难的12人，挤在仅有八平米的小木楞房里，欲坐不能，欲睡更不能。于是，呻吟声，埋怨声，后悔声，发誓声，咒骂声……此起彼落。折腾到后半夜，大家都东歪西倒地蜷在被子里，无法判断是熟睡还是醒着。

我蜷缩在火塘边，一夜难眠。较之寒冷、瞌睡、饥饿，时间成了我唯一难以忍受的东西，它似蜗牛一样地爬！我一边往火塘里添树枝，一边在心里诅咒这难捱的时间。空对着黑黑的夜，难捱的时间留下了难捱的烙印，想了一千遍又另一次，都在告诫自己一定要坚强。

凌晨5点钟，我拿上漱洗包，猫腰钻出了木楞房。我想到溪边洗洗，不管溪水多么冰冷，我已蓬头垢面。

雪花还在纷纷扬扬，天空却无比晴朗，深深浅浅的天蓝，让人有说不出的舒畅。——我获得了一种沉重之后的轻松！雪山主峰尤如一座巨大的金字塔，汉白玉一般。起伏跌宕的山野一片雪

白，如风中展开的巨大锦缎，又似月下荡漾的洁白大海，一波又一波地向远方荡去。

连夜的大雪，竟把初夏的哈巴雪山又装扮成一个粉雕玉琢的世界！

粉雕玉琢的雪地上，踏出的第一行脚印是我的！——回望雪地里一串深深的黑窟窿，我有说不出的欣喜和自豪。弯腰掬起一捧溪水，有刺骨的冰冷，强忍着用冰水使劲地擦脸，不仅洗得我双颊桃红，一夜未眠的困意也如小松鼠飞窜入林那样，寥无踪影了！

随着村长他们“晨礼”的高亢清越的礼拜声，初起的第一缕阳光照在雪山尖上，是金红色的，像梦幻中的那种景象。——金红的山尖，雪白的山体，湛蓝的天宇，有着说不出的灿烂！当山尖逐渐变成金黄的时候，高高的雪峰就像灿灿生辉的纯金铸成，庄严地矗立在刚刚泛起淡蓝的天际！

太壮美了！我被壮丽之美惊得目瞪口呆！——从未如此近距离看过的辉煌场面，从未发现雪峰像女王头上的金色皇冠！

回过神来，我跌跌撞撞，奔回木楞房，叫喊同伴，抓起相机，迅速冲出……可惜呐，相机因低温而不来电！

所有的人都来了，大家都沉浸在天地同辉的壮美之中。

看着如银的雪峰，想到金红时只有我一人独享，我快活地笑了！

什么都无需抱怨诅咒，什么都不要刨根问底，忍受在该忍受的时候，快活在该快活的时候。魅力无穷的哈巴雪山呀，你让我们痛而幸福！

四、圣洁的哈巴雪山，我的感情永远和你相连

吃过早饭，村长和我们的领队商量：“这雪还得下，天气还要再冷，已经有两人感冒了。是按原计划登山，还是撤退下山？继续上山，要攀登到4860米的高度过夜，可受得了？但撤退下山，主峰周围的四小峰，黑海、园海、黄海，双海也就看不到了……”

讨论决定，兵分两路。

我是一个大自然的崇拜者，对巍峨峻峭嶙峋雄俊的崇拜超过对神。我珍惜每次和大山亲近的机会，管他千难与万险。——自然，我留在了继续登山的五人队伍里，留在了让我痛且快活的哈巴雪山的怀抱中。

情有多种，乐有无数，站于黑海黄海畔，我得到的不止是游玩之乐，它是我永生的记忆……

黑海、黄海四面都是陡峭嶙峋的雪山，它们静卧在幽旷绝尘的雪山环抱中。远远看去，很薄的浮冰均匀地布满了整个湖面，轻轻拨开冰渍，能看到湖水微黑的色彩。问湖深几许？“没人测量过呢……我们的湖里有丰富的鱼类和水草，能吸引来许多的野鸭、野雁，6月产卵季节时登哈巴雪山，准能在湖边的绿草野花中捡到许多鸟蛋……”村长骄傲地说。如今，没有击水展翅的雁鸭在湖边嬉戏，也没有碧天乳云绿草野花，只有狂风暴雪，只有空茫寥寞。然而，在雪的肆虐下，笼于浓淡雾气中的黑海和黄海，那么的寂静、娴柔、温润，它们没有一丝一毫的惊惶、抱怨、痛楚。相反，它们用自己的温润，把强大而暴虐的雪，融成一层薄薄的冰花，继而溶成涓涓的水流，丰富了自己，也美丽了自己！人呐，为什么不能像它们一样泰然静稳？

半小时后，离开黑海、黄海，村长带领我们，向4860米的驻地前进了。

耳边响着“吱吱”的踏雪声，心里荡着炽烈的情感。人生犹如登山，经历痛苦的煎熬才能达到完美。——高峻的哈巴雪山，我想在你怀抱中完成一次倾心的完美。

冰雹在冷杉树枝上千姿百态地跳动，肆无忌惮地打在我的身上；满山坦荡无垠的白雪，连一个皱皱都没有，满眼都是让灰暗眼睛重新闪光的景致，让浮躁的心灵得以澄碧……

当我们气喘吁吁地爬上陡坡，攀登到4860米高度时，顶峰犹如巨大的金字塔突兀于面前。此时，除5396米的主峰外，茫茫群山俱在脚下，那些延绵起伏的山峰犹如长龙腾越，更像一群奔腾向天的桀骜不驯的野马。——再没有其他山峰能阻隔我们和哈巴雪山面对面的交流了！

哈巴雪山，我来了！

哈巴雪山，我爱你！

哈巴雪山，从今往后，我的生命将像山脉一样坚强，像山花一样绚丽，像山风一样坦荡，像山泉一样清纯……

面对哈巴雪山，我大声喊叫，沉浸在一种难以言状的喜悦中，

面对我，哈巴雪山的回音在山间荡漾，一如令人心醉的誓约。

时至今日，我仍想不明白，究竟是什么支撑我完成了“丽江黎明乡·剑川老君山”的徒步穿行。是一定要走完“三江并流”八大腹心地的计划？是只能前行无法后退的深山老林？是“凡事须坚持而为”的秉性？……我无法想出个甲乙丙丁。整整11天呐，牧羊人的窝棚是我们酣然而眠的家，铜锅焖饭、野蘑菇、山笋是我们的佳肴；上高山爬得挥汗如雨气喘如牛，下陡坡走得两腿颤抖脚趾钻心的疼；逢小溪只有脱鞋趟水，遇河沟过独木桥犹如走“平衡木”，甚至是骑在由一棵树架成的“桥”上小心挪过；手臂被曝日晒爆了皮，浑身被蚊虫咬得疙里疙瘩；曾因半月板受伤膝盖肿得难以弯曲而悄悄流泪，也曾无数次梦到过舒适的家……然而，正是这自虐之至的徒步，让我心中升起一种从未有过的幸福，我与浩然山河从此互相拥有了！

沉醉在地球最美的自然公园里

——走“三江并流”之路散记

地球最美的自然公园位于云南“三江并流”腹地，现在，“三江并流”申报世界自然遗产的工作正如火如荼。国庆前夕，接到扎西的电话，邀我们去走“三江并流”之路。他说，他负责中外专家考察“三江并流”腹地之一：云岭乡——永芝村——迪麻洛的整治工作，利用这个方便，他将带领我们走遍这里的山山水水。他说：永芝村的孔雀山很美，云雀来了都不想走……

扎西是从永芝村走出来的党政干部，德钦县建设局局长，淳朴的村民不仅敬仰他，更像对待自家兄弟一样爱护他。于是，我和丈夫应邀前往，开始了这不寻常的“三江并流”之旅！

一、孤独美丽的茨中大教堂

碧蓝如洗的天空，远近的青山都沐浴在灿灿的阳光里。从德钦出发，在扎西俩女婿的陪同下，我们上路了。打算先绕道去茨中村，看茨中大教堂，然后再到永支村。清晨，一辆红色的夏利车，沿着澜沧江大峡谷上的乡村公路，向茨中颠颠簸簸驶去。

扎西的大女婿尼玛驾车，他在德钦跑出租。小女婿余康是教师，在“两人一校”的乡村小学任教。尼玛对路况很熟悉，驾技也很好。我夸奖他，他竟然脸红了，腼腆得和他康巴汉子的魁梧很不相称。他说：经常跑，熟悉了，某弯道，方向盘是一把半，还是两把，都很清楚。

乡村公路狭窄、凹凸，左面是高耸入云的大山，右面的悬崖下面就是奔腾的澜沧江。雨季时，经常塌方，还会随时有大大小小的飞石滚落下来。余康说：去年，他目睹过一场车祸。走得好好的车，突然之间，竟直往大江里冲去，像峡谷里伸出一只大手，将车子拽着拖了下去一样。等他们跑到江边看时，只有奔腾咆哮的江水了……

走这样的差路，听这样的故事，叫人不寒而栗！还好，我们有驾技稔熟的尼玛。汽车在颠簸中艰难进行，区区80公里，走了近5个小时。

去茨中村，看孤独的茨中大教堂，于我是一件美丽的事。我欣赏孤独，它有一种非常的美丽。

茨中村海拔较低，平均约1800米，当山峰从高高的白云蓝天滑向澜沧江岸边时，当一直在深谷之间喧响的澜沧江赫然出现在眼前时，当汽车驶过羊咱吊桥大约一小时后，很远处，我看见了遮掩着茨中村的那一片苍翠。苍翠前，是沉浸于金秋中的青稞地，沿河谷，顺山势，一层一层地灿烂着。茨中村是一个以农耕为主的民族杂居村，132户人家中，82户信奉天主教，余下的信仰东巴教和藏传佛教。

进入茨中村，树影婆娑，在一片藏汉建筑风格结合的民宅里，茨中大教堂孤傲地耸立着。它很美，有巴斯利卡式教堂的特征，也有罗马教堂的特色，还具中国特色的“飞檐”。它太突兀了，突兀得和四周环境极不和谐。由于突兀，它显得那么孤独，像一个遭受百年孤独的老人，沉默寡言，将一腔心事写在高耸的十字架上，向“天上的父”作着无言的倾诉……

茨中教堂于同治六年修建，时为1867年。光绪三十一年，时为1905年，德钦县发生驱洋教运动，教士被杀，教堂被毁，5年之后，得以重建。茨中大教堂坐西朝东，多为石木结构。极富气魄的钟楼高耸于前，上部为中式亭阁，飞檐高翘，白色十字架兀立正中。大教堂两侧，是相连的二层楼木房，与之组成了一个规规矩矩的四合院。四合院面积约一亩大小，院内花草茂盛，煞是好看。钟楼后是经堂，经堂很大，可容三四百人做弥撒，其间，有供奉圣像的圣台，有绘描宗教图画的穹顶，有摇曳的昏暗烛光，有“宣仁宣义董昭拯济大权衡；无始无终先作形声真主闻”的对联。

从经堂出来，我在院内东瞧西找，我想寻找教徒接受神父洗礼的圣水台，我想寻找两位传教士的坟墓，我想看看传教士们培植的葡萄园，我想看看当年他们踢足球的地方……然而，前三三，后三三，寻到经堂后部，又见上端竖有一个小十字架，唯独不见我寻觅之处。

教堂管理员名叫刘文增，村里的退休教师，是一位人情味十足的老人，你只需问他一句，他准会回答你七句八句。把意图与他一谈，几分钟后，老人唤来儿子守教堂，说亲自带我们到两个传教士的墓前。

老人说，从他做管理员之时起，就没见过圣水台。

老人说，从他来村里教书时起，全村都在种名叫“玫瑰蜜”的法国葡萄，都在喝用法国葡萄酿成的酒。

老人说，去教士墓地要经过他家的葡萄园，葡萄刚刚成熟，摘两串尝尝。

老人家的葡萄长势很好，味道酸甜，是一种仅有指甲盖大小的紫色葡萄。

走一路，问一路，大约20分钟，我们站在两位传教士的墓前了。

这是两座与众不同的坟墓，圆拱造型，竖一柄十字架，没在齐膝深的草丛灌木中；墓地四围有桉树、月桂树、无花果树，还有一棵名叫“路易斯”的法国面梨树，它们都是传教士用家乡的种子培育成功的；似乎从未有人为这两位客死异国的传教士扫过墓，灌木横生，草丛荒芜，其间零星着一些素淡野花，面梨与无花果散落在坟地四周，有一种酸腐味道；微冷的阳光从树叶上筛下来，渗入了我的皮肤，渗入了我的血液，也渗入了我的心。

蝉在树上重复着一个老调，树下有一种让心憋闷的冷。

站在孤寂的坟墓前，我沉默着，演绎着他们凄楚的献身故事，思索着墓里的泥土是通向哪里的途经？叹息着他们为什么要来这本不属于他们的土地？考虑着怎么才能既活到自己心里又活到别人心里？……然而，这里的一切都像看破红尘的智者，不作任何声响，只有落光了叶子的无花果枝桠，向天空吐着一种特有的宁静。

花谢了，果实是答案；叶落了，泥土是答案；传教士死了，墓却成了谜；两位传教士的名字叫什么？家乡在哪里？还有亲人吗？传教士的故事，有多少人知道？两座孤坟从什么时候就这样深藏在澜沧江大峡谷里？而蕴有传教士故乡情的葡萄，年年都能收获千余斤……

有一种声音，从空中传来，一只小黑鸟，落在十字架上。

发黄了的白十字架仰视青空，有一种声音上升绕成云环。

声音像一只巨大的手，牵我向孤寂深处走去，让我心痛。

我采撷了一些冷调小蓝花，散落在传教士孤寂的坟墓上。

下午四时许，告别老人，我们离开了小村。车过茨中吊桥，驶上公路，回眸茨中村时，人像掉了魂儿一样难受。我请尼玛停车片刻，怕他们笑话，就以拍全景为藉口，其实，我是再一次向茨中大教堂告别，向安眠于澜沧江大山深处的传教士告别，当高耸的十字架清晰地出现在我的相机里时，我被它浩大的深深的孤独震撼了……

其实，阅尽人世的孤独就是一种美！

从此，茨中大教堂留在了我的心里！

二、我像一个出远门返家的孩子

由茨中村返回，车到羊咱吊桥时，已五时许。

对峙的山峰将西坠的太阳挡在了它的外面，跃进峡谷的阳光像筛选了一样均匀，亮而不眩，纯而不薄，然而，澜沧江边已如薄暮，不知何时，野花已悄悄合上了花瓣，只有水的声音与阳光一样在峡谷中弥漫。

看上去，羊咱吊桥比茨中吊桥要大，要结实得多。铺在正中的新而规矩的木板过道，有一种让人放心的踏实感。这怕也是扎西和永芝村藏民的功劳吧？桥墩旁的巨大岩石上，凿有拳头大小的相通石洞，岩石上还绕着一些粗铁丝。这怕是当年拴“溜索”的痕迹吧？我想。

尼玛忙着把车子停在桥头小卖部的空地上，叫小卖部的人夜间帮忙看车。

余康牵着两匹高头大马走了过来，其中一匹在仰头咴咴嘶叫。他高声说：“这是你们骑坐，我家爸爸叫次里培楚四点钟就在桥头等着了……”

我的骑坐是一匹很生猛的骡子，名叫“永加姆”，是为联合国专家吉姆·桑塞尔来永芝村考察时准备的骑座，据说还在联合国秘书长安南处注了册。实话实说，在我五六次骑马经历中，我只敢骑体形较小一类，谋划着一旦遇险，即刻跳下。——高大生猛的永加姆让我好生害怕，迟迟不敢上马！

余康有些焦急，劝说道：“天色黯了，即便骑马到永芝，都得走两小时，你又没我们走得快。”

回头一看，尼玛牵着马，丈夫以桥墩做上马石，正飞身上马，便决定豁出去了。“假若摔了我，引起扎西的重视，也算是我对‘三江并流’申报工作的一点贡献吧。”我在心里想。

此时，倘若我已吃饱喝足，抬着相机，一个人漫步于澜沧江大峡谷，肯定美妙之至。可惜，我现在正饥肠辘辘，还得将命交给生猛的“永加姆”，而且，伴随渐黑的天色，澜沧江变得狰狞恐怖起来，依山的碎石小路，最宽50cm，最窄约20cm，一旦马失前蹄，后果不堪想！

我只有“临时抱佛脚”，默念：嗡嘛呢叭咪牟……

余康知道我害怕，一直为我牵着缰绳，还不时回头对我笑笑，说上几句宽慰的话，我也只会“唔唔”应答，心思还是在“马失前蹄”上。大约一小时，走完了澜沧江边的碎石山路，到达永芝河发电站。此时，天已全黑，去茨中时看见的褐红巨大石岩，已成黑糊糊一片。

在飞瀑和流水的“哗哗”声中，我们沿峡谷继续前行，余康说，到永芝村还需一小时。黑暗中，感觉“永加姆”步履稳健，不慌不忙，我释然了，身子也不再僵硬了，甚至敢于自个驾马了。

远远的，有一些晃动的光亮！远远的，有三三两两的人声！

过了小桥，沿石板路曲折而上，登上山坡，眼前骤然一亮，永芝村赫然出现在一片电灯光亮中！

于是，将左脚抬至右边，一跃下马，我朝一片灿烂灯火跑去！

村头转经房旁，扎西和许多村民在等候，有男有女，有老有少，只见他们把双手合拢抬至

胸前，上下摇动，笑眯眯说道：“蒴如耶诺，蒴如耶诺，窝扎！”（欢迎你们，欢迎你们，真好！）

扎西的老父亲，白发苍苍的斯那定主把我们迎进家门，牵着我的手，上楼到厅堂；扎西的儿媳妇，温柔的阿曲端来了鸡肉酒，它由青稞酒、鸡肉丁、当归等药材做成，营养价值极高，专给尊贵客人和家中老人食用；扎西的婆姨不会说汉话，朝我们抿嘴一笑，在灶台上忙碌；扎西抬着两碗酥油茶，眼睛也笑成了弯月亮，他笑吟吟说道：“两年前就想带你们回家，苦于公路未修好，今天终于实现了，欢迎你们回家！”

火塘里有暖暖的火，也有袅袅的烟。火塘里烤着喷香的土豆，炖着松茸腊肉山鸡。阿取宗和几个藏族少女五的身影，穿梭不已，忙着斟酒上菜，宛若流光溢彩的花朵。火塘边被火光映红的笑脸上，都袒露着人类最初的善良。

接下来，白银的木碗里斟满了青稞酒，大家双手将酒杯高高举过头，

接下来，酒歌娓娓，挽颈劝觞，一种从未见过的生活让我兴奋不已！

藏族山歌从村民被酒烧烈的喉咙里滚出，高亢嘹亮；藏族舞蹈把楼板跺得“咚咚”作响，豪情奔放；大家唱得深情似海，舞得厚重如山，一阵为春种秋收、男女乐事；一阵为圣佛业绩、藏汉友谊；一阵为伟大祖国、金珠玛米……

我们也跟在他们身后，击掌而歌，手甩脚踢，乐在其中，

半夜鸡鸣，尽兴而归，村民打着枞树皮火把一个个离去。

是夜，躺在温暖棉被里，当黑暗将我拥有的一切吞剥只剩一个灵魂时，温馨的诗意感觉仍在心中执着生长，我仿佛一个“少小离家老大回”的游子，回到了家的怀抱！

三、永芝村，你是我见过的最洁白的哈达

永芝村是一个“闺于深山无人识”的小山村，属于联合国专家考察“三江并流”地区的核心地之一，它集雄、险、奇、秀为一体，不仅有原始森林、雪山冰川、急涧险滩、湖泊草甸，还有与大自然和谐相处的藏族同胞，是璞玉浑金仁爱博大的人间天堂。

凌晨，扎西家屋顶的小鸟在叽喳啼叫，仿佛在通知我：天亮了！

揉揉眼睛，伸伸懒腰，摸来眼镜戴上，推开身边的小窗子，顿时呆了，一幅无与伦比的美丽图画！——两座大山间，东方云层里，灰白，淡黄，橘红，微光闪烁，一抹胭脂红涂在遥远的雪山尖上。

于是，翻身起床，叫醒丈夫，扛起脚架，背上相机，迅速往外冲！

沿着环村石板路，疾跑，想找一个最佳拍摄点，可树木挡住了我的视野。正当我急得转圈时，有个声音在上空响起，抬头一看：藏式土掌房屋顶上，一个康巴汉子正笑着向我招手！即使

语言不通，我也明白他是叫我上房拍照，便飞也似跑进他家，登上三楼，冲到屋顶。我一边朝他笑着说："加讷，加讷！"一边匆匆支起脚架，凝神屏气，拍下了我从未见过的雪山奇观！——它鲜活如婴儿，宁静如处女，庄严如哲人，温柔如母亲。

美好的东西总很珍稀，罕见的雪山奇观瞬间逝去了。

此时，涂在雪山尖上的一抹胭脂红已凝成云彩，系在雪山山腰，像一条献给神山的哈达。其上，是暗蓝的厚厚云层，其下，是暗绿的近山，再其下，是安卧在大山洼里的小山村，氤氲着一种灵仙之气。

我心满意足了！——不仅拍到了好照片，还喝到了酥油茶。向康巴汉子道谢时，才想起自己尚未洗漱，匆匆回到扎西家，丈夫还没回来，只知道他扛着脚架往后山跑。"肯定找不到比我好的角度！"我暗自得意。——只有命运的宠儿才能和初生的太阳一起欢笑，才能瞻仰到"日映金山"的奇观！

扎西家门前有一条才铺好的石径，泛着幽青的光，一头通向村口，一头通往孔雀山。扎西家后是一条哗哗流淌的河，从高高的孔雀山流淌而来，它有个很婉秀的名字：日鲁雅洽。它和村西的祈公雍河、村北的祈子托河一起，滋润着秀美的小山村。由于水多，村里的植物很茂盛，一年四季，变换着深深浅浅的绿。此时，正值挂果之时，苹果和核桃，缀满枝头，布置着一种甜蜜的美丽。扎西动情地说：春天，永芝村那才叫美，一树一树的梨花桃花，像驻在枝头的彩蝶。没风时，也会抖动着想飞的姿态。风起时，花儿随风轻轻落在地上，白色和桃色洒了一地……

想象中，一幅具有"落红无数"的凄美古画浮上心头。

扎西是一位豪爽的康巴汉子，不会和这样的感情沾边！

傍晚，是村里最迷人的时候。炊烟袅袅，村声浓郁，人，猪崽，牛羊甚至鸡鸭，见着夕阳西坠，便各自起了归心，高一声低一声，发出或嗲娇、或情急、或酸甜的声音，纷纷寻着归巢的路。藏民轻唤人畜就餐、就槽、就窝、就寝的种种拟声，是任何规范语言都无法翻译，无法盗版

的。仔细辨认，感觉到里面有一种可称为“场”的神秘凝结力，叫人久违之后，每一念及，心中便会油然涌起“归去来兮，家园在等你”的无边感慨！

我们困于市嚣，羁旅于风尘，欲闻一串咯咯唤鸡声都尚可不得，这样的乡野之趣，这样的素人之乐，复于何求？！

扎西说，今晚，我们两场谷子一起打。1. 为我们开一个锅庄晚会，投身其中就是最好的接风洗尘。2. 为联合国专家考察时准备的锅庄晚会再作一次认真彩排。

扎西的婆姨拿出盛装，叫我挑选。我喜欢藏族服饰，尤喜男式藏服的阳刚之美。我给丈夫挑了一套，一家人围在一起给他又穿又戴。

先穿上白缎齐腰短衬衫。——左襟大，右襟小，像汉族女人的姊妹衫；再穿上圆领宽袖镶嵌着豹皮的紫长袍，并用七彩大花带子，将长袍围系在腰间，两袖交叉围系在腰后；最后戴上狐狸皮做成的高高帽子，穿上短筒藏靴，戴上象牙手镯，佩上一长一短的嵌龙银刀……

常言道：人靠衣服马靠鞍。儒雅的丈夫竟也穿戴出几分康巴男儿的英武，此言得之。

小学校篮球场一旁的土坎上，两堆篝火正熊熊燃烧。

月亮刚刚露面时，劳作了一天的村民都陆续到齐了，他们身着盛装，把带来扁柏、杜松扔进篝火堆，把糌粑、盐粒、青稞酒撒入篝火堆，于是，一阵又一阵的白雾弥漫于夜空，一股一股的香气溢满了小村。

热烈掌声中，做简短讲话的是扎西；热烈掌声中，深深鞠躬接过哈达的是我们；热烈掌声中，宣布锅庄晚会开始的是村长；热烈掌声中，欢乐的歌舞一个接一个……

最让人着迷的是藏族锅庄！

藏族锅庄是祖先的祖先沿袭下来的集体舞蹈。——跳舞的人由领舞者率领分为男女围成一个圆圈踏着弦乐而舞。锅庄舞步变幻莫测，但又整齐规范。或甩肘跺脚，或仰身俯首，或挺胸昂肩，男人旋转时，缀满流苏的藏袍飞旋得像一把彩伞，女人旋转时，飘飘的舞袖像彩虹一样翩翩凌空。有时，弦乐顿息，腾出时间空间，让男女轮唱，为舞步助兴，此时，恢宏男声似江河瀑布，婉转女声似溪涧迂回……

在“啊索哉呢哟，哎地希索哉呢哟”的喊声中，舞蹈高潮如山洪爆发！

人们就这么反覆地唱，人们就这么欢乐地跳，我也放纵在这一辈子从未有过的放纵中！

四、骑马走上高高的孔雀山

连续三天的大雨，把永芝村洗得更是清秀，却让山路泥泞了不少。为迎接下周就要到永芝村的联合国专家吉姆·桑塞尔等人，为确保“三江并流”考察工作顺利进行，今天，扎西将率领二十多村民四上孔雀山，再次修整通往迪麻洛的山路，他安排我们同去。从永芝村到孔雀山，得走6小时的山路，扎西担心我们走得慢，影响修路工作，仍让我们骑马前往。

请教扎西后，我明白了孔雀山美丽的原因：

高达4600多米的主峰，常年没于白云深处，进入冬季，白雪覆盖山顶，它便有了洁白晶莹的美丽。此外，山上有许多湛蓝的高原湖泊，有草肥水美的高原牧场，村民都亲切唤它：日宗玛雅，即：像母亲一样的大山。

请教扎西后，我明白了永芝村地理位置的特殊。

永芝村东临澜沧江，西连大怒江，安卧于多格拉山和孔雀山南北纵横的分水岭中。较大的海拔落差形成了这里丰富多彩的生态环境，几万年的地壳运动造就了这里壮丽的高山峡谷景观，被誉称为地球上最美的自然公园。所以，能骑马走上高高的孔雀山，将是我骄傲一辈子的事！

路线：永芝村后山——阿生谷——药那——永芝下牧场——迚祖通——永芝上牧场——孔雀山丫口（4200米）——迪麻洛。

这是一条从迪庆藏族自治州德钦县通往怒江傈僳族自治州贡山县的山路，从永芝村徒步越过孔雀山丫口再下至迪麻洛，便可乘车前往贡山了。

这是一条"朝圣梅里"的外转经路，从永支村沿西北向，过多格拉丫口，可达西藏的察瓦龙。扎西说：转经朝圣是藏族人的终极追求，我们一生起码要转经三次，两次为父母，一次为自己，村有三位老人曾以磕等身长头的方式朝圣到拉萨，是永支村永远的荣耀。

昨天，我曾亲睹一队转经人途经永芝村的情景：村里人纷纷送去食物，或酥油，或大米，或蔬菜；转经人个个蓬头垢面，却笑容可掬，他们用沙哑嗓音吟颂六字真言鞠躬作谢。

风餐露宿的转经人徐徐唱出的沧桑歌吟，使人感动不已。

朝圣的虔诚在痴情中凝固成亘古的雕像，令人震撼非凡。

我相信，转经之后，世界在他们重组的观念中更加单纯。

我肯定：有志之人，也会用这样的苦修精神来砥砺自己。

清纯之美，人间天上！——这是我徒步下完"阿生谷"的泥泞陡坡，骑马走入"药那"大森林时冲口而出的喊声！

这里的植物几乎是不择地段地生长，郁郁葱葱，遮天蔽日，蓬勃着满山的湿翠。这里的草甸纤尘不染，或大块，或小块，远远望去，绿绿茵茵，好似大块小块的绿地毯，近看却稀稀疏疏，与"天间小雨润如酥，草色遥看近却无"描写的一模一样。这里的山涧淙淙，泉水叮当，箩筐一般的石头，光洁圆亮，半浴在山泉幽涧里。这里的空气像滤过一样清新，暖暖阳光极富穿透力，晒得你冒出细细的汗。这里的风在轻轻吹拂，一些长了穗子的植物，经风的作用，穗子散了，白色絮儿，蒲公英似到处飞纷，飘浮着一种让人生出忘其所以的美丽……让人觉得山神是否把所有奇妙都抛在了这片干净的土地！

如果不是绿茵草地，我是不敢纵马驰骋的；

如果不是扎西提醒，我是不懂众生平等的。

骑马走入“药那”大森林，正值一块平缓的下坡地，我一时兴起，平生第一次纵马驰骋。——绿茵草地上，我一抖缰绳，大喝一声“驾”，训练有素的永加姆果然十分听话，只见它鬃毛抖擞，跑得四蹄离地，快捷如风，脖上的串铃哗铃铃响……

然而，村民没一人在骑马，所有的马或一边慢走一边吃草，或打着响鼻，或在茸茸草地上打滚。问了扎西才知道，下山骑马，为主张“众生平等”的藏族人不齿。扎西说：“无病无灾，下山骑马，是会遭到诅咒的。马已很可怜了，下山又不累人的脚，为什么还要累马呢？”。顿时，愧疚之至，立刻下马，拍着永加姆被汗润湿的脖子，抓挠它的耳朵，抚摸它黑缎子一般的毛，奇怪的是，永加姆也竟会歪头看我，眼睛里泛着一种温和！

时值正午，我们在永芝下牧场吃中饭，是村民在家做好的麦面饼子。

坐在叶子密匝的树下，环顾，青草与树根茸茸交织，树深草浅，有着微微的分际，一片不知名的小花，蓝莹莹，雅致了树下的整个情境。溪水就在蓝花花旁流淌，滑过石缘，恬静委婉。扎西在流水处取水，他说，用雪山下来的水打酥油茶，醇香润口。村长递来一碗酥油茶，我们一口饼子一口茶，三两碗下肚，累全都没了。此时，太阳在树叶间摇作一束一束霞光，像根根金线，仿佛要把这里的一切缝纫成一幅意义隽永的图画。

坐在叶子密匝的树下，绿苔蕴着湿翠，不能持久。起身和次里培楚闲聊，发现他是一个英俊

而骠悍的康巴汉子：长方脸型，鼻子挺拔，络腮胡须。我问他结婚了吗？他说老婆有。我又问他有小孩吗？他说孩子有，儿子不有，姑娘有。我问他姑娘几岁了？五岁有。——和汉话说得不太好的藏族同胞一样，次里培楚的回答总是那么简短，那么干脆，有一种长句变短句的简练，还有一种现代汉语被肢解的愉快。他说，他还想要一个儿子，要让他好好读书，将来像扎西一样，像阿取宗一样，走出大山，做老师，为政府做事……我看到次里培楚眼里的羡慕和崇敬。

上了山下山，下了山上山，整个下午，我不知翻越了多少山头。
沿途，高山飞瀑，急涧险滩，雪山峡谷，草甸花木，应有尽有。
随着树木变成又矮又壮，石头越来越多，我们已接近雪线高度。
夕照中，孔雀山像一个邈远神话，滞留着让人惊叹的洪荒余韵。

下午，最难走的路程是“干祖通”。

这条山路几乎由烂泥和大小石头构成，长五公里左右，上也难，下也难，最陡处约为60度。村民裤腿高挽，在烂泥中择路而行。扎西叫我们不要下马，他和两个村民保护我们下坡。骡子在烂泥中深一脚，浅一脚，我被颠来簸去，几乎坠马。假若不是扎西在掩住马头紧拽缰绳，护航；假若不是次里培楚走在马身旁紧抓我，保驾；假若不是我已能掌握下陡坡之要领：脚朝前蹬，身往后倾，我怕早就滚鞍落马于烂泥了！

倏地，一种担心涌上心头！——吉姆·桑塞尔这胖老头会不会因这等烂坡而否决“三江并流”世界自然遗产的申报？曾经，路南石林就因他的一句话而遭否决！——我把担心对扎西一讲，扎西笑着说：“别担心，我已布置好，返回时就要修整这段路，挖土来填，这几天，让它再晒干一些。”

下午，最好走的路程是“永芝上牧场”。

由于山势渐渐升高，树林渐渐退去，将整个的草地推向了前台。所以，永芝上牧场较之下牧场，更为寥廓，更为壮美。我是长时间地在一种传说里睁大眼睛观望：草甸之上，高悬的太阳晕黄如金钟，太阳之下，草甸是一片令人眩目的金黄，在光芒四射的晕圈里，每一棵树都是火把，每一棵草都是火星，每一朵花都是火种，它们汇集在一起，把草甸推向了另外一种深度，一种借助想象才能达到的那种不可企及的神秘境地。

由于接近顶峰，岭也不陡了，路也好走了。策马走上一个小坡，一座飘舞五彩经幡的嘛呢堆兀立于眼前，我依照着藏民规矩，围嘛呢堆从右往左顺时针绕行三圈。之后，再走上一个较高山坡，孔雀山的积雪顶峰和大片草甸一下子出现在我的面前！

“哇噻！”

当时，我就是这么叫了一声，80后的时髦语言竟如此准确地表达出我为之一震的内心！于是，猛抖缰绳，双腿夹马，大声喊道：“驾——”我催马奔向了那积雪顶峰！

五、孔雀山上有令人浮想联翩的风景

此刻，太阳已西，蓝天之下，积雪顶峰成了一种傲岸的存在。无垠草甸，像大海，泱泱静静，紧贴在蓝宝石一样的天空下。“大海”表面上，挨挨挤挤的矮草都黄了梢儿，像镀了一层金，泛着灿灿柔光。一些小花也闪烁其中，白的，蓝的，在晃动你的眼睛。不远处，二间木房顶上，已炊烟袅袅，七八匹马，或套着马料兜甩来甩去地吃料，或四脚朝天在草地上打滚并咴咴的嘶鸣，它们的快活让刚刚结束的跌宕旅途显得很抒情！

“我骑着马儿过草原，清清的河水，蓝蓝的天……”

随口哼着歌，我一跃下马，忙着给永加姆取下马嚼子，松了肚带，催它去和同伴们一起快活。奇怪，为甚会唱起这几乎半辈子没唱过的歌，不知道它从脑子的哪个旮旯里跑了出来。举目环顾，在一个带有冰渣的湛蓝小湖旁，丈夫已做好拍照准备，正等待光线，倒映于水的云朵刚有一点点微红。我也依样画葫芦，等坠于山凹的太阳把余晖射向天空，微红的云朵变得更红时，采用中等反光的参照物测光，摄下绚丽云朵和熠熠冰渣的湛蓝湖水，摄下孔雀山无与伦比的沉静和柔美。此时，孔雀山上，山峰连绵，似波浪涌动，山脊隆起，如长龙腾越，人立于此，上可接天，下可连地，顿感茫茫宇宙尽在心中了！

准确地说，孔雀山是日宗玛雅的绝顶，状如一只昂首孔雀，秀丽而险峻，傲立于群山之巅，海拔估计有4600多米。

再者，孔雀山处于高山流石滩植被地区，顽石遍布，大都褐中透红，黛中蕴白；植被低矮，大多为硬叶灌木丛。在险峻的突兀顶峰下，我找到了一块漂亮的褐红卵形石头。——这是我的癖好：到哪儿都想找个石头作永恒的纪念。我想请永支村老人替我刻上六字箴言，带它回家，赋予我葆有幸福的内涵。近距离观看顶峰的嵯峨怪石，发现：由于雪压云挤，栉风沐雨，每块石头上都刻有一道道“年轮”，沧桑触目，它们将我的“观看”推到另一种深度。在我眼里，孔雀山犹如一位缄默无语的康巴汉子，他昂着头，挺着胸，盘古一样顶住天之一角，坚守着这万世不易的空间！

山谷黑了，山头黑了，最后，天空也黑了，把满天星星衬得更加璀璨。钻进小木房里，围坐在噼啪燃着的火堆旁，烤火，喝茶，猜测着村民的闲聊内容，我在一种不需要语言的温暖里细心观望：我发现村民的心情很好，听个我觉得最没意思的笑话也笑得腰疼，有一种“以欢喜心结缘”的随意；我发现村民的心境很自在，不悲过去，也不贪未来，有一种“性定菜根香”的随份；我发现村民的牙齿不仅整齐，还白得发亮，黑暗之中，除了火塘里的火，最眩目的便是村民的牙齿，放声大笑时，它较城里人时髦的“钻石牙饰”更为璀璨……

大约8点钟吧？围着火堆的闲聊的村民都蓦然正襟危坐，开始了他们每天的达摩。何谓“一人一境界，一心一菩提”，听着这极富韵味的诵经，我顿时心领神悟。扎西说：“就在这个时候，全村老少也聚集在村头转经房，他们在祈祷神灵保佑上山的亲人平安归来，当然，也包括你俩……”

哦，身心自在，通达乐观的永芝村人！

哦，虔诚朝佛，璞玉浑金的永芝村人！

近20分钟的诵经结束后，随一声高亢而野性的“咦——嚯嚯”的叫喊，我再次目睹了藏家人“会走路就会跳舞，会说话就会唱歌”的精彩。——那是一种天生的嗓门，天生的豪放，天生的坦荡，天生的真诚，天生的淳朴，天生的让人仰慕！

孔雀山上，豪放的歌声似瀑布，飞流直下三千尺；孔雀山上，柔情的歌声像小河，从心坎里汩汩涌出。永支人咏唱的涉及面很广，传统民歌有，时尚通俗歌曲有，高原“三星”的每一首歌，他们都会唱，或唱得高亢入云，或唱得凄切动人，仿佛人间的希望、人间的爱恋、人间的悲怨、人间的梦幻，都尽在其中。

自古到今，他们以甘美的喉唱着心中的歌，

自古到今，他们以勤劳的手装扮着永支村。

这样的歌唱，只属于天性淳朴的永芝人，只属于天性浪漫的永芝人，只属于天性豪爽的永芝人！而我能和永芝人相聚，从一些表象入手，一度参与了他们的生活，一度参与他们群舞和合唱的行列，无疑是一种幸福！

六、美得像孔雀羽毛一样的湖泊

凌晨，离天亮还有好长一段时间，我就被帐篷外传来的各种声音摇醒，那是村民们在准备上路，去修整通往贡山的崎岖山路。昨晚，扎西告诉我们：他要带村民去修路，一共四天，留下余康陪我们。于是，我一动不动地躺在睡袋里，在梦和醒的边沿，感受孔雀山上那有序有谱的声响。

爱听不紧不慢的叮咚声，那是马铃铛在响；爱听呼唤马吃料的声音，缠绵着对马的心疼；爱听村民们长一声短一声的对话，心里生出对他们的许多惦念：四天，能把路修好吗？六天后，联合国专家就要来了……

帐篷里，氤氲着一种莫名的寒冷，索性将头钻入睡袋，闭眼静息，不知不觉又融入到梦的境界中去了。

闹铃响了，六点四十分，叫醒丈夫，我们一起去拍日出。钻出帐篷，雪霜“哗啦”了一脖子。难怪那么冷，厚厚一层雪霜铺满了帐篷。我们有睡袋保暖，藏民呢？莫非就在火旁蜷了一夜？空气仿佛滤过，无一丝儿尘渣，深深吸入一口，清新得叫人想打喷嚏。远处的山峦和近处的树层次分明地连缀在一起，上弦月挂在天上，与高高的孔雀山脉脉相伴。

天已熹微，顾不上洗脸，也顾不上吃早饭，便奔去悬崖边拍日出。

如愿以偿，我们拍到了太阳从山峦中升起时的绚丽，那情景与海上日出截然不同。——开始，东方呈现鱼肚白，接着出现一个红点，而后红点逐渐放大，与红灯笼一般大小，再后红灯笼光芒四散，把朦胧的云雾染红，最后在染红的云彩中，一轮红日被推上了中天。那绚丽红日，与哈代在《德伯家的苔丝》里的描绘一样，是“年富力强的上帝”，“有金色的头发，有和蔼的目光，正看着下面包罗万象的世界……”

匆匆吃罢早饭，酥油茶＋馒头，按计划，余康带我们去看孔雀山的湖泊。扛着脚架，背着摄影包，走上一个近乎两公里的高坡，累得气喘吁吁。一路上漂亮石头很多，极像神仙随手撒落的珍宝，褐红的，白底黑花的居多。等上至高坡顶端，又是一片长满杜鹃矮树的草甸，其上，大大小小的湖泊，一个挨一个，极像孔雀美丽长尾上的蓝圈儿，蓝宝石一般，浴濯着我的眼睛。这些湖泊都没有世俗的名字，为写作之便，我想把它们统称为“孔雀湖”。

这些孔雀湖应该是神话里才有的海子吧？它们的美，或阒寂，或娴静，或神秘，或纯粹，都惊人骇世，我无法描绘。余康笑着对我说：老人们说它们是孔雀仙女洗澡的地方。

孔雀仙女洗澡的地方？！我为这样的说法蔼然一笑。

于是，在我白云流水般的构想中，美丽孔雀飞来了……

天际微熹，湛蓝的湖水静谧无比。孔雀仙女凌波凝立，衣裾飘举，空气中漾着袅袅不绝的暗香。孔雀仙女脱下羽毛，铺之湖畔，坐在湖中礁岩上涤她胜雪的肌肤，垂踝的秀发，每一朵水花的激撞都仿佛是她惬意的唏嘘。这时，牧牛的康巴汉子如约而至，他们在满山红杜鹃林里醉成一对鸳鸯……后来，天光大亮，孔雀仙女错过了返回的时间，沉重的天门訇然阖闭，她含着蓦然回首的一笑，化成高高的孔雀山，泪水滂沱康巴汉子与羽毛化成一泓一泓的湛蓝湖水，从此，山与湖厮守，湖与山厮守……

凡独特的美丽景观，都被人们编成了许多美丽传说，给它罩上了一层神秘面纱，汉族有，藏族有，各少数民族都有。有趣的是，小时候听故事时，老是扒根问底，很为仙女悲伤，现在却想着去偷她们的美丽衣裳！

清晨的天空青而白，湖面上泛着一层白蒙蒙的水气。蹲在湖边，隔着薄冰看水，能看到水之碧蓝，飘浮的白云倒映其中，是一幅大的写意画。几只体形很小的鸟在薄冰上跳跃，极轻，极快，勾起了一串清丽的小水花。湖边空气爽净，蕴有淡淡的香，明明无风息，却听到了水光撞击的音籁，还隐约着鱼的唼喋，弯腰想拨开水面观看，可伸出去的手却停住了，孔雀湖绝美的身体，我不愿撩拨，也不敢。

余康说：孔雀湖还有一绝，水色多变。有时水色幽邃如墨，与阴霾的天宇一样；有时水色绿蓝如玉，与湛蓝的天空一样；有时水色灿烂红艳，与满天的彩霞一样……水色的多变，肯定与天色有关，可善良的老人们都相信它与孔雀仙女的喜怒哀乐有关。

现在，正值霞光初照时，日光映入湖中，湖水清丽脱俗。我们在较高岩石上竖起脚架，作好拍摄准备，盼望初生的太阳能冲破云层。10多分钟过去了，我惊喜地发现：湖水亮起来了，有令人眩晕的红！抬头一望，还没有完全升起来的红日，光芒四射，喷薄般地给云层涂抹上一层红艳，而这红艳，全都映入了平静水面……我迅速站起，调整光圈，用不同的数据拍了三张。——孔雀湖的美丽瞬间，在我的相机里定格！

余康说：孔雀山还有一美，云雾多变。由于顶峰直入苍天，云雾常在顶峰处渐聚渐拢，像传说中仙女歌舞的纱幔。此时，只要有风，那一排排，一堆堆的云浪会向你飘飘袭来，顷刻间，人没云中，飘飘欲仙。

听他一说，倍感惋惜，因为，现在是天青日朗，“千形万象竟还空，映水藏山片重复”之美，我们无缘遇上了。

又拍几泓湖水后，沿着高坡再走一段，攀上一个小坡，就来到我们此行的终点：日宗拉丫口。站在经幡飞舞的日宗拉丫口，朝东北方向看，洁白的缅次姆峰和卡瓦格博峰，赫然在目，晶莹雪亮。藏族人心中的圣山，无论从那个角度，都令人着迷瞻仰！站在经幡飞舞的日宗拉丫口，朝西北方向看，阳光洒在远近的山林上，交织、回旋圹地来风中，依稀听到藏民悠扬的歌声，艰辛的修路中，他们也在唱，生生是纯净，善良，钢性的精华！

七、最是难忘永支村悠悠藏民情

雄鸡的啼鸣，将一天又一天的宝贵时光唤走，
流连的脚步，徜徉在地球最美的自然公园里。

忘不了藏家人的水汽粑粑，忘不了村民们的纯真平和，
忘不了刚刚学会的弦子舞，忘不了藏民转经房的祝福，
忘不了永芝村曼妙的风景，忘不了永芝村悠悠藏民情，
……

在永芝村，我们或与藏民欢乐地击木歌舞，走进他们的坦荡和率性；或与姑娘们在晒场上剥核桃，任核桃皮汁将手指染得漆黑；或在静寂小河垂钓野炊，让六根生出静生出禅；或给村里的百岁老人拍照，看他们笑得像一朵朵山菊花；或到村长家做客，大碗喝他们用玉米酿成的老酒；或到学校给小学生上课，给他们将中国的载人飞船成功上天；或替永加姆喂食刷洗身体，牵着它到山坡上吃草溜达，或在新盖的“联合国专家楼”帮扎西干活，用腐植土栽植从山上挖来的兰草……

快乐日子就像哗哗河水，如从梦中醒来，发现离别已悄悄趸近。——再过两天，是联合国考察“三江并流”的专家们到永芝村的日子，为了不影响扎西的工作，明天，我们必须离开永芝村。

最后一顿晚饭是阿取宗手擀的面条，高寒地区的麦子，筋骨相当好。余康抬着碗戏语：“面条就是我们长长的思念！”我没敢抬头，直往嘴里塞面，我怕眼泪会掉下来。晚饭后，扎西的婆姨次里卓玛，一边用藏袍袖子抹眼泪，一边用藏语说道：“留不住风，留不住雨，明年春天再来……”听完余康的翻译后，我的眼泪便再也忍不住了。不多一会儿，次里卓玛抱着我们穿戴过的服饰，拉住我，指着阿取宗手腕上的玉镯，把藏袍直往我怀里塞。余康说，她要我像阿取宗收下我送的玉镯一样，收下藏袍，留作永久的纪念。我们被这样的厚礼惊呆！——圆领宽袖镶嵌豹皮的紫色长袍，本就是极品藏袍，再加上绿松石、玛瑙、天珠、佩刀等饰品，价值上万元。推来又攘去，攘去又推来。最后，还是扎西作主，送我一副老象牙手镯，送丈夫嵌有熊爪趾甲的马桶包。当次里卓玛就将象牙手镯套在我手腕上，那慈祥，那真诚，我没齿不忘！

是夜，我失眠了……

清晨，我提着梳洗包到河边洗漱。天阴着，不风，不雨，远处的乌云和身边的树一样凝重沉郁，这种天气只会增加人的悒郁。只有厩里的牛马，时断时续地弄出些声响，仿佛长长的叹息。家门口，永加姆朝我咴咴嘶鸣，声音很急切，我有了一些高兴，走进马厩，抱抱它的脖子，给它解开绳子，牵着它一起朝河边走去。

马儿很舒心很惬意地用头蹭我，我则眼泪吧嗒吧嗒看它密密的睫毛。

深深呼吸着泥土里飘来的气息，我用暗哑的心情搽拭我暗哑的目光。

很想让此身成为与永芝村共融的任何一种小生命，

久久地，认识永芝村，如同认识了一种淳朴人生。

后记：

地球最美的自然公园位于云南“三江并流”腹地，我生活了6天的永芝村是其中之一。现在，那里的“三江并流”申报世界自然遗产的工作正进行得如火如荼。

我想说，这地球最美的自然公园不是几十座公园能比拟的，也不是人工能栽种的，更不是哪个环境保护组织能倡导的，它是上天赐以人类的礼物，它是山神给以永芝村的美妙，它是淳朴藏民坚守的万世不易的美丽家园，它是一个无法描述的梦！

沉醉在地球最美的自然公园，自然公园有一种美丽，它高过了人类的头顶！

有关资料：

一、云南“三江并流”区域囊括了迪庆藏族自治州、怒江傈僳族自治州、丽江市。千山万壑，三江并流，其间，怒江与澜沧江的最短距离为18.5公里；澜沧江与金沙江的最短距离为66.3公里。“三江并流”区域具有三大特征：1. 海拔变化大，最高为6740米的卡瓦格博峰，最低为760米的怒江大峡谷。2. 降水量变化大，最多为独龙江4800mm，最小为奔子栏400mm。3. 民族众多，共有14种少数民族居住于此，独特的民族生活、民族风情、民族文化使这一区域神秘而充满生机。

二、走三江并流腹地，由于地域辽阔，耗时较长，应做计划分片走完；由于地形复杂，大多需骑马徒步，应有吃苦准备。

本文介绍的是“德钦至怒江”片域：

德钦县——云岭乡——澜沧江月亮湾大峡谷——茨中大教堂——（返回）羊咱吊桥——永芝峡谷（红色侏罗纪砂岩）——永芝村——阿生山谷——药那原始森林——永芝下牧场——芝祖通（高山瀑布）——永芝上牧场——孔雀山——迪麻洛（怒江贡山县）

三、有情提示：

德钦县——羊咱吊桥，乡村公路，可由县城乘中巴前往。

永芝峡谷——迪麻洛，山间小路，步行或骑马，是藏族朝圣卡瓦格博的外转经路，沿途村庄可食宿。到迪麻洛后，可乘车至丙中洛继续走怒江。

时至今日，我仍想不明白，究竟是什么支撑我完成了“丽江黎明乡·剑川老君山”的徒步穿行。是一定要走完“三江并流”八大腹心地的计划？是只能前行无法后退的深山老林？是“凡事须坚持而为”的秉性？……我无法想出个甲乙丙丁。整整11天呐，牧羊人的窝棚是我们酣然而眠的家，铜锅焖饭、野蘑菇、山笋是我们的佳肴；上高山爬得挥汗如雨气喘如牛，下陡坡走得两腿颤抖脚趾钻心的疼；逢小溪只有脱鞋趟水，遇河沟过独木桥犹如走“平衡木”，甚至是骑在由一棵树架成的“桥”上小心挪过；手臂被曝日晒爆了皮，浑身被蚊虫咬得疙里疙瘩；曾因半月板受伤膝盖肿得难以弯曲而悄悄流泪，也曾无数次梦到过舒适的家……然而，正是这自虐之至的徒步，让我心中升起一种从未有过的幸福，我与浩然山河从此互相拥有了！

徒步神岳老君山

——走“三江并流”腹心地散记

黎明乡：世界最古老的高山丹霞地貌

乘班车从丽江石鼓沿金沙江往北，仅26元车费便到了我们徒步的起点：黎明乡。

黎明乡隶属丽江市，在金沙江的支流金庄河“Y”形流域内。“Y”左是黎明河，“Y”右是美乐河，处于两河怀抱中的黎明村民沿河筑房而居，哗啦啦的水声是他们最爱听的音乐，“灿若明霞”的丹霞赤壁是他们最爱看的画卷。

丹霞赤壁由砾岩、砂岩和泥岩构成，是黎明乡最撼动人心的景致，也是世界最古老的丹霞赤壁。它们因氧化铁的含量不等而红艳不一，或大红大紫，或赭红暗赤，或红里透黄；它们因大自然的腐蚀力度不同而形态不一，或像盘腿而坐的佛祖，或似横挡一方的屏障，或像戏云挥风的巨掌，或似含情脉脉的美女……这些形色不一的丹霞赤壁都掩映在一片苍翠中，以强烈的红绿对比演绎着妙趣的神话故事。

譬如，两根酷似男女身形的百米红色岩柱，隔着沟壑，痴痴相望，成为“等你一万年”的情柱，被赋予动人的爱情传说；酷似阳具的石柱矗立于蓝天下，被视为天降的男根，是傈僳族崇拜雄性的高大图腾。总的说来，黎明乡东有“东方金塔”的壮丽，南有黎明河岸的翠绿粉红，西有“千年睡佛”的天造奇观，北有太上老君烧红半边天的“炼丹崖”、披戴纹甲的赭红巨龟、天梯悬棺……徜徉其间，犹如置身于美丽的童话世界。难怪云南作家杨世光以诗赞之：“疑是霞池翻倒后，染成天下最奇宫”。

游览“天下最奇宫”，实在令人啧啧称绝。

最绝之处，当是千龟山。我们沿登山石阶步行约两小时，迤逦而来的都是被日光刷亮的斑

斓地貌。快到山顶时，在松树林中歇息，从葱郁缝隙中上眺，只见青空镜转，白云花动。将视线收下，稍远处有一片难以丈量的赭红岩石坡地，带龟板状的菠萝纹理，呈一种奇特的凸凹样，令人愕然。急忙登高远望，赭红岩石坡地俨然就是一只披戴纹甲的赭红巨龟！——兀立于坡顶的岩团是神龟高扬的头颅，凸凹的岩石是神龟排列有序的龟甲！恰在这一刻，乌云蔽日，蝉声骤涌，置身于轻飏的凉风中，愉快登上巨大神龟而近视，奇怪，凸凹的龟甲又变成一只只爬行小龟，成百上千，难以数清，尽自向着佛陀西天圣地爬行，极写了一种执着而憨憨笨苯的动感。莫名惊诧中，我以为“千龟山”的命名甚妙，一词双意，既可指一只静卧的巨大神龟，又可指一千多只正在爬行的憨态小龟。站在巨大的神龟背上留影，我之于赭红岩石神龟，犹如一粒沙土之于篮球，犹如一棵小树之于森林，巨大与渺小，对比得心服口服。

除却“灿若明霞”丹霞地貌，黎明村还有一绝。即：冬至后之一月内，在红石街中段，可看到一日中太阳三升三落的奇景。乍一听来，质疑不信，打探清楚后，不禁为傈僳族祖先追随太阳的初衷而鼓掌。

原来，黎明之东，有三座依序而列的丹霞大山，它们拔地而起，呈倒三角锯齿状，号称“东方金塔”。所谓“三升三落”，全是因丹霞大山的遮蔽使太阳“三隐三现”而已。然而，这竟使傈僳族祖先萌生了择此为永久居住地之心念，他们认为太阳在这里“三升三落”，这里就是太阳来来往往的“家”。于是，惊喜交加的傈僳族先人三跪九叩，决意永远与光明和温暖同在，从此，这块安宁祥和的土地上飘起了第一缕炊烟。

我以为：这一传说应确信不疑，因为，傈僳语“琅明念古”译成汉语为“黎明”，而含意正是“太阳来来往往的地方”。时值盛夏，我没有观看太阳“三升三落”的福分，每一念及，心中便顽强逸起“归去来兮，野居之趣，素人之乐，复于何求”的遗憾。——转念一想，人生不正是由许多“美的缺憾”组成的么？！

丽江老君山丹霞地貌区主要分布在黎明傈僳族自治乡，总面积达240多平方公里，占全乡面积的43%，是国内面积最大，发育最完整的丹霞地貌奇观，是大自然蓄意将它深藏于三江并流腹心地带的一枚绝世珍宝。

整整一天，我拍了若干胶卷，想将集阳刚和阴柔双美为一身的雄奇娟秀尽收于相机内。整整一天，面对着向世界展示着力，展示着美，展示着亘古沧桑的丹霞赤峰，我的思绪始终围绕着它飞翔……

白云会老去，岁月也会老去，“灿若明霞”的黎明丹霞地貌，却犹如一枚永远灿烂的红果，悬挂在蓝天和绿地的罅隙之间，让所有回望它的眼睛，永远充满着爱的湿润！

格拉达：开满鲜花的万亩大草甸

黎明到格拉达大草甸，只有崎岖山路可走，需徒步一天。路线：黎明——劳兀帕——哈弥兑

瑪——阿库兌瑪——彝此萩底大垭口（海拔为3400米）——格拉达自然村——格拉达大草甸。

我们早晨8：00出发，下午5：30到格拉达村。精疲力竭、兴致盎然，是每个人的状态写照。格拉达村是一个彝族村，共有48户人家，去年就实施了退耕还草政策，每亩地政府补助200多斤粮食，以此达到保持生态并发展畜牧业的长远规划。村长家拥有牦牛80只，黄牛12只，山羊50多，绵羊80多，从令人咋舌的数字，可见格拉达村畜牧业的发达兴旺之一斑。当晚，我们食宿于村长伍力支哈家。

次日凌晨，雄鸡才打鸣，我们就跟着村长上路了。——村长要赶到牧场给牦牛挤早奶，我们要去看“沐浴在早晨柔和阳光下的美丽草甸”。从村里到万亩大草甸有2个多小时的上坡山路。于是，走一路，也说了一路，村长说：格拉达是彝族话，意思是“开满花的大草甸”。4月至6月，草甸上将近有40多种花竞相开放，报春花、金雀花、金莲花、北荠、绿绒蒿、鸡肉参、勿忘我……单是杜鹃花就有10多个品种。端午节前后，草甸上的花最好，红橙紫绿，粉黄蓝白，斑斓花色，应有尽有，可惜你们来晚了，错过了最美……

然而，当远远地看到万亩大草甸时，人仍整个的被草甸深深震撼！——视野所及，乳白雾气迷离，迷离中凸现着数千里阔的草甸，绵亘至遥远，如风中展开的巨大绿毯，全无一丝皱褶，诗句一样，蔚成大观。心情于是降到零度，犹如纯亦不已的草甸，空灵而清幽，仿佛人生于世的彼岸。

太阳刚刚醒来，雾气不愿离去，用一种近乎不动的从容，在草甸上洒了一层略带寒意的蓝色的光，缥缥缈缈，氤氲得仙境一般；轻微的风将薄薄的云，从东北方向的天底，一缕一缕，扯向西南，弯过碧蓝如洗的天顶；绿油油的草甸像一个酣睡少女，安卧在蓝天和白云的怀抱中；纵虽斑斓花季已过，油亮绿草间仍有许多蓝紫小花，挨挨挤挤，绽蕾吐香，参差花茎在馨净空气中妩媚地摇曳；极远处是难以数计的杜鹃花树和冷杉

林，二三间木楞房点缀其中，是一副构图极佳的古典版画作品。

村长告诉我，小紫花叫依札娜，小蓝花叫婆兀婉婉花，它们的彝族名字很婉约。徜徉在花草之间是牛羊，羊羔的“咩咩”叫声断断续续，从我耳边极湿润地滑过。遁声望去，是一位彝族大婶在给她的羊儿喂食盐的温馨画面。草甸上最忙碌的是女人，她们用轻细的鼻音哼着自编的山歌，或在给牦牛挤奶，或在奶桶中捣杵制作酥油，或在火塘旁做水煎粑粑。草甸上的女人很美丽，不仅长着一双草海一般深邃的眼睛，还有一副能点燃男人豪气和热血的歌嗓。据说，只要看过她们用比藤蔓还柔软的身体且歌且舞，只要被她们用大眼睛偷偷“秋波”过，草甸上将永远留下他（她）铺开的艳情和梦想……

我是在述及一种以天光视角、地貌域限中舒缓看到的净境和梦幻故乡，格拉达大草甸，见鸟，来去听之，遇花，开落由之，牛羊虫蚁次第分食，雨洗日晒风吹风化，旋即又清新如初，你是让我像武陵渔人一样看到的净境桃源！

于是，童稚兴起，赤脚走于绿绒草地，便有一股清凉透入心底。草甸上的草儿不高，刚及踝关节，浅浅的，酥酥的，润润的，只有参差花茎想拉住我徜徉的脚步，一派白居易“浅草才能没马蹄”的诗情画意。整个上午，我都陶醉在大草甸的锦绣中，带着莹莹清露的矮草，散着袅袅馨香的小花，爱笑的牧羊大婶，嘻戏在花草间的牛羊……无不让我生出要与它牵手一生的激动。爬在长满婆兀婉婉花的草甸上给爱笑大婶拍照，镜头中，一束蓝花花向我雅致地舒展，一种来自蓝花的“秋波”震撼滑过了我善感的心弦，蓝花花语为“勿忘我”，它令我一下子想起患了癌症的好友……

在村长家木楞房中午餐时，村长提议去另一座高山牧场看看，它仍是格拉达的一部分。他说那里海拔3800米，有千亩杜鹃花林，不仅能看到哈巴雪山、玉龙雪山和长江第一湾，还是唯一能通手机的地方。午餐后，我们出发了。跟在村长身后，沿蜿蜒伸展的小路，越过两座山之间的大树杜鹃林，高大的杜鹃树上挂满了树胡子（松萝）。午后的太阳明亮洁净，在丛林间投下黑白分明的剪影，当满山头大约一千亩的杜鹃林展现在眼前时，我像中了魔符一样，人呆站着，嘴唇翕动着，放飞的全是含糊不清的话语！

视野所及，这里全都是枝干矮小的樱花杜鹃，株高全在人的腿部以下，许多花枝上还缀着赭红的残花，俯下身近距离接触，还能嗅到一些淡淡的花香。朋友们欢叫着奔去远眺雪山和长江，四周一下子岑寂下来，其间袅绕的无限意味，可称之为圣洁。我微含倦意地在参差花丛中躺下，碧草为茵，琼瑶为簟，眼望蓝天白云，梦幻如一叠一叠的海浪，倏忽涌现，又倏忽飘逝，仿佛起于青萍之末，隐约可闻悠扬婉转的天籁含苞欲放，化作一座艳丽勃发的花山，馥郁芬芳，芊绵异常！于是，掏出手机，给患癌症的好友发了一条短信：假若你来了，准教你一片憔悴心情，全随馥郁花香飘去……

黄昏于天边缓缓地来了，草甸又氤氲了一层青黛。飘散的云雾渐聚渐拢，犹如仙女且歌且舞的纱幔，飘绕在蓝天、绿草、木楞房之间，一如不想离开草甸的我们。成群的羊儿在牧人的呼唤中回来了，有些径直走进了厩房，有些仍在厩前草地上追逐嬉戏，宛如一些滚动的珍珠。突然冒出“在草甸过一宿，明天继续走其他三个山头”的想法，随即考虑到整个行程计划，无计可施，惟有作罢。回首再看看频频挥手的彝族大婶，回首再望望夕晖下的安详草甸，心中既泛滥着“远山眉样认心期，流水车音牵目送”的依恋，也翻腾着等明年春暖花开时再来大草甸的心愿……

金丝厂：青铜镜般的一双海子浴濯着我憧憬的双目

清风舞弄着树木的叶子，飒飒作响，纯美的旋律中满是原始森林的芬芳。日光刷亮了茂密的树叶，随风摇作炽亮的星群，仿佛众星云集社树。

为赴“金山玉水”之约，我们走在茂密的原始森林里。

为赴“金山玉水”之约，我们走在清风的飒飒歌声里。

这是徒步第三日的清晨，走在高高山脊上，神清气爽，眼底落满了花瓣，树叶，露珠和云气，仿佛能听见我生命的铃声激跃响起，宛如小溪飞溅于山涧，宛如小鸟飞回了森林，自成一曲有限生命的律响。

昨晚，因山上牧人的窝棚漏雨，我们只好宿于海拔3900米的大岩洞里，借燃烧的柴火取暖

过夜。似睡非睡中，听了一夜的雷声雨声。今早，为了爬上“金山”赏“玉水”，我们在奋力攀登几乎60度的险峻山冈。说是60度，但攀登的感觉犹如90度一样艰难。“金山”指海拔4513米的金丝厂山，它因土司木老爷曾在此开过金矿而得名；“玉水”则指金丝厂山上的两泓湖泊。不知为什么，进入金丝厂山一带后，这一双青铜镜般的海子老在荡漾着我温热的梦想。抓牢山坡上杜鹃的老干虬枝，踩稳满是厚厚落叶的坡地，耗时46分钟，我们终于站在了金丝场4300米的山头上了。

云南许多的高山湖泊，都隐居在海拔较高的大山里，鲜为人知。当地人称之为“海子”，将之比为“仙女的梳妆镜”、“珍珠潭”、“凤眼龙睛”……

站于山顶，环视，一双青铜镜般的海子漫漶着粼粼银光，浴濯着我憧憬的双目。云雾澹淡舒卷，覆盖在静谧的海子上，空气中草木律响，漾动着一些细碎的暗香，树色与水色织入一体，葱葱郁郁，有一种湿漉漉的润美……面对如此撩人心魄的玉水，我知晓自己文字功夫的浅浮了。——即使再搜肠挂肚，也无法描绘出这“湛蓝若天”、“冰清玉洁”、“轻灵碧绿”的美丽！只无端觉得它们有一种高过人类头顶的美，一种只有借助神话幻觉才能达及的美，于是，我只有依葫芦画瓢了：这一双青铜镜般的海子是山神用两张蔚蓝透亮的银丝手帕变成的，这一双青铜镜般的海子是萨尔王妃嵌着迷人风光的梳妆镜变成的，这一双青铜镜般的海子是在山林间眨动着妩媚光芒的凤眼龙睛……

绯红的朝霞自东方慢慢投诸山峦，把青铜镜般的双海映成了少女两颊上的红晕，黄的苇叶，白的小花，绿的杜鹃，也洇了一痕似有似无的玫红亮色，浓雾中的太阳湿漉漉的，没有刺眼的光。恬静的湖水坦荡得近乎没有一点波浪，甚至连想象中的“微微涟漪”也没有，安卧于苍山绿树中的双湖，从不向人显示平静中所蕴藏的不平静，犹如一个矜持平和的人……注视青铜镜一般的双海，我的心里也汪着一泓清泉，清澈而透明，平静而深沉。我想：倘若能像青铜镜般的双海一样，恬淡地对待尘俗和虚张，那岂不拥有了一种平心静气的生活？！

满山云雾时浓时淡，萦绕于层峦耸翠，巍峨的金丝厂山像一个伟丈夫，日夜呵护着温润双海。苍褐山石是它嶙峋的肌肉，葱茏绿色是它伟岸的情怀，它沟壑纵横，将涓涓爱意流向双海，它角峰耸立，盘古似地顶住了天之一角，它壁立千仞，却向双海微微前倾，保持着一种长相守永相望的倾诉姿态。认真拍照中，发现一个细节：高山碧水间横亘着一段无法丈量的距离！由此抒发：一种心情，却两处风景，山与水都站成了两处永难相拥的独立！莫非神奇自然，也会有着不尽心意的曲折和磨难？莫非人类盘桓在心底深层的苦痛和颤动，就缘于这永远不能相依的高山和湖泊？这一发现，尤其对深陷情感折磨的我，深含启示，让我的远足徒步，超越了原初的狭陋动机。

我收起相机，在山顶坐下，心里有些郁闷。

向导说，在圣洁的双海边不能高声喊叫，一喊一叫就会下起瓢泼大雨。朋友们偏偏不信，合手作成喇叭状，朝着双海高声叫喊。我也仰面朝天，喊出了心中的千年郁闷……

结果，在越来越暗的天色中匆忙下山，再次扭伤了左脚半月板，蹒跚回到住一夜的大岩洞，竟下起了米粒大小的冰雹，噼里啪啦，为时共24分钟。是由于高海拔的多变气候？还是我们的高声叫喊所致？面对这不可咂摸的奇怪，我真不敢妄言了。

桃花村：弥漫着自然音响的淳朴村庄

徒步远行的第六天，七月二十四日，我们到达石头乡的桃花村。

远视，前所未见的景致从眼睛的深潭里升起：蓝天和大山是壮丽背景，桃花河奔腾于大山和桃花村之间，河左边是森林大山，河右边是田地村庄，一条石砌村道兀自延伸，繁复的藤蔓草木覆盖其上，仿佛一直要进入灿灿阳光的深处。我们沿村道蜿蜒而行，苞米抽穗的清新蜜香里，近有哗哗水声和缥缈山歌，远有鸡鸣狗吠和袅袅炊烟……

桃花村是一个弥漫着自然音响的森林小山村。

桃花村处于黎明乡至老君山的必由之路上，房舍古朴，幽寂恬淡，是一个安卧于大山深坳的白族小山村。桃花村田地很少，靠政府救济生活，一年缺粮4月左右。村委会主任刘春城说：“桃花村靠山吃山，98年禁伐后，为百姓致富找出路，一直是村委会焦心的事”。现在，他们为“三江并流”自然遗产申报成功而高兴，更为桃花村这特殊的地理位置而高兴，他们希望旅游业能使山民们富裕起来。我以为，在黎明至老君山的徒步行程中，桃花村是一个枢纽点，它东至石鼓镇，西南通向九十九龙潭，西北可达金丝厂，桃花村赋予我们的帮助，非同一般：

1. 桃花村虽穷，村人却很淳朴，热情得尤如亲人。村长挽留我们在桃花村多住了一天。这样，我们有了洗澡换衣、补充给养、休养伤腿、参加白族火把节的机会。简陋的村委会，成了我们养精蓄锐的幸福天堂！

2. 由于我们的黎明乡导游不认识从桃花村到九十九龙潭的山路，只有委托村长又找一位新向导。向导名叫赵义平，是“山里通”，黑黝黝的脸上有一双很亮的眼睛，他不仅为我们带路，还要背负四人三天的粮食。（由于2人退出，继续前行者只有三人了，深山老林，肮脏窝棚，简陋饮食……都是本次徒步的拦路虎。）

所以，倘若没有桃花村，我们很难将本次徒步坚持到底！——在旅游中，碰到难处找各级政府是一个很好选择，届时请别忘了带上身份证与工作证。

晚上，我们参加了桃花村的白族火把节。

知足而乐是白族人生活的原色，也是桃花村再美不过的华章。

我第一次看到了白族人民象征吉祥祈祷幸福的巨大火把：整棵12米高的青松，沿树身扎满易燃的“明子”，还饰有绿莹莹的苞米叶和红艳艳的鲜花，下大上小呈宝塔状。村主任刘春城说：用玉米祈祷五谷丰登，用鲜花祈祷生活美得像花儿一样，用12米代表4季12月，熊熊燃烧的大火既有驱魔撵鬼的作用，又有祈祷来年生活红红火火之意。

在村民的合力扶举中，巨大的火把在村口树立起来了！顿时，鞭炮声，欢呼声，尖叫声响彻天外……

长寿老人代表全村向巨大火把庄严祈祷并叩头；年青人围着篝火在悠扬笛声中“打跳”；小孩子们举着自制的小火把，又笑又叫，把自制的松木粉末投向跳舞的人群。松木粉末是易燃品，借助小火把，会燃成一团瞬亮瞬灭的火焰，有驱邪祈福之用。于是，抓上一把松木粉末，向心上人抛掷眩目火焰，也成了年青人示爱的一种方式。此情此景，让我想起了傣族欢乐的泼水节，想起了优美诗歌“水呀水，对于年青人，你是糖，是蜜……”

村主任和村长的媳妇带着一群姑娘朝我跑来了，她们高声喊道：“你也烧一烧吧，愿你幸福吉祥！”姑娘们将一捧一捧的炒蚕豆塞在我衣兜里，连声说：“别拍照了，我们一起去跳舞！”

白族火把节之夜，于桃花村，是一片欢乐的海洋。

在激越的鼓点中，人在火光里舞蹈，与希望共舞。

听从姑娘们的建议，我收好相机，不知拉着谁的手，加入了欢乐的“打跳”行列，接受了火的祝福。我忍着腿痛，跳着，笑着，仿佛回到了生命之初，回到了生命之源。我发现自己成了一个神奇的变量，面对这欢乐的海洋，既是波光一瞬，又是不息的流淌，疲倦与动摇须臾之间全无踪迹了……

夜深了，躺在村委会的临时床铺上，于无声处，萦绕在我耳畔的，仍是欢乐的笑声。与厚实的夜色久久凝望，一个想法油然而生：关山重沓，艰苦卓绝，倘若没有情缘牵引，我们断然不会舍去舒适，走上号称“三千八百坎”的老君山古道，自然也不会与远离喧嚣的森林

小村相逢了，能与桃花村结识，怕是一种缘分吧？！

老君山：美丽风景与道家文化巧妙交融的动人魅力

清晨，与送行的村长和主任惜别后，由赵义平带路，我们艰苦卓绝的跋涉又开始了。今日行程：从海拔2000多米的桃花村，走约30公里的上坡山路，共登三个山峰，一直上至4100米处。赵义平说：老君山的山峰都没有名字，我们都习惯把一个比一个高的四座山峰称为四个达台，老君山最高，是四达台。今晚我们住在4100米的三达台，白族人叫它“嫫多”，意思是“升天的地方”。即：人去世后，假若灵魂能飘游到这里，便可由此升天了。后来，到三达台才知道，“嫫多”是藏在崇山中的一块高山草甸，矮矮绿草很厚实，在阳光下闪着缎子一样的光。高山草甸上零星着几个小窝棚，是牧民们简陋的家。赵义平说：在山上窝棚住上两宿，才能看完老君山上的主要龙潭。

今天，拖着半月板受损的腿登山，于我，是非凡考验！身上唯一的负重都交给了同伴，我仍处于不断落后又不断追赶中，脸上是汗水与雨水的交织，神情是一落千丈的黯淡，返回桃花村的念头与“凡事须坚持而为”的正念抗颜接席，屡次冒出，又被屡次按下，甚至一边哭一边走，只有风陪伴着我的孤旅，如同一个在深渊中挣扎的女人。其中，最难走的是一大片第四纪冰川遗痕的砾石滩，约有6、7公里长，它赋予我的折磨近乎一种残酷，肿胀的膝盖在无法踩稳的踉跄中疼痛钻心，消沉委顿的心比一坡一坡的石头还荒凉，它逼得我以为已心力交瘁得再也无法坚持下去了……

然而，下午5：40，我还是抵达4100米的三达台了，比同伴晚了近2个多小时！

凡攀登老君山者，就为俯瞰九十九龙潭。其实，老君山的龙潭没那么多，赵义平回忆他见过的龙潭，大小不会超过30。我想：九十九肯定是民歌的修辞之法，泛指很多。众多的龙潭中最著名为“三才湖”，那是三潭湖水依次静卧在同一山坳里的稀罕景观，最为我们向往。此外，老君山上还有黑龙潭，黄龙潭、红龙潭、双龙潭、姊妹潭、观音潭、圣母潭……这些湖泊都亮着一汪幽蓝，不少的民间故事还为它们增添了神奇色彩。其中，犹如青铜镜的黑龙潭面积最大，神话故事也最多。赵义平说：黑龙潭太让人敬畏了，黑色湖水中央常会莫名升起盘旋腾空的雾气。有一次，侄子在黑龙潭畔捉了一些青蛙回窝棚煮吃，傍晚时分，潭内突然腾起一股冲天白气，本来晴朗的天空顿时乌云滚滚，鸡蛋大小的冰雹一连下了两小时，几乎把窝棚砸坏，吓得侄子和其父烧香祷告不已……

被柴灰盖住的火烬一闪一烁，让黑夜更黑，赵义平发自肺腑的讲述，让我们恐怖，“莫非是黑龙王来为它的虾兵虾将报仇？”此念刚一浮出，让我皆悚。说来也真是奇怪，这天半夜竟也电闪雷鸣，躺在海拔4100米高山的小窝棚里，我蜷缩成一团，空旷山脊上轰隆穿行的雷声，撕开黑暗的狰厉闪电，时而接近，时而远离，犹如一条巨龙在天地之间穿行翻滚……

盖因莫名惊悸＋伤腿疼痛，我彻夜未眠！

在彻夜无眠的煎熬中，禅定默想，干吗非要徒步呢？一生如此短暂，光阴如此迅疾，女人的娇媚连同骄傲一下子就会被收走，何不让自己处于惬意优雅的生活中呢？……然而，这一想法让我打了一个冷颤，寒意袭满全身。醉到茜纱？滞步不前？被温情脉脉的粉红气象包裹？我的灵魂怎么可能停止振翅高飞而栖息某处呢！

天终于亮了，迷离的山岚从山坳中升起。赵义平带领我们翻山越林，去领略黑龙潭、红龙潭、黄龙潭不同的煜赫魅力。坐在红龙潭的杜鹃虬枝上，天空有少许雨滴像莹辉珍珠，悄然滑落，微红的湖面上漫漶着一圈圈涟漪。即使再出神凝望，我的视线也无法透入神秘的湖底，无法看清让湖水微微泛红的红岩石。慢慢俯下身子，我掬起一捧清清幽幽的水，陶醉在如饮甘露的享受中……

站在历尽千辛万苦终于到达的鸿蒙之外的超然山巅上，当一潭又一潭各具性格的湖水出现在我眼前时，我最后一块贫瘠的感情荒原也被这汪洋恣肆的湖水悄然滋润了。

顾名思义，“老君山”这一称谓已将它纳入道家文化圈内，老君山不仅是座植物山，湖泊山，动物山，还是一座道教文化之山。于是，寻求老君山道家文化的底蕴，是我徒步老君山的又一目的。

老君即老子，老子是我国古代杰出的思想家之一。老子因写了流传千载的《道德经》，创建了道教，被称为“道德天尊”，列于三清尊神之一，最后抬升为天界的“太上老君”，我崇尚他“天人合一”的思想。据说，老君山太乙峰南天门之前有一块天然之石，颇具仙风道骨的太上老君容貌，再加上附近艾布楼火山喷发留下的层层熔岩，酷似太上老君在此设炉炼丹的灼灼胜景，于是，此山便成了老君山。

我以为有老君山，便会有老君殿，寻寻觅觅，未果，却寻到与道家文化相连的许多山水命名，它不仅让我感到一股道教之气，还蕴含着任人咀嚼再三的哲理玄学，聊举山、潭、岭、溪四例以阐之。

老君山主峰，海拔4247米，名曰太上峰，“太上”是老子封号中的字眼，用于4247主峰，不仅强调了此峰于老君群山中的高度，也巧妙地点出了此峰无上之高的地位；绕过林立岩石，大山深凹处有一泓圣母潭，“圣母”是指道家女神太元圣母，又称太元圣女，传说她喜欢游历于山水之间，吮吸高天雨露之气，从不干涸的圣母潭溢满了圣洁灵气；溪为“谷神溪”，此命名出于《老子》中的“谷神不死”句。谷神溪汇集了山中泉水，从老君山深处哗哗流出，经桃花村、石头乡、石鼓镇流入冲江河，再注入金沙江，沿途不知灌溉了多少田地，是当之无愧的不死谷神；最有趣的是太极岭，站在海拔4100米的“嫫多”远眺，黑龙潭在岭南下方，翻越与“阴阳分界”酷似的弯曲山脊，岭北还有一泓黄龙潭水，这岂不是一副活脱脱的道家太极图？两个龙潭恰好点成了太极图中的阴阳鱼眼，多么神奇有趣的大自然呀！

深藏在“三江并流”腹心地的老君山，既不渲露，又不张扬，许多的山水之名，不仅为中国的老百姓熟悉，还具备道家文化的韵味儿，譬如：青牛岭、虚极溪、不盈渊、三才湖，太乙峰、四达台……这些漾着道家之气的山水美名，既能让游览者沉醉在青山秀水的亢奋中，又能引旅游者步入到更深层的思索里，思索老子“天人合一”的卓越思想，思索“人始于自然，应回归自然”的道理，迫使我们返观人类自身的处境，探索一种与自然和谐相处的生存模式。所以，缘于道家文化对我的启迪，缘于老子“天人合一”传统观念给我的时代反思，凡我走过的老君山之地，凡我听过老君山之名，将永记心间。

整整十一天，决志明心，兀兀如痴，我们跋涉在“迎之不见其首，随之不见其后”的老君山山脉中。

徒步原始森林，淌过潺潺河流，夜宿窝棚岩洞，日食荞面干饼，没有代步工具，并非逸出世网，为思想而思想，为艺术而艺术，时而面见上帝，时而面见虚无，仿佛在狰狞地狱里滚了几个回合，终于在孤独和艰忍的行走中积蓄全部热爱和力量而迎接到一种奇迹。——成功徒步“丽江黎明乡–剑川老君山”，亲临了横跨天堂与地狱间的峭绝之玄美！

司马迁说：“读万卷书，行万里路”，徒步穿行大自然，这比坐车旅游不知要凭添多少创造意味，真乃人生中的一大乐事！所以，要领略真正的高山气派，要认识真正的江河风采，要寻到唯自然界里才有的精神之美，要用双脚探访奇伟瑰丽之大观，就到云南博大神奇的“三江并流”地区来吧！

TIPS
徒步路线

黎明——格拉达大草甸——黎光——午极黑——赫堵——代步启——路嘴——五华扎底——小河陀——金丝厂（双海）——三岔河——利苴——小桥头——桃花——五号道——一达台——二达台——三达台（嫫多）——老君山（九十九龙潭）

红坡村：弥漫着超然之气的山村佛国

德钦县著名的三大寺院中，红坡寺是母寺,东竹林寺与德钦寺为子寺，红坡寺就在红坡村。红坡村在云岭乡大山洼里，距德钦县城大约43公里，仅有一条乡村毛路相通。据说，这条乡村毛路路面狭窄，大车不能通过，路况很糟，坡陡弯急，还坑坑洼洼，悬在云岭大山脉上，深谷底就是咆哮的澜沧江。但是，再艰难也要去，因为去红坡村接到启宗后才能同走转经路，而且，红坡村是外转经的第一站。其次，从四川甘孜吉里寺来寻访师父故寺的安吾次晟活佛，将于国庆日在红坡寺举行一场佛会，届时将有活佛“经文摩顶”的殊遇。——我们怎能不赴之呢？！

于是，国庆日清晨，我们一行三人，驾一辆吉普车，在云岭大山上，颠簸前行，呛人的土尘弥漫于整个车箱里。我用头巾把头严实裹住，只留下一双眼睛往外看，这里的天空湛蓝得像一面硕大的镜子，空灵透亮，悦目舒坦，而纵横排磕的山脉，却满目疮痍，苍莽荒芜，除了给人许多深邃隐忍的感悟外，还让人为它的贫瘠生出一种撕心裂肺的阵痛。一路上，除了在澜沧江“月亮湾”拍摄半小时之外，我们没作过多的停留。区区43公里，走了3个多小时！

“前面没车路了，去红坡，还得走半小时山路……”

吉普车刚在乡村毛路尽端停住，余康的话还未落音，我便逃离似地跳下了令人憋闷的吉普车，解下头巾欲把满身灰尘拍掉，然而，扬起的手臂在空中成了一个凝固动作。——啊，扑入我视野的小村庄美得让我震惊，让我瞠目结舌！难以置信，荒芜贫瘠的大山洼里竟会有如此人间丽境？！

这人间丽境般的小村就是红坡村，164户藏族人家，沿双龙河分散而居，或安卧在青翠山沟里，或点缀于葱蓊坡地上。远远望去，一律的藏式平掌房，白墙褐顶；一条无声流淌的小河，泛着清波；一道道村中小路，逶迤相连；一串串彩色经幡，迎风飘动；一堆堆大小嘛呢堆，神秘静穆……

霎时，大山洼里的小山村给了我一种触心的亲切。

于是，再也顾不上拍打什么尘土，站在高高山坡上，我向这人间丽境举起了相机。

走弯弯曲曲的山路进入小村，迎面便是十多棵绿荫如盖的核桃树，一字儿展开，在风中摇曳枝叶，绿茵茵，让人顿生清爽之感。核桃树林旁，有一条潺潺小溪，流向种满“蔓菁”的绿色山地。蹲在小溪畔，掬水洗脸，浑身的溽热、一路的尘灰，全被映着天蓝的水儿涤去，我的脸清爽鲜洁了，我的心也染成了一片蔚蓝。

倏地，记起了《佛学》一书阐述的建寺要求：“伴碧水而依林木，谐清幽而含静远”。如今，身临红坡村的曼妙风景，建寺要求所蕴之理便心领神会了。位居于外转经第一站的红坡村，闻名远近，一是红坡寺的法力功德，二必是这与佛意相符相和的自然环境吧？因了这一特殊感悟，红坡村便殊于其他山村，在我心里凭添了一份魅力，一份神秘，一份韵味。

然而，更多的魅力，更多的神秘，更多的韵味，还是在挂满五彩风马旗的红坡寺，它矗立在东南树木茂盛的高坡上。

时逾正午，在小学校与启宗午饭后，我们一行四人，沿林木葱茏的小道，说说笑笑，逆双龙河上行。举目上眺，红坡寺掩映在一片葱翠欲滴的树丛中，葱翠之上，便是终年积雪不化的白茫雪山，长天之下，山顶的积雪在熠熠闪光。行约2公里，登上一道大堤般的土垒高台，只见绿木缭绕的碧丛间，露出一道白色围墙，围墙之内，高檐飞角的寺庙，庄严而肃穆；围墙之外，一条洁静的石板路环绕寺院，是村民每日必走的转经路。石板路旁边的花台上，茂盛着黄色菊花。许多村民在围寺绕行，搀老扶幼，一圈一圈，以特有的转经方式，向佛圣奉献着自己的虔诚。

这便是我们所要寻访的红坡寺了，它是善爱互报之人的灵魂寄托所。

据查，红坡寺属于格鲁派寺院，藏名为“葛丹羊八景林寺”，蕴“宽厚、平静”之意。红坡寺始建于1574年，由于鼎盛时曾拥有喇嘛500余人，藏民尊之为“五百个父亲的寺院”。现在，寺内尚有两位活佛，大小喇嘛60人，大活佛是巴扎吉称，今年51岁，二活佛是阿吉次里，年48岁，两人为嫡亲兄弟。在诸多的宗教节日中，红坡寺的格东节最为热闹，于藏历8月27日——29日举行。届时，寺内僧人将戴上各种面具，在唢呐、鼓、钹等乐器伴奏下，请神驱鬼，求得吉祥。现在，格东节已成为僧俗大众共同参加的民族盛会。

跟在启宗余康身后，我们加入了转经队伍。无声的转经队伍，不分首尾，它是虔诚与梦的结合，也是一种无言的大美。

下午3：40分，红坡寺响起了鼓锣咚锵声，还夹杂有喇嘛诵经的浑厚声。我迅速收起相机，朝辩经院跑去。

偌大的辩经院里，不少藏民席地而坐，眼光一律上仰。虔诚目光的终端，是坐在高高佛座上的安吾次晟活佛。活佛的体态微胖，袈裟金黄，一脸慈祥，正双眼微眯地宣诵经文。十多个喇嘛盘腿围坐在活佛四周，人人手持长条经本，伴鼓吟诵，蕴含一种深邃逼人的宗教气息。主殿前，原先紧闭的褐色土布帐幔早已掀开，喇嘛用黄色哈达将其束为两副垂幔。供桌设于垂幔之间，供

桌上有供品，如同五彩云一样的佛座就安放在供桌后。主殿内，黑色的厚帘沿墙层层垂挂，红柱雕梁间悬着各种面具，渲染着一种不可知晓的神秘……我迅速理顺被风吹乱的头发，蹑足弓腰，走入人群，与藏民同坐，聆听诵经，一任阳光暴晒。——为什么会如此恭敬？我自己也觉得奇怪。在藏区，只要一听到梵钟敲响，只要一看见身披袈裟喃喃诵经的喇嘛，我都会不由自主地肃整起来，完全没有了在汉族寺院中的随意之态。为甚如此，我说不清一二，我只知道，身逢此时，我浑身上下都弥漫着一种发自内心的恭敬。

活佛与众喇嘛的诵经结束后，企盼已久的“活佛摸顶”开始了。我取出早已准备好的DV，摄下了难得一见的场面。

我以为，这是一个“兴奋、俯首、释怀”的场面。——依次排队在辩经院中的村民显得很兴奋，待登上台阶才逐渐安静下来，从右厢甬道低头顺眉地走向活佛。距离活佛还有十多人远，村民便先将哈达和“茈赈”（贡钱）举至头顶，缓慢前行，由喇嘛取之献于供桌后，双手合十，虔诚俯首，接受安吾次晟活佛“经文摩顶”的殊遇，最后以双手接圣水喝下，心满意足地从左厢甬道退出。

裕康告诉我：茈赈与哈达一样，其上凝结着村民的心愿。以善为本的村民心愿很单纯，大都是一些单纯而本质的企盼。或为长辈铸寿，或为幼小祈运，或为防病求平安，或为谢恩除怨，或为反思赎罪……唯独没有“升官发财”之愿，而通过“经文摩顶”，意味着佛祖接受了他们的祈祷，一切将如意吉祥。

偈曰：“及时闻教法，是为最吉祥”。跟在裕康启宗身后，我以愿父母长寿之祈祷接受“经文摩顶”和喝下圣水时，一种惬意的清玄，一种凝聚的上升感，顿生。环顾，接受“经文摩顶”的人群是一道美轮美奂的风景，他们光彩照人的神情中，最触动人心的是眼睛，这些眼睛里仿佛有两蓬火光燃烧。——这是一种众爱众善的观念体现，这是一种善爱互报的精髓，这是一种精神力量与寄托贯穿于其中的信仰。

于是，我明白红坡村为何如此和谐与单纯了，明白藏民为何会以一种情不自禁的喜悦来面对艰辛粗糙的生活了，明白他们以大自然所特有的任行自在的精神来充实自己的超然了。同时，我也懂得自己恭敬于藏传佛教的缘由了：藏传佛教不诉诸理性，也不醉心于一系列合理的论证，它的精神内蕴乃是蔑视逻辑的无言状态，一切顿悟都来自于瞬间，如同我被唤醒的慧智一样。

感谢红坡寺，感谢藏传佛教，沐浴出一个如此纯净的红坡村，一个如此远离浊秽的山村佛国！

丽江黎明乡之东南，有一个深藏于万亩草甸中的小山村。它是大山里藏了又藏的姣好，它有一个美丽的名字：格拉达。为了探幽寻芳，五月大假，我们作了一次徒步之旅。

美丽风景中的伤感

从黎明乡到格拉达，只有崎岖的山路相通，需走上整整一天。

沿着若有若无的山路，艰辛朝大山深处走去。待到格拉达时，疲惫的太阳已歇落在山的深坳里了。苍茫的天宇下，格拉达无遮无拦地将它温馨的气息扑进了我的嗅觉，湿湿的，润润的，混杂着一些蒿草的苦涩味儿。

跟着向导，我们径直向村长家走去。

村长名叫伍力支哈，是向导的好朋友。可惜，村长不在家。冒着热气的厨房里，村长媳妇正在忙碌，一会儿煮笋一会儿晒笋，未满周岁的婴儿睡在房檐下的竹筐里。见到我们，她撂下手中的活计，又忙着端水送茶。她清秀而黑瘦，一条蓬松的大辫子胡乱地盘在头上。

村长媳妇悄声说道：“你们来玩，真舒服。瞧我们，苦死了……”

抬头与她睇视，她的悄声细语，让我觉到一种不经意的讥诮。不知怎地，心里竟有了几分窘的沉郁。

显然，我们的突然来访让她陷入了窘境：晚饭吃什么呢，她不知所措。她家只有一些苦荞粉和酸菜，于是，同甘共苦，就吃酸菜汤＋苦荞饼。她揉面，我凑火，她偶尔的低声饮泣让我善感的心更加沉郁。

大山里的夜，很黑，它淹没了一切。

终于帮她将煮好的笋干晾好，终于钻进柔软的睡袋时，双眼已寻不到自己的手指了。黑暗把我的一切吞剥得只剩下一个灵魂，薄薄的似乎要飘浮出窍。疲惫欲梦，耳畔却飘来了村长媳妇那幽怨的话语。倏地清醒，仿佛见她黑俊的脸悄悄隐在一片阴影中。黑漆剥落的木门口，狗的铃铛声一阵一阵传来，在黑暗的左边与右边。我心底的沉郁如一叠一叠的海浪，倏忽涌现，倏忽消失。这一夜，我睡了又醒，醒来又睡，难以安稳。

次日，天色熹微，站在绿油油的苞米坡地上，我在拍摄小村全景。

近处，青草上，花蕊里，树叶间，晶莹的露珠闪烁，被嘤嘤的鸟啼摇落；远处，雾霭如浪，峰峦如波，清泉如镜，溪涧如练；其间，少许的阳光金子一样洒在黝黑的瓦楞上，袅袅着缕缕炊烟的小山村仙境一般。

这是一个与世隔绝的小山寨，这里有一群逐山而居的彝家人。

千百年来，他们赖以生存的地盘便是莽莽青山、陡坡、峡谷。“望天田”寥寥无几，苞米、旱禾、苦荞终年糊不上口，需要放牧牛羊补充家用。于是，男人在外放牧，从这山爬到那山，练就了“履险如夷，耐饿忍苦”的坚韧；女人持家种地，她们大都含辛茹苦，饱尝着“苦死了……”的生活滋味。

拍摄归来，遇见背着小孩的村长媳妇怀抱大捆柴火艰难而行。急忙接过，扛在肩上，匆匆朝黑漆剥落的木门走去。我怕看她蕴含多种滋味的目光，怕听她“苦死了……”的话语，它们会让我的心生出一种无法描述的滋味。

落落地别了村长媳妇，心中也落落地空。

嘴里嚼着压缩饼干，我们朝格拉达牧场走去，村长在那儿放牧。

向导说：格拉达是一句彝家话，意思为“鲜花草甸”。每年4~6月，有多种鲜花竞相开放。诸如杜鹃花、报春花、金雀花、金莲花、鸡肉参、勿忘我、绿绒蒿、北荠……天下斑斓，应有尽有。

他的话语，宛如一曲长长的赞美诗。

山路依坡缓缓上攀，路旁尽是没了脚裸的杂草。其间盛开着一簇一簇的素淡野花，不芳香，也不娇艳，开放在羊啃人踩的地方。

走了一路，我都怏怏无语。

不料，大草甸刚进入视野，我眼倏地一亮！

欢蹦乱跳的羊群宛若天仙撒下的一把把珍珠，黑白相间，在绿茵茵的山坡上滚动，烂漫了开有素淡野花的大草甸……

正午的太阳在暖暖地照，无忧的羊儿在欢蹦乱跳，格拉达草甸生机盎然！

于是，惊喜，震颤，让我们的嘴巴说出了许多的赞美。

有人说这些羊儿雪白晃眼像天上闪烁的星星；有人说这些羊儿柔媚如花盛开在草甸上；有人说绿茵茵的格拉达是羊儿的天堂；有人说我们目睹了一个缥缈冥杳的美丽传说……

大家在各自的赞美中沉醉时，我也正对着欢蹦乱跳的羊群发楞。村长媳妇的声音如花底的蜂群嗡嗡作响，昨晚唯一让我温馨的话语：卖了这些羊儿，要供村长弟弟上大学，要用来养老抚小，还要用来将盖了大半的房子盖好……

格拉达草甸上，我们或坐或躺，或笑或唱，各自成了风景中的风景。

层层叠叠的大草甸，甸接甸向四周铺去。偌大的空间像泼彩的画卷，近色是绿，渐远是深绿，更远是墨绿、蓝、海蓝、灰蓝……直到天壤不分的一色。

天际无限寥廓、恬静；

牛羊成群嬉戏、烂漫。

我们醉了，万物也醉了，连太阳都醉得一动不动。

突然，一曲歌儿从不远处悠然飘来，继而在天地间回旋荡漾。啊，纯粹的原生态歌唱，一个嘹亮开阔的男高音！

唱歌的人呢？我们循声奔去。

眼前就这么一个人：仰面躺在草丛间，脸遮一顶破草帽，阳光洒了一身，穿一双露着大脚趾的鞋，翘着二郎腿的脚随着歌声摇晃……

听见我们的脚步声，歌声嘎然而止；看见向导朝他跑来，跃起与之相抱！

他，正是伍力支哈村长：一个被岁月夯实了的彝族汉子，一张褐黑的脸上混杂着沧桑。

村长穿一件廉价西装，不合体，有些小，敞着穿，还好几处绽线。村长与向导几句彝话后，便笑着邀请我们去牧房吃午饭。跟在他身后，发现他走路总爱往两边踢，绿茵茵的草地上，左一踢一道印儿，右一踢也一道印儿。

全是原木盖成的宽大牧房里，村长弟弟忙着和面蒸馒头，村长女儿在一旁洗萝卜，我们请求村长再唱刚才的歌。

村长咧嘴笑笑，爽快地唱了。他唱的是一首我们听不懂的彝族情歌，用“外人不可知晓”的语言，但我非常喜欢，因为歌声蕴满了自由、高亢、开怀……人间情愫仿佛尽在其中。

热气腾腾的馒头抬上桌了，正要吃时。只见村长双臂抱头，蹲在地上，全身微微发抖。正诧异之时，只见村长弟弟端来一碗凉水，让村长向右歪头，将水灌进左耳里。忙着询问才知：村长左耳发炎化浓，没钱也没时间去县城看医生。疼痛难忍时，就往里灌一点水，说可减轻一点疼痛。

天呐，我睁大了惶恐的眼睛！

迅速取出了常备的医药包，我先用药棉将村长耳里的脓水一点一点拭净，再把一片阿奇霉素碾成细粉，细心将之倒进耳朵并用纱布封好。整个过程，任我怎么摆弄，村长都顺从地将头歪在木桌上，好像我是一个高明的医生。

而后，当我将两盒药片交给村长弟弟，告诉他服用方法及再不好一定要上医院时，村长弟弟的眼睛湿润了，说：是他拖累了哥哥，哥哥不肯看病，是为他积攒学费……

太阳压山了，牛羊们不再吃草，一只跟一只走进了栅栏。

天色暗下来后，一群彝家人聚在牧房前的空地上，围在燃烧的火堆旁，他们或坐，或站，都把笑眯眯的目光抛过来，交汇在我们脸上。然而，一经我们目光的碰撞，又都含羞草一般卷了回去。彝家人吃苦耐劳，善于沉默，凡事忍耐。女人们将心事诉于饮泣，男人们用一锅叶子烟与心事对话，与梵高笔下“在昏暗光线下吃土豆的人们”极端相似。只有在过节的日子里，他们才聚在月光下用海碗喝酒，用歌谣敷伤口，将松散与自如交给一堆燃烧的篝火。

今天晚上，为了感谢我们集资2000元给村长弟弟作学费，村长召集在牧场的彝家人。

新月弯弯，静静地悬挂在一望无际的夜幕上。

篝火熊熊，照亮了一些笑得很野的咯咯笑声。

在男人们“哟嗬嗬——”的喊声里，村长笑着站起来，咕嘟咕嘟地将一大海碗酒灌下肚去，还真有点“力拔山兮气盖世”的气度。接着，他吹响笛子，笛声高亢清越，如同美丽的夜莺鸣啭，村长快活得像一个没有债务没有烦恼没有耳疾的人！

咪咪来咪拉多拉索，多咪来多多拉索——

咪咪来咪拉多拉索，多咪来多多拉索——

村长吹的曲调很简单，且反复回环；在这样的伴奏下，人们围着篝火，又唱又跳，还伴有显示人间激情的声声高喊。刹那间，我尝到了格拉达生活的另一种滋味，无奈而乐观，凄苍而痛快，失落而追求，艰苦而欣然……

我在德钦“弦子节”里撒了一次欢

不知从何时起，我迷上了梅里十三峰的美妙风光，一次又一次前往，乐不思蜀；也不知道从何时起，我对梅里十三峰的迷恋，竟演变成了一些康巴汉子的名字和面孔，一些沁入心底的生活场面和洋溢着无穷快乐的舞蹈。

由于酷爱热烈奔放的藏族弦子舞，今天，又从昆明赶到德钦，参与一年一回的“弦子节”了。

德钦“弦子节”主会场设于雾浓顶迎宾台处，那儿能将“梅里十三峰”惊世骇俗的美妙尽收眼底。为与久违了的梅里十三峰重逢，黎明时分，我和朋友就驱车来到雾浓顶。在我心里，梅里十三峰永远是一座神秘的白银宫殿，它庞大而静默，擎撑着德钦的深邃天空。

站在高高的雾浓顶，天空明净得像一枚硕大的青铜镜，湛蓝蓝的，心里顿时一片亮堂。均匀纯净的阳光像筛过一样，抚弄着我的触觉，擦拭着我的视觉，通融着我的嗅觉，清洗着我的味觉，我大口地呼吸着阳光，咀嚼着阳光，享受着满山的国色天香。

远处，梅里十三雪峰像十三座羊脂玉雕，在阳光下熠熠闪亮。它们一字儿排开，或高或低，显示着一种很大气的磅礴。湛蓝的天空下，卡格博峰更显“漾荡众壑，领挈诸胜”，盘古似地顶住了天之一角；近处，袅袅的岚烟围着山巅，悦耳的鸟儿啁啾，满山的野花儿眩眼，谢的谢了，艳的艳着，缠绵的大青藤，参差的杜鹃花树，被雾湿润了的彩色经幡，大大小小的斑斓帐篷，新修的十三座大白塔……一切都融在暖暖的阳光里。

我沉迷在这超绝人寰的雪山奇观里，瞠目结舌，无声无语，沉迷在欣喜无比的拍摄快意里！

在德钦县，大山和大山总连接在一起，交缠在一起，构成一个山的世界，它们像奔腾向天的桀骜不驯的野马，更像一些手挽着手的康巴汉子；在德钦县，山岗上都站满了拥挤的树木，杜鹃花盛开的季节，每座山岗，每条峡谷，都成了绚烂的藏家锦绣；在德钦县，村庄都散落在群山沟壑之间，那里生活着像杜鹃花一样的藏家姐妹，生活着从不求饶的倔犟汉子，他们唱着自编的山歌，弹奏着土生土长的音乐，种植着苞米与青稞，播撒着生生不息的希望和爱情；在德钦县，弦子舞能将男人身上沉睡了的豪气与热情重新点燃，也能将桀骜不驯的男人软化得情意绵绵。当弦子舞在大山深处跳响时，云朵不再飘动，山风不再呼啸，所有藏民的直勾勾的情意，都发酵成了一条条柔软的丝带，“弦子歌舞之乡”是德钦县的又一美称……

搜肠刮肚，我真无法找到更为确切的表达方式，来形象叙说德钦县这一沉厚雄俊的土地，我也找不到任何一种更为形象的表达方式，来准确描绘德钦弦子舞的豪放与酣畅。今天，梅里十三峰与弦子舞搅缠在一起，搅和成一种令人头晕目眩的幸福，它们在我的心里不停地旋转，旋转……我只有痴痴等待，我只有呆呆盼望，盼望那令人忘情的弦子舞快些跳起来！

我坐在草地上，凝眸于梅里雪山晶莹的雪峰，唏嘘慨叹着恍若仙境的崇山峻岭。阵阵山风吹过，透彻的清凉，沁入了心脾，濯净了一身的尘嚣与疲惫。缥缈冥杳的冥想之中，一阵天籁般的女声从我心底冉冉升起，它时而低徊，漾动的涟漪一般，它时而狂放，激漱的漩湍一样，在我的心底水流一般漫过，它是宗庸卓玛纯粹而明亮的歌声。随着歌声，我眼前幻化出一片五彩缤纷的草甸，参差的花茎在雪山和碧草里无尽地蔓延，空气中漾动着清露的气息和销魂醉魄的幽香，神的脚步声似乎弥漫在清新的空气里，卡瓦格博高大的宫门在徐徐开启……于是，索性仰躺在青青的草地上，对着雪山，我大声唱起《没有阴影的家园》！

盛装的歌舞者踏歌而来了！

宁静的雾浓顶成了一个五彩缤纷、欢歌笑语的天堂！

抬着相机，我徜徉在五彩缤纷的世界中，流连在欢歌笑语的世界里，专注地捕捉着“没有阴影的家园”里的镜头……

看来看去，腰间挂一把弦子的康巴汉子最具威武潇洒之雄俊。

参加“弦子节”的康巴汉子，几乎都有一把弦子。弦子的做工非常讲究，琴筒上细刻着一些精美的图案，琴口的边沿都用白银镶包，眩目耀眼，它是弦子舞的专用乐器。参加“弦子节”的康巴汉子格外雄俊，他们身穿各色氆氇楚巴，脚踏高筒藏靴，腰挂长短银鞘藏刀，头戴样式不一的狐皮帽，或雪白，或火红，或灰褐，浑身充溢着一种粗犷豪放之气，红紫的脸庞上却蕴满了和善的微笑，内心一片安详与明亮，他们是弦子舞中最传神的组成部分。

看来看去，我对长着俏丽“鼻子”的高筒藏靴由衷喜爱。

高筒藏靴的做工非常复杂：它由牛皮制成，靴筒上饰着各种彩色图案；高且挺的“鼻子”缝制在藏靴的尖头上，有的靴一只鼻，有的靴二只鼻，俏丽着一种很优美的弧线；厚而扎实的靴底钉有铁马掌，舞蹈时踢踏声特别响亮。藏族朋友说：跳弦子舞不能没有高筒藏靴，它与康巴汉子的英俊与潇洒息息相关。

看来看去，犹如烂漫山花的藏族妇女最具有绚烂多彩之妩媚。

她们身穿带有长长舞袖的艳丽藏裙，浓浓黑发用红绸带高高地盘于头顶，金银耳环，金银腰带，玛瑙缀物，珍珠项链，长有高原红晕的诱人双颊，比藤蔓还要柔软的肢体，像海草一样深邃的眼睛……据说，谁只要被她们撩情地窥望上一眼，谁这一辈子就不会再想离开这一片多情的土地。

“咦嗬嗬……喂——！”

“咦嗬嗬……喂——！”

高亢啸声一叠又一叠地从会场中央扑面而来，不知怎的，竟一下子摄住了我的灵魂，令我颤栗，令我泪流满面。我从未听过如此昂扬如此激越如此兴奋的啸声，就像梅里十三雪峰齐声激啸一样，激昂地穿梭在高山森林之间。顿时，数不清的洁白哈达在会场中央飞舞，欢乐的人群在涌动，满腔的热血在澎湃，悠扬的弦子声响起来了，彩色的长袖舞起来了，豪放的舞步更是咚咚铿锵……

德钦“弦子节”的序幕在高亢的邀舞声中拉开了！

舞蹈者围成一个又一个圆圈，基本上男女各半，由一名领舞者率领着，在悠扬的弦子声中舞得回肠荡气！

康巴汉子狂舞时，“楚巴”下面的流苏舞飞得像一把彩伞，烂漫如花的藏族妇女衣裙飘举时，一双双长袖宛若随风飘舞的彩色经幡；欢乐的舞步随着弦子的节奏而多姿，时缓时急，时轻时重，时快时慢，似游龙一样绞缠缭绕，又如野马一般嗒嗒震响；且舞且歌是德钦弦子舞的又一特色，或由男人起唱，或由女人应唱，或又男女合唱，此起彼伏的歌声，幽默诙谐的唱词，恰似高山上的松涛一浪高过一浪……

当宗庸卓玛步入会场时，整个弦子舞会掀起了又一个高潮！喜悦之光照亮了每张淳朴的的脸庞，整个会场漾成了一片温馨的欢乐，所有的舞者都进入了物我两忘之态，进入了化为弦、化为舞、化为歌的境界，在宗庸卓玛天籁一般歌声的带领下，全场响起了韵味特别浓烈的男女对唱……

“阿妹——湛蓝无限的天空假若穿了一个洞，你可用什么东西补上？”

“阿哥——无限湛蓝的天空假若穿了一个洞，我将用纯洁白云补上。”

“阿妹——长流不断的河水假若突然断流，你可用什么东西接起来？”

“阿哥——长流不断的河水假若突然断流，我将用绚烂彩虹接起来。”

听着，看着，感动着，兴奋着……这如此听歌看舞真是一种享受，像是在读一首长篇的抒情诗，又像是步入了一个旋转着花瓣的天国。旋转之中，我感受着弦子舞眩目的美，咀嚼着藏民们淳朴的善，拥抱着撼人肺腑的情！

我被德钦弦子舞呼啸奔突的欢乐牢牢网住了，我被不断高涨不断飞翔的喜悦深深打动了！我灿烂的柔情如万花飞絮，轻轻地落在忘情舞蹈的人们身上，我闪闪的泪珠似汩汩泉水，悄然浸润了我感情中最后一块贫瘠的荒原。突然，我发现我蜷伏的灵魂也在悸动，渲染着要融入其中而腾挪扶摇的无限渴望，于是，听从灵魂的招唤，收起相机，踏着比音乐还深邃

还朴实的舞蹈节奏，挥舞胳膊，踢腿跺脚，欢唱尖叫，为自己，为深深的感动，为无法用语言表达的愉快，也为了这一辈子从来没有过的放纵！

在德钦“弦子节”里，我经历了一次倾心的完美，
在德钦“弦子节”里，我放纵地撒了一次欢！

在藏语中，“措”＝“湖”；“敕弄”＝“求雨”，“敕弄措”即是神奇的“求雨湖”。它明净得像一枚硕大的月牙铜镜，它婉丽得像神女的脱俗眼睛，它圣洁得像藏民的纯净心田。神湖“敕弄措”一游，给我留下了一个湛蓝湿润的永远记忆。

拜谒神湖“敕弄措”

“你们知道吗？香格里拉县又有了一个好去处！位于小中甸吉沙村的千湖山，海拔约4000米，山上有60多个大小不一的海子，方圆百多公里之内，到处可见漫漶着粼粼银光的湛蓝湖水，其中，最漂亮的是神湖‘敕弄措’……”

心馋眼馋地听完朋友的介绍，焦渴的心里倏地浮现出一派“山光悦鸟性，潭影空人心”的湖光山色，无限向往的迫切之情顿生，由是，与“梦游天姥”的李白一样，连接几夜，我亦因之“飞渡”于敕弄措的湛蓝之上。

终于，初夏一日，有了闲暇，我们喜滋滋驾车前往，奔驰700多公里，到香格里拉千湖山拜谒“敕弄措”，就像去践约一个心仪已久的向往。

从香格里拉县驱车南行10公里到小中甸和平村，再走禁伐后留下的林区公路，颠颠簸簸沿小中甸河上行15公里后，我们到达一藏族村落：吉沙村。吉沙村是一个“遥看一处攒云树，近入千家散花竹”的小村庄，女社长新玛给我们安排了一个叫“格茸”的姑娘作向导。

跟随格茸姑娘，沿“拉扎卡”大山的陡峭山路，我们开始了攀登，千湖山就深藏于此山之后。“随山将万转，趣途无百里”，喜滋滋走了七八公里的山路，大约2小时后，我们登上了“拉扎卡”大山。

站在3800米的山顶眺望，处处都是深藏于大山里的佼好，处处都流溢着唐诗宋词中的美妙。放眼眺望，东南方有哈巴雪山，正南方有玉龙雪山，两座雪山均在阳光下炫耀着“山舞银蛇”的壮美。尽情俯视，满眼都是重峦叠嶂，或圆圆鼓鼓，如壁立千仞，或丽姿俏容，如天柱屹立，再加冷杉苍松，瑶草奇花，整座山浓绿得像一片凝固的海子，与安卧其中的神湖融成一个不易区分的整体。

朝西北面下山，我们弯腰穿过一片茂密的杜鹃虬枝，倏地，山环湖，湖依山的“敕弄措”出现在我们面前了！

“太美丽了，太漂亮了……”

我挂着相机，快步跑向这诱人的葱翠，惊得鸟们尖鸣着噗噗逃遁，正想亮开嗓子放声高喊时，却遭遇了匆匆追来并一把拉住我的格茸姑娘的制止，诧异地一回头，见她的一副惶恐样儿。

“别叫！别喊！‘敕弄措’是我们的求雨湖，湖中住着龙女，大声叫喊，触犯神灵，可不得了，神灵时时关注着我们，神灵掌管着风霜雨雪，掌管着生老病死……”

听格茸姑娘的惶惶之言，恍若隔世，却让我发现了藏民心底纯厚的原因：他们深信神会以神的方式把幸福赐予虔诚于神灵的人们，如此虔诚的信仰使他们如此的平、畅、正、节。

站在湖边，目睹格茸姑娘祭湖，我仿佛在阅读一个来自缥缈冥杳的传说。

格茸姑娘肃立于湖边的嘛呢堆前，双手执桑烟袅袅的柏枝，面向神湖，极其恭敬地三跪三拜，然后，走到伸进湖里的一块岩石上，凌波伫立，将满瓶的牛奶慢慢注入清澈的湖水，斜射阳光中，牛奶的流线凝成一道洁白的亮光，空气里漾动着她喃喃的祈祷声。

此时，看不见影儿的小鸟在湖畔花草中啾啾，凉风夹杂暗香，湿润地抚弄着我的面颊。我出神地凝视水面，视线仍无法透入湛蓝的湖底。由于牛奶的慢慢注入，湖中有涟漪微微漾起，漾起……

格茸姑娘的虔诚祭拜让我浮想翩翩，想到每一个进山的藏民都会如此，想到每一个藏民都有如此虔诚的信仰，从未有过的构想倏地从心底冒出：神湖“敕弄措”里肯定住着神仙龙女，肯定会保佑吉沙村风调雨顺，肯定会保佑藏族人民幸福安康。于是，像格茸姑娘一样，我也双手合十，对湖拜谒，心说：“嗡嘛呢叭咪哞……”

带着被湛蓝湖水拭蓝的心情，我将前所未有的景致收入眼底……

“敕弄措”四周的山峰不多，也不太高，山峰点缀于湖水四周，尤如众星捧月一般，将清亮的海子托于高山之巅。“敕弄措”的湖面不很宽，呈长圆形，约1800平方米，状若一枚硕大的月牙铜镜。若是天气晴朗，不仅可登山望水，也可临水观山，看那挺拔于地的山峰清晰地倒矗在湛蓝里，实在是一种令人称绝的美景。格茸姑娘说：花开时季，黄杜鹃、白杜鹃、红杜鹃、紫杜鹃，各种花儿环湖竞相绽放，就像给神湖带上了一串绚丽的大花环，那时，神湖“敕弄措”有一种耀眼的妩媚。

随格茸姑娘手指的方向望去，湖西北有一座笔架形山峰，当地人称之为“索姆”，即神山之意。神山上直立着一个笋状峰岩，当地人视之为天降“男根”。每逢百花节，盛装的人们都会到此对“男根”虔诚祭拜。据说：祭拜过后，男女们会很挤地坐在开满鲜花的草甸上，用海碗喝酒，用情话调笑，直到男人将有着小母牛力气的女人彻底按倒。

徜徉于“敉弄措”畔，听水声林涛，听蛙唱鸟鸣，都是空谷足音；看波光云影，看山峰石姿，都是如画风景；感悟虔诚淳朴，领略风情民俗，全都在撼心动肺！

下午2时左右，空中飘起了花针一样的细雨，淋不湿的阳光在杜鹃林中投下黑白分明的剪影。“敉弄措”湖水变成暗蓝，被大风吹拂得有些凌乱，湖中像有一股就要冒出来的烟雾，极似一副“轻烟笼寒水”的水墨图画。我们又掀起了拍摄“细雨神湖”的高潮。一团浓云遮住了太阳，等待光线时，我微含倦意地欹在杜鹃虬枝上，旁逸斜出的虬枝们缠绕在一起，睡篮一样摇来晃去，于是，干脆躺睡下去，欣赏杉树与大风的嬉戏，观赏绿叶随着树枝潇洒曳舞，不禁想到率真本色的格茸姑娘，哀叹起没有信仰的自己……

我要感谢“敉弄措”，它用湖水拭蓝了我的心，我将固守着，并视之为一种幸福，拜谒神湖“敉弄措”，我获得了一种“心诚佛相随，为善方为人”的特殊心境！

后记：

格茸姑娘说：去碧沽天池，需越过海拔近4000米的“男根峰”，再下行6公里至海拔3500米处，需在山上住上一宿。由于未作住宿准备，我们就上到“男根峰”远眺，放心，数十公里内的众多湖泊都可看到。于是，跟着格茸姑娘，我们奋力上攀。攀至山顶，狂暴大风带着海涛一样的节奏，一阵紧似一阵地呼啸而过，大有一种要将我们彻底掀翻的狂放。屈服于狂风的暴虐，我们只有以蹲趴的姿势慢慢挪动，痴情环视“色静深松里”的碧沽天池，还有更远的栏杆海、拉真海、楚湖……

磅礴的乌蒙山脉中，浩荡的金沙江畔，藏着一条叫“己衣”的大裂谷。这条大裂谷长约12公里，最宽处约200米，最窄处约6米，海拔高差约为1240米（2100米−860米）。它处于两省三县交界之处，东与昆明市禄劝县汤郎乡相连，北与四川省会理县相望，隶属云南楚雄彝族自治州武定县己衣乡。大裂谷有壮美的丹霞地貌，相叠的丹赤岩层，危纵沉积的山象，凝铸着一种远古时代地层深处惊心动魄的大裂变。

“己衣大裂谷”二日

“假若你登上海拔2956米的‘白龙会’山，就能在连绵山脉中俯瞰到己衣大裂谷，它犹如雄浑大地敞开的胸膛，展示着许多褐红的块垒与玄机……朋友们，趁我工程快结束时，来大裂谷徒步穿行一次，何如？”

负责禄劝县汤郎乡农田基本建设工程的张总如是说。

向来，我都以为：去一个陌生而神奇的地方，扩大视野，丰富履历，使之成为自己跋涉人生的动力，乃为一种充满魅力的壮举。于是，去观光张总筹建的一万多亩梯田，去徒步己衣大裂谷，成了一种难以遏制的欲望。

终于，4月21日，星期五，下午4时，选择大家都有闲暇的双休日，我们一行7人，驱两辆越野车，耗5小时半，来到了一个名叫“汤郎”的小山村。

（一）

是夜，在汤郎的农家小店，听着鸟鸣虫唱入睡，一夜无梦。

清晨，被嘤嘤的鸟啼唤醒，心旷神怡地起床。而后，闲步在汤郎小街上，羊之咩咩，狗之汪汪，悦耳动听。放眼一望，熹微天光里，大山连着雾，雾连着小村，大山与小村融为一体，浸在一片和谐的天籁中。一碗焖肉米线下肚后，张总带着我们，登临一个名叫“马脖子”的山头，远眺他即将竣工的万亩梯田。

汤郎乡，是穷和苦的同义词，人均收入不到800元，为国家级贫困县禄劝最边远的一个乡镇。这里，居住着汉、彝、傈僳、傣、苗五个民族；这里，除了逶迤的山岭，除了满眼的红土，便是贫穷。张总负责的“万亩梯田”就是云南省的一个扶贫项目，他不仅要在汤郎山岭上葺起一万亩的梯田，还要引水上山，让憨厚的庄稼人不再靠天吃饭，种植自己的富裕生活。

圆天如盖，群山逶迤，寥廓天宇，沉寂恬静。

如波的晨雾徜徉在灿烂阳光里，如浪的峰峦轻柔着一种朦胧美丽。浓淡的山影里，七八个村人活动其中，晨景中便有了祥和与温馨。一层接一层的梯田，顺沿山峦的走势，平平展展，弯弯曲曲，从山脚绕至山顶。淡蓝的天宇下，近处褐红，渐远也褐红，新垦的褐红梯田，层层叠叠，远到了天壤相接之处……

啊，明年今天，这儿准是一片“红土地”锦绣园！

哦，不远将来，这儿又是一处绣绿着红的幸福乡！

凝望久久，遐想频频，在这贫瘠的童山上，将要出现的生生不已的葱绿与金黄令我动容！张总脸上，笑容淡淡，他憧憬着我们的憧憬。在我眼里，表情淡定是一种至美的境界。

上午10时左右，我们说笑而归。远远见张总租借的“办公小楼”前，站着一位高个男子。黝黑的肤色，大而炯炯的黑眼睛，随意往后一束的黑亮卷发，身穿黑彝衣裤＋红摄影背心，右手握一台DV机，与汤浪村人相比，很有一些曲高寡和的样子。

不曾料想，见到此人，稳重的张总竟像一个孩子，欢呼奔去，握住他手，连声说：“朱站长，你终于来了，急死我了！这两天，我托人到处找你，真怕你上远处采风去了。”

接着，张总转身介绍道：“我的良师益友，汤郎乡文化站站长朱润兴，我请他做大家的向导。小朱为发展汤郎乡民族文化，摸爬滚打十多年，足迹遍及汤浪山山水水。徒步大裂谷，有他带路，我最放心……”

朱润兴站长，四十刚出头，汤郎乡人，他是公认的最能歌善舞的彝族人，也是一位远近闻名的社会贤达。录2005年的政绩为证：1. 为“彝族无伴奏多声部合唱”不失传，他在许多村寨里成立了“山歌教学普及班”，每到一村，都亲自执教。2. 他发明了“双人吹奏的拐杖笛”，并获得了制作拐杖笛的专利……

朱站长很善谈，汤郎各民族的趣闻佚事，从他嘴中滔滔而出，令满桌饭菜都索然无味。朱站长很干练，饭桌上就宣布了徒步安排并要求遵守。内容：1. 下午徒步越过三座山，至大裂谷上端的天生桥，拍摄“夕照天生桥”和类似“红旗渠”的水利工程。再过天生桥至己衣乡并夜宿，行程20公里左右。2. 明日早晨8时准时出发，徒步穿越大裂谷一日，需带上干粮作中餐，傍晚登上大裂谷下端回至汤郎乡。

热热闹闹的午餐后，在朱站长带领下，我们一行8人出发了，向着陌生而神秘的天生桥。

清丽洁净的阳光下，我们走着；

植被很差的大山上，我们走着。

陡峭坎坷的山路上，我们走着。

眼前的山岭虽不算太陡，但山路弯来绕去，忽高忽低，加之正午骄阳，未走多久，谁都已气喘吁吁、挥汗如雨了。这是一条村民用脚造出来的山路，极像山神将一盘绳子随意甩向了山沟，又将之抛向山顶一样，把山路从上扯到下，从那一头拉向这一头，盘盘旋旋，杳无尽头。

忽然，远处传来一串闷雷，声音越来越近，似乎在头上打转。心中升起一阵欢喜，我由衷盼望天降春雨，滋润山地，淋湿我们。但过了一阵，闷雷却遁声远去，天比先前更闷热了。

唉，指望天下雨，天不下，反而更热；指望山路少点弯曲，少点坎坷，快些到天生桥，可朱站长说才走了三分之一；指望途中多一点赏心悦目的风景，诸如挺拔的树、缠绵的藤、妩媚的花，可红土荒山只有一些矮小灌木。失望之余，我不再指望什么，也不再企盼什么了。犹如跋涉自己的人生，我在心里掘井，渴而饮，不言悔，实在走不动就休息一会儿，待心气平和了再走，不羡慕前者，也不担心落后，我将之视为一种历练。

天空上，抛洒炙热的是骄阳；头顶上，纹丝不动的是白云；面颊上，七沟八梁的是汗水；双肩上，越来越沉的是行囊；大山上，用脚丈量大地的是我们。终于，山路匍匐在我们

脚下了，骄阳也从中天慢慢滑落了，5：20左右，我听到一声兴奋的尖叫：“天生桥到啦～～”

仔细辨听，除了“天生桥到啦”的兴奋尖叫，好像还有一些渺茫的歌声，像若有若无的花香，缥缈在习习清风里。被之激励，我背起行囊，一阵小跑，奋力登上了最后一段陡坡，再沿从陡壁上凿出的石径疾走一程，终于，突兀于横放在两山陡壁间的“天生桥”出现在我眼前了！

天！天生桥之上，尽是嶙峋而峥嵘的陡立岩石。

天！天生桥之下，仍是嶙峋而峥嵘的陡立岩石。

“呦呦，喂——天生桥，我来啦……”

仰望陡立岩石，俯瞰万丈深渊，我在喊给自己听，喊给天生桥听，喊给走在后面的朋友听。以此同时，飘来一阵美妙山歌，有三个声部，高亢脆亮，悦耳动心。唱歌的人呢？奋力爬到高处，探首一望：对面大山的平整巨石上，坐着五个穿红着绿的彝家女。她们身后是陡立山岩，一条“之”字山路向上伸延，仿佛一直要进入绯红落日的深处。

站在高崖上，我静静观望。看彝家女从小木桶里斟出一碗一碗的米酒，唱着酒歌献给已到桥边的朋友。虽然听不清也听不懂酒歌歌词，但却由衷喜欢，感觉人间的爱恋、情意……都尽在其间了。

此时，快要下山的太阳，把天空里涂抹得非常绚烂。霞光裹着白云，白云红得似火；霞光映着赤褐山崖，山崖也红得像大片落霞。霞光抚着彝族女，彝族女极像几朵剪碎的彩霞，飘落在巨大的岩石上。于是，不作一味的追赶了，拍下这难以一遇的精彩是明智决策！我迅速支脚架，全神贯注，拍全景，拍局部，拍特写，也隔岸享受了“宜歌宜酒也宜诗”的欢乐！

后来才知道，这是朱站长的一个安排。出发之前，他电话通知“山歌教学普及班”的彝家女，请她们4：30到天生桥迎接客人。再者，这也是彝族人特有的风俗。凡是朋友到来，彝族人都会捧出家酿的米酒，摆上山珍野味，唱起“管你喜欢不喜欢都要喝”的酒歌。由于朱站长高估了我们步行的速度，让彝家女在天生桥等了将近一小时，抱歉＋感动！

结束了畅意拍摄，为追上队伍，我扛起脚架就跑，从陡壁上凿出的石径下至天生桥，探头一看，桥下黑糊糊的，什么也看不清，有河水在訇訇喧响，待我气喘咻咻地登上对岸的“之”字山路后，发现小溪边站着等我的朱站长，大山凹处的一片新绿中是己衣村。

朱站长替我扛了脚架，我们并肩走在一条开满小白花的土路上，前面是渐行渐远的彝家女。落日在大山凹处射出了最后的金黄，将山野勾勒出一道金色的轮廓线。开满小白花的土路边，是一些用竹片围成的栅栏，一抹夕阳亮亮地落在上面，生动而无规则。麻雀们突然叽叽喳喳地飞起，又突然纷纷落下，自有无穷欢乐。不远的山脊上，伫立着一匹白马，马尾巴在悠闲的摇曳……

天色，渐渐暗了，山野，一片沉寂。

抓住最后的光线，又拍了几张村景，终于专心走路了。大步流星中，听朱站长讲天生桥的传说，我的思绪撑开了一树故事的花——

很久很久以前，禄劝一带流传着这样的故事：己衣的汉子很强壮，汤郎的女子很漂亮，己衣是山清水秀的桃源，汤郎却因缺水年年欠收，由于大裂谷的相阻相隔，南北两村虽然鸡犬相闻，衷情之人却老死也不能来往，滔滔江水也白白东去，两村人便世代修桥筑坝不已。这件事情感动了山神，他令一块巨岩崩析，飞驾于峡壁的最窄处。据说巨石约6米，横亘于距谷顶约150米处。后来，两村人便以飞来石为基础，凿山筑路，修葺了天生桥，修筑了法保水库，这些浩大的工程能以红旗渠媲美……

哦，“天生桥”，一座颇具神话色彩又彰显人工伟力的桥！

顿时，有一种赞美浮上了心头：这里确实贫瘠落后，但它却并不寂寞，自有一番撼天动地感人的韵味，这里不仅养育了不屈而昂扬的生命，还创造了属于自己的一片风韵天地，展示着力，展示着美，展示着亘古沧桑。

（二）

太阳从云层中射出一束束霞光，像粗粗的金线，纵横交错，把浅灰、蓝灰的云朵缀成了一幅美丽图案。由于起床已晚，再美的晨景，也没时间拍摄了。匆匆早餐后，我将做午餐的馒头苹果放进背包，往水壶灌满热茶，背上摄影包，扛着脚架，加入到整装待发的队伍里。

早晨8点正，我们从海拔2100米的己衣乡出发了，向着海拔860米的己衣大裂谷。

天无边无际地蓝着，春的田畴萌动着农人的希望，或已插上了绿秧，或还是汪汪水田，前者温柔，后者清澈，都饱含着一种令人赞叹的美。我们走在湛蓝天宇下，“长枪短炮”的队伍也是一道风景。朱站长走在最前面，带我们沿一条弯来绕去的小路下山。回首一望，走过的山路盘旋在我们头顶的山坡上，令我想起了前面的比喻：弯曲的山路像山神随意抛掷的一盘绳子。然而，现在与先前的不同了，这盘绳子一直向下，有的地方还近乎垂直。

大裂谷就在面前，马上就要步下这万丈深渊了！心忐忑着，像是去践约一个窒息人心的约会！

俯爬在大裂谷平缓的顶部，我小心翼翼地觑视大裂谷，见大地骤然裂开一道很宽的深谷，鬼斧神工一般。很宽的深谷中飘着岚烟，波浪一样，给大裂谷蒙上了一层迷人的面纱；抓牢身旁的矮小灌木，缓缓下至裂谷中部，喘息着再望裂谷底部，尽是顽石蹲踞，似大大小小龟兽，只可惜先前的雾气没了，大裂谷少了险峻中蕴含的柔和与恬淡。此时，由于海拔降低，骄阳高照，炎热取代了凉爽，坎坷摒去了平缓，到处野葛牵缠，到处荆棘挂碍，攀行在似路非路的岩壁上，一步就是一个落差，我们渐渐失却了“回头是岸”的可能。

回头是岸？孬种才这样想！

我们一个跟一个，义无反顾，犹如向地心钻去！

下至大裂谷底部，养眼的绿色没有了。白白晃晃的阳光下，高矮不一的芦苇眩耀着刺眼的白色，这是大裂谷里唯一能摇曳的热情，余下的便是陡峭两壁与谷底江石。这些江石，无论房子大的，碾盘大的，锅台大的，饭碗大的，都圆圆溜溜，都棱角全无，在瘦浅的江水映衬下，溜光闪亮，仿佛圆满的太极。

大裂谷底的空气，馨净润心，无一丝尘滓。与之相比，城里的空气就如抹布与拖把。坐在一块碾砣大的石头上，我脱了鞋袜，先将脚伸进石沙里暖，又放入江水中浸。沿途都是下山，走了近3小时，大脚指被顶得生疼，得将脚好生安抚一番。大累之后，欹石小憩，顺着绵长的谷底望去，铺满太阳的路又亮又远，我们醉在朱站长悠扬笛声中。

斜卧江石上，举目望四周，心中略有一些不满。眼前的谷壁并不红褐。它沧桑而斑驳，嶙峋而峥嵘，不是我钟情的丹霞地貌。然而，置身于陡立绝壁中，被凸凹于山体表面的密密层层的立体流线围裹，不满之余，仍被苍奇鬼雄的造型深深撼动！

这里的悠悠岁月，古老而沧桑，

这里的峥嵘山谷，曾天崩地裂。

我想：这些原本都安睡在地层深处，原本都平行叠摞的岩石，究竟是什么原因什么力量使它们顶出地壳而陡立？这问题于我，肯定是一种借助幻想也说不清楚的神秘。我只能武断地说：沧桑峥嵘的大裂谷，肯定含蓄着惊人心而动神魄的大裂变。

然而，不管我怎么问，不管我怎么想，满眼的陡立绝壁，孤傲地缄默着。

然而，恰是这样的缄默，让己衣大裂谷亮出了非同凡响的风骚。因为，高级生命有别于低级，显著特征恰是这样的孤傲。面对孤傲而立的陡壁，犹如面对挺直了胸膛的男子汉。

徒步于大裂谷谷底，无路。我们跟随朱站长，选“路”而行，有时在江水左岸，有时绕到江水右岸，大多需在大小江石上跃行。出发前，张总对我说：“大裂谷底有异蛇，或大或小，都剧毒，你可不能再独来独往了。”于是，不敢再掉队，不敢再一意孤行，我紧跟张总，寸步不离，蛇让我的行程充满恐惧。

不知又走了多久，已是日行中天了。

从大裂谷中看天，天空很高远，大大的老阳空空地照着。几只乌鸦像落叶一样，在裂谷上空飘来飘去。走在沉寂的陡壁中，闷得像个蒸笼，太阳的炙浪，无遮无拦，近30度的气温，给徒步陡增了难以述说的艰难。带的水喝完了，便喝江中的水。然而，即便喝得满肚子都是水，跳跃时“咣咣咣”作响，还是干渴难耐。唯一的选择就是忍受，在极限中行走……

突然，前面的裂谷狭窄了，紧挨的两壁，犹如“一线天”。有阳光从两座紧挨的岩崖缝射出，金晃晃，眩目耀眼，给人一种即将步入黄金宫殿的兴奋。

莫非奇景出现?

莫非丹霞地貌?

兴冲冲走过“一线天”，见一块千仞岩壁陡立在我们面前，它横卧大地，又直冲天空，酷似一道巨大的古罗马城墙。再沿“城墙”急匆匆往前走，绕过一个70度大弯，己衣大裂谷亮出了我们最企盼的壮美!

千姿百态的红褐石山，顶平壁陡的红褐峰形，骤然出现在我们面前!

啊，大裂谷，你有一种壮美高过了人类的头顶——

这里全是相叠而成渥丹岩层，这里全是壮美的丹霞地貌！这些褐红山峰，沐在耀眼阳光里，灿若明霞，形态各异。它们或像斜插于地的巨型断壁，陡峭而粗犷；或似巍峨相叠的宏大城堡，恢弘而豪放；或在空中呲列成犬牙般的豁口，惊心而动魄……深入到大裂谷色彩的大本营，被嶙峋峥嵘的褐红山峰包围，我犹如身处于一个充满梦幻的神话世界!

梦幻中，我仿佛看见山神游龙一样绞缠缭绕，上下翻腾，颠簸大地，红色的岩浆激荡汹涌，声音如天崩地裂。猛烈撞击中，原有的组合断裂移位了，原有的横平直立倾斜了，原有的平衡被冲破了，原有的秩序被打乱了……

梦幻中，如有神示，一些生命偈语倏地在心里奔腾：星光有明有暗，花儿有红有紫，大裂谷有寂寞与喧响，有平庸与峭绝，有沧桑与玄美，然而，在这些对比物之间，却生出了令人倾倒的美!

……

哦，任我把所有的惊羡与梦幻都夹入了峰峰岭岭，任我一次一次瞻仰，任我一番一番品味，大裂谷的峭绝玄美依然逶迤不尽!

暑热忘记了，

干渴忘记了，

脚疼忘记了，

毒蛇忘记了，

只有为大裂谷拍照忘不了！

忘不了的拍摄中，近在咫尺的大裂谷，显得比什么都离我更近，我与它似乎有了一种互感。它泛着一种与太阳相拥的辉煌，一种有灵生命的静穆，它让我一时惊遽得不知所措。有好长一段时间，我都在揣摩怎样用相机将如此完美的它拍摄下来。

“己衣大裂谷，是一种自然现象……”一朋友评说道：“它是地壳强烈运动的结果。世间万物，高山低谷，都是大自然的鬼斧神工！”

“己衣大裂谷，更是一种生命现象……”张总评说道；“说它是强烈地壳运动的结果，不假。但它有血性，有气质，有激情，它是天才，是让我们景仰的逆反精神！”

壮美的己衣大裂谷，其实就是朋友们一个个的惊叹。从此，它烙在了我的心壁，刀刻一样！

徒步己衣大裂谷，收获的不止是风景。

我们在谷底选“路”前行，大多都在江石上跃行。一不小心，一块不稳的石将我摔倒！结果，牛仔裤破了，膝盖手掌也破了，鲜血猛然涌出，清亮江水中有点点滴滴的鲜红。

鬼使神差一样，当我疼得坐在江石上的霎那，竟会想起“地球的女儿”廖晓义。前些日子，她在央视“面对面”的访问录中说：“环保，让我学会感恩，譬如用水时，我感谢河流，吃饭时，我感谢大地……”廖晓义对环保的情爱，执着成了一种圆满。此刻，我清醒而明白：伤痛，将让我徒步的磨难多于他人，也将令我徒步的意义更为深远。像廖晓义一样，我感恩于磨难！

瞬间，许多潜藏的热能与激情从肌体深处奔涌而出，仿佛完成了一次蜕变！

于是，拍了拍身上的泥沙，将湿漉漉的裤腿挽起，模仿《乔家大院》中的乔致庸一样，向围过来关心我的朋友们，惟妙惟肖地喊了一声“走咧——”

肩上，少了沉重的摄影器材。手中，多了朋友的登山杖。心里，添了一种坚韧的自豪。我开始咀嚼希伯来人的伟大思想：对于人之血肉身躯，还有着比面包与水更珍贵的东西！

下午六时许，我们走到了大裂谷末端。

傍晚的太阳极大极白，在缓缓落下，光圈泻染开去，大地温馨而松弛。一座大山，突兀在我们面前，七歪八扭的山路，隐藏在刚泛绿的灌木丛之中。

朱站长说：大家得竭尽全力登上它，山顶就是徒步终点……

此刻才明白，山顶那边，就属于“万亩梯田”范围。接我们回汤郎的车子就停在山顶，车厢里还有一整箱冰镇过的啤酒……——毫无疑问，这样的安排是一种诱惑，给我们一种犹如投奔天堂的兴奋。然而，天堂于我，艰窘困厄之至，我已举步唯艰了……

眼前的大山，实在太高！

天空中，两只山鹰在遛来遛去，翅膀平平展开，滑上滑下，向我炫耀它自由自在地飞翔。我没有如此自在的翅膀，我只有平庸的双脚，而且还在流血，每走一步，都得忍着撕裂伤口的疼痛。

但我只有登，我得咬紧牙关地攀登！

于是，拒绝了张总拽我上山的手，我不愿成为别人的累赘，沿着灌木丛中的沟膛，我缄默地走在最后。

山路，尽是些硬石子与羊粪蛋，蹒跚的脚步常打滑；还好，山路旁的灌木很茂盛，抓牢灌木，用手臂力量艰难向上；还在流血的膝盖，每走一步，都疼得打不过弯儿；这样的脚步能跨出价值来吗？回首我咬紧牙关走过的山路，百般感怀萦上了心头……

终于，我爬上了山顶！

是爬，耗尽全力的爬！

山坳里的太阳，冶炼着褐红的山土，新垦的万亩梯田，亮着褐红的热情。蹒跚着绕过两户山民院子，三辆越野车，天堂一样，在我的视力范围内了！

张总举着啤酒瓶，喊：“快来呀，好喝极了！”

浓郁的暮霭，覆盖着褐色的土塬，张总的喊声，飘荡着友谊的芳香！

我很想快走，但已没有“快”的力气了。我笑着挥手作答，慢慢挪动。张总身后，还未褪尽的红色霞光竟在闪亮。

什么时候？我的脸颊已淌下长长的泪水……

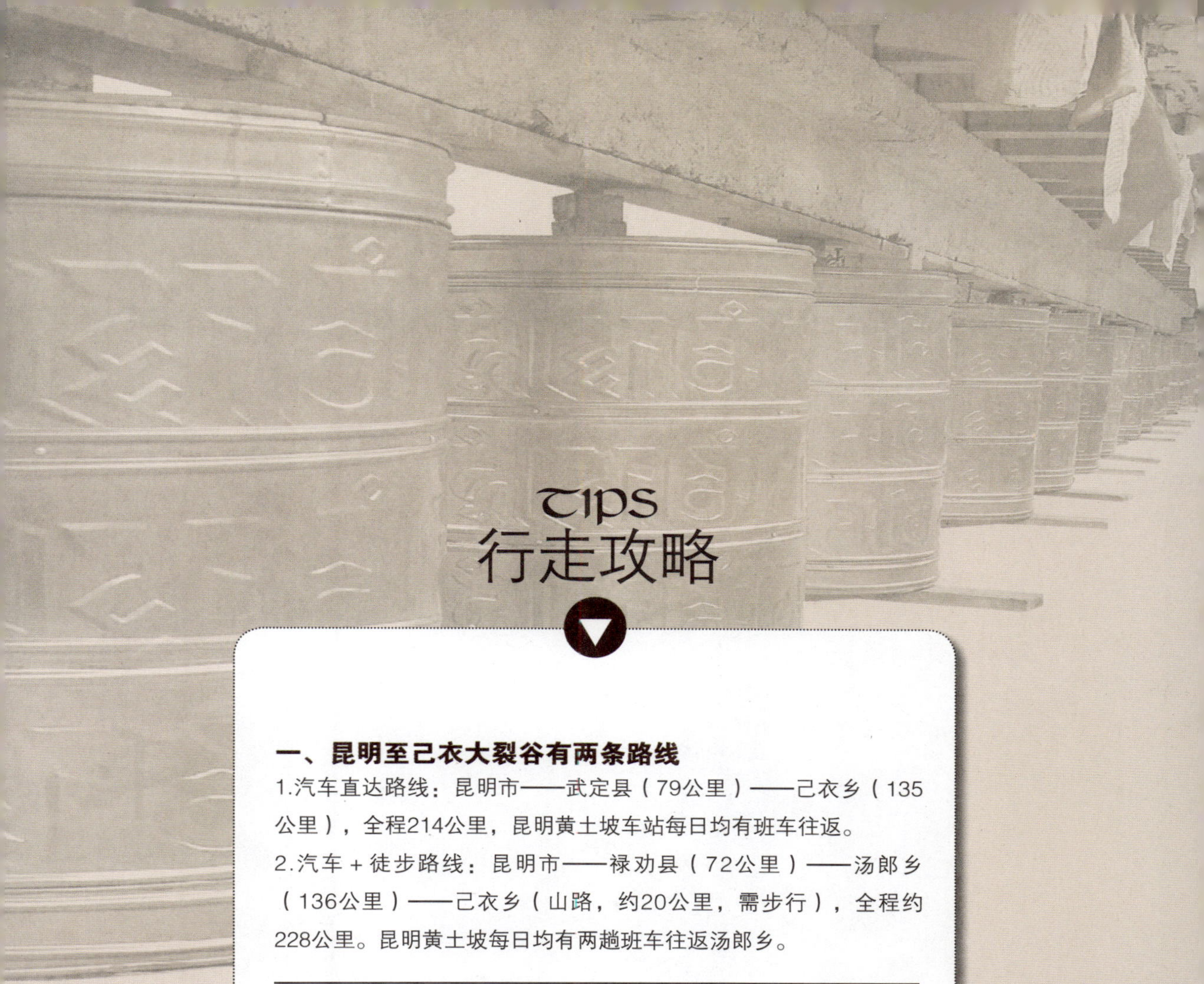

TIPS

行走攻略

一、昆明至己衣大裂谷有两条路线

1.汽车直达路线：昆明市——武定县（79公里）——己衣乡（135公里），全程214公里，昆明黄土坡车站每日均有班车往返。

2.汽车＋徒步路线：昆明市——禄劝县（72公里）——汤郎乡（136公里）——己衣乡（山路，约20公里，需步行），全程约228公里。昆明黄土坡每日均有两趟班车往返汤郎乡。

二、食宿条件

汤郎、己衣两乡的食宿都很方便，但条件一般。住宿，每晚15~25元；伙食，每餐每人5~8元。

三、温情提醒

1.己衣大裂谷与金沙江相通，夏季山洪暴涨，下裂谷非常危险，万万不能前往。春秋冬三季皆宜。

2.徒步己衣大裂谷时，要注意毒蛇与崖边落石。谷底气温较高，要注意防暑防晒，宿营时宜选择开阔之地。

3.己衣大裂谷是探险、攀岩、摄影爱好者的好去处，由于具有一定的探险性质，活动规模最好以5人以上为宜。

4.穿越己衣大裂谷，要请有经验老乡做向导。也可去汤郎乡文化站找朱润兴站长。

世界屋脊上，林芝第九届桃花节于2011年3月25日至4月25日举行。据说，此节在保留“摄影采风、踏春赏花”的基础上，新增了“桃花美食节”、“桃源漂流”、“种植桃树”等活动。游客除了观赏远处冰川、雪峰与桃花相辉映的美景之外，还能领略具有浓郁工布风情的骑马、射箭、民族歌舞表演等。

为一睹桃花节开幕日盛况，我们一行10人，于3月20日从昆明前往林芝。

倘若不是出现意外，我们肯定能于3月24日达到林芝的。

倘若不是情况特殊，我们改走德荣后会准时达到林芝的。

只因为“香格里拉——德钦”全线修路并白茫雪山冰雪封堵阻断了交通。

只因为改走德荣后在翻越东达大雪山时因天降大雪阻断了交通。

无奈，只有走走停停，停停走走，4月3日终于到达了波密，距离林芝还有半天路程。

这样，我们错过了林芝桃花节开幕日，懊恼了一路；万幸的是，波密桃花正浓，无论县城、小村，扑面而来的都是满眼桃红，满目灿然。不是我观人观景的标新立异，这浩浩荡荡的桃红像大海一样壮阔，这铺天盖地的桃红如彩霞一般绚烂，它击散了我因路途不顺而郁积在心中的沉闷，我像所有久困樊笼里的人，拼命地将这一片国色天香吸进了自己的生命。

在波密桃花沟里享受国色天香

波密的春天，晴萱雨醉。公路右边，亚龙藏布依旧；河左边的山坡上，是美得令人眩晕的桃花沟：麦田，藏家农舍，密密匝匝的桃红，绚烂一沟，足足七八十里。

视力所及，波晃着烂漫桃红的极远处，还有一座连一座的高大雪山。

这些白雪皑皑的大雪山，始终凭着无限烂漫桃红中的自有幽抱，守持着一种静气。无论从事实还是比喻来说，都是这样。在波密，在誉称“太阳宝座”的波密，如此集“秀美＋壮美”一体的组合，实在令人愕然！

这样的组合美得神奇，尤如山神把所有奇妙的给予都变成童话手帕，抛向了这片令人向往的土地。

这样奇妙的给予，是我们辗转颠簸数日的慰问、艰难跋涉的落款，它把我从旅途的倦意中，引渡到一个明亮的出神状态，我知道我的远足将会超越原初的狭隘动机了。于是，欣喜下车，从公路折下弯弯土路，扛脚架，抬相机，急匆匆奔向密密匝匝的桃红深处……

这里原为一个不曾有名的山沟，这里有被大自然反复修改过的美丽，这里有大山里藏了又藏的佼好，这里遍布着溢满花香的桃树，这里的人们便给它取了一个很委婉的名字：桃花沟。

桃花沟的桃树大多为野桃树，很早很早以前就有；也有一些生长于房前屋后的，为近10年的人工培植。若依照园林工艺师的眼光，桃花沟众多的野桃树堪称“高古”。譬如：树干粗大，三四人方能环抱；虬枝盘旋，常见歪斜为一旁的畸形，应该是长年累月风雪凋侵的反应吧？

然而，所有老树、小树，此时此刻都一派烂漫！

真的，我从长出眼睫毛就从未没见过这样烂漫！

清晨的桃花沟，四周都是山，我便没看到眩目的日出，但阳光却暖融融地飘浮着，山谷所有地方都镀着阳光，阳光将眼前的一片粉红耀得十分妩媚。密密匝匝的桃花中，偶有二三棵梨花，更衬得桃花繁盛鲜亮。说是一片粉红，其实一眼望去，错错落落的花树，重重叠叠的花朵，如同花海，可以说是无限了。而所有的花朵明丽又无比的柔顺，它们是一种有感情色彩的烂漫：既有千株万朵竞放缭绕香气的气势，也有恣意率性一发便浩荡壮奇的性情。不难看出，它们在气势磅薄的雪山怀抱中张扬着一种难以悟透的大美景象。

坡地的一棵虬枝盘旋的老树上，小碗口大的花开得很厚很密，每枝叉上都生有若干花朵，嫣红粉嫩，花团锦簇，把树叶表演的空间都挤没了。入迷观看，正觉得老树上轻灵的花朵像无数只抖动着想飞意思的彩蝶时，高原天气骤变，冷风邀来了冰雪，合谋着一场无情的撕咬，顿时，花随冰雪乱飞，坠满大地，显现出一种苍茫的美。霎那间，雪过天晴，就在我为满地花瓣爱怜不已时，我看见许多嫣红的桃花依旧傲立，它们在作一种怎样的反叛呀——茫茫天地之间，唯有这样桃花，以一种特有的妩媚，花瓣含雪，显现出无比的安详与自在。情不自禁，以手抚花，将手的温暖递给桃花，桃花轻轻一摇，便有异样的感觉袭来心中了。于是，与含雪花树合影，背景为矗立雪山：从如花之年走过来，虽已历尽沧桑，而今在明丽花树下寻找回生命不老的感觉，真好！

聚集成林的小桃树也最惹人爱，很随意的红，很放肆的红，很调皮的红，或艳，或淡，然而看久了，眼睛却不能适应了：世界屋脊上，风大，树小，容易摇曳，密密麻麻一片小树，就这么聚拢了散开，散开了聚拢，给人一种定不了位的深深浅浅的感觉。于是，从树枝和花朵的摇曳中上眺，青空镜转，雪山矗立。视线收下，稍远处浓密的大片粉红，迤逦而来被日光刷亮的几间藏家屋舍——便自有一种缭乱斑斓中的层次分明。

傍晚时分，满沟桃花，更引人注目。太阳余晖落在桃花上，酽酽桃红似乎把一切都覆盖了，山沟里的一切都笼在桃花里。残阳落下，月亮升起，在顶空发出白得泛蓝的光。月光洒在花瓣上，细腻不匀，桃花们在暗处就有了动感，仿佛花朵、枝上、地上，都是一层薄薄的、略带寒意的蓝色月光——顶上似乎起了一些淡淡的雾，每一朵花上似乎都流动着有灵生命才有的灵光，满树的红英在月光里融成一笼银花，尤如许多双眼睛在暗夜里四处绽放，就有些不敢正视桃花了。于是，曾经醉心于美术的我，在月光下，在最国色天香的桃花中，很快就构思出一帧粉彩水墨，或古典时期的版画作品来了。

就这样，在长时间的醉心中，我不知此身已在这美丽的天地间缔结为一个什么样的小生命，一叶花？一株草？抑或一只飞虫？哪怕是一粒沙土……

不敢奢望，我是俗人一个，知道那是一种不可企及的梦想。

我只知道，这里的碧空，这里的雪山，这里的桃花，它们交织在一起，因漫天风雪而国色，因藏族人民而天香，它们有富贵牡丹所不能及的撼人肺腑的国色天香！

桃花沟，七八十里的桃花沟，是和雪山、国色天香晕化在一起的；

桃花沟，七八十里的桃花沟，是和桃花源般的村庄晕化在一起的。

一条绯红着桃花的山路兀自延伸，仿佛一直要进入大山深处。大伙儿没“忘路之远近”，在满沟桃花中行约30公里，刚刚拐过一座小山坡，眼前“豁然开朗”，一座童话般的藏族小村出现在眼前。时为波密盛春，桃花正怒放，浩浩荡荡，铺向了远天远地。在“芳草鲜美，落英缤纷”的掩映下，小村片片平畴，青青麦苗，二三只红嘴乌鸦，在桃树上飞来跳去。远处山腰上“屋舍俨然”，露出几座极富色彩的藏家农舍，隐隐几声“鸡犬相闻”，极远之处，是闪着银光的雪山，河水在深谷中隐隐喧响……那便是桃花沟中的嘎朗村了。

嘎朗村，因安卧在桃花盛开的桃花沟而远近闻名。

与嘎朗村比邻的扎龙，如纳，都因桃花烂漫民风淳朴而游人不断。

嘎朗村有一片在阶梯青稞田中凸现的桃花海，它是蜜桃与青稞的故乡，甚或是神仙的故乡。步入“树木荫后檐，桃李罗堂前”的小村，到处弥漫着自然的声响，狗吠鸡鸣，清晰悦耳。几个幼童在树下“怡然自乐”，嘻笑不断，衣着虽脏旧，带着高原红的小脸蛋上有令人喜爱的俊秀。八九个藏民在绿油油的青稞地中薅草，艳丽的衣着晃动着游人的眼。雕廊画栋的藏式民房，色彩艳丽，不说“户庭无尘杂，虚室有余闲”的内部结构，单是房檐窗户的建筑，就足以让画家和摄影师流连忘返。房屋平顶上经幡飘扬，高挑的电视天线上，赫然书写着“党中央国务院赠”的字样，说明了世界上的信息均可由天上传进山村，并非陶潜说的“遂与外人间隔”，“乃不知有汉”。中午，见我们拍摄尽兴，薅草的藏民笑眯眯停下劳作，围着我们看数码机中的照片，欢声笑谈中“便邀还家”，并“设酒杀鸡作食”。长长的桌子上，有刚刚打出来的酥油茶，有存放了一年的桃干肉，有咬一口就嘴角流油的腊肉，还有火塘里烤着香喷喷的土豆……

下午，我们又去了扎龙、如纳，它俩和嘎朗一样，璞玉浑金，仁爱博大，值得写的，实在太多。深入桃花源小村，匆匆一览，每个小村都有我逶迤不尽的惊羡。

在这僻远的山沟，离天很近，太阳每天升起落下，火红火红。

太阳之下，人们日出而作，将这里的日子夯实得质朴而简洁。

在这僻远的山沟，离天很近，月亮每天升起落下，清清爽爽。

月亮之下，人们日落而息，把这里的万物繁衍得博大而永恒。

从原路返回，夕阳把桃花晕染成一片妩媚，双眼随车子变换着自个儿的高度和角度，然而，无论怎么变换，巍峨雪山、绚烂藏居、郁郁青稞都永远网在一望无际的桃红中了。途经“童孺纵行歌，斑白戏游诣”的嘎朗村时，情不自禁，与之挥手道别，我心里落满了一层音乐似的桃花！

我为什么醉心于这不同凡响的桃花?

我为什么喜欢这些桃花源般的村庄?

——久在樊笼里，复得返自然，波密桃花奇，牡丹怎比堪。乃知“东篱采菊、南山悠然”，并非陶渊明的一人痴梦了！

Postscript 跋

将“原味旅游”进行到底

陈宗文·张曙

随着“黄金周”制度的深入，旅游越来越神气于人们的生活空间，成了家喻户晓的消费热点。但冠以“原味”二字后，是否会稍感陌生呢？其实，想一想“游于艺”的古人，“原味旅游”便不言而喻。即：聚山峦林泉于胸，握清风明月在手，“驴”行于大好山川，用一种近乎滚烫的情怀来体验山川之壮美，路途之苦辛，生命之坚韧，而丰富人生。所以，原味旅游最具个性美，“驴行者”是它最钟爱的人选。

翻阅我国古代史，“读万卷书，行万里路”的游子难尽其数。这些人尽毕生精力探访世上之奇伟瑰怪，历尽山川，浪迹天涯，由是，天降大任于其身也。譬如：教诲并躬身率领弟子“游于艺”的孔子、“上会稽，探禹穴，窥九疑，浮于沅、湘……厄困鄱、薛、彭城，过梁、楚以归”的司马迁，皆在“游于艺”中包容海，仰望山，囊括天，吸纳天地不竭之力，与“困守乡间终老家门者”形成极其鲜明的对比。“游”，不仅成就了他们的辉煌事业；“游”，还使他们成为了后人的榜样。

于是，崇尚“敢于游”，追求“游于艺”，成了我们不变的一个生活内容，成了蕴含我们自由自在天性的一种生活方式。寒暑假日，乐此不疲，我们一直热爱旅游没商量，一直行走在大美山水之间。在与壮美山河零距离的亲近中，在经历了顶风冒雨路烂泥泞走不像走爬不像爬的惨烈后，我们从无知走向了充实，从浮躁走向了稳重，从浅薄走向了丰富。

我们的原味旅游是一种告别，是崭新生活的又一种开始。

缘于天天囚于高楼大厦中的窒息，缘于陷入污浊人流的一种逃离，缘于一种不满足，缘于一种厌倦感……我们选择了走进山与水的旅游。

于是，告别习惯，告别平庸，告别烦俗，告别窒息，告别小家庭，告别日常生活中的既成世界，我们从城市奔向山野，从陆地走向江河，从中国奔向世界，走向我们心中的大好河山。

于是，波澜壮阔的风卷云飞，带走了囚于高楼大厦中的窒息；烟紫雾霭中的巍峨雪山，让我们倍感自己的渺小；天仙一样的牧羊姑娘与云朵一样的牛羊，令我们干涩的心里又充满温情；世外桃源的宁静山村，心无栅栏的少数民族，更使我们“乐不思蜀”……

美轮美奂的大自然、大风景、大家园吸引着我们，陶冶着我们，让我们拥有了新的眼光，新的感觉，新的心情，以豁达的心态开始又一轮崭新生活。

我们的原味旅游是一种寻找，是与崭新故事的一种邂逅。

只要“背上行囊，心就飞了，就开始了新的寻觅……”这是所有“驴行”者的共性。因为，越清纯的美，越在无声地躲避尘世；越奇绝的美，越令人难以接近和占有，所以，它们因陌生而神秘，因神秘而魅力无穷，因魅力无穷而令我们开始妙趣横生的寻找。

旅途中，双足踏着烂泥浊水滚石枯树，感觉与思想在“移步换形”，目之所见是寻找，耳之所闻是寻找，体之所察是寻找，心之所悟也是寻找。在“早莺争暖树，乱花迷人眼”的大自然里，我们裸露着开怀的情绪，昂扬着全身的能量，在相似中寻找着相异，在相异中寻找着相似，细心地翻阅大自然这部无字的辉煌巨著，欣喜地编写着一部“游于艺”的心得体会，于是，获得一篇篇日记，一束束小诗，一张张照片，一次次奇遇，一个个难忘的人……

我们找到了难以数记的创作素材，我们拥有了终生难忘的奇伟瑰丽！

我们的原味旅游是一种思念，是焕然家庭生活的一种激活。

距离具有非凡的创造力，能将熟谙的生活及情感“改写”成新鲜的模样，这就是“距离产生美”的真谛。现在，纵虽飞机火车汽车缩短了思念的距离，“客行千里悲故乡”已是古老又古老的神话。

然而，当旅途将近到半时，我们思家的情绪已在心中开始酝酿，一种追求与追忆的情绪就相伴相生了，我们陷入了“新追求”与“旧拥有”的深刻体验中，我们既亢奋着对青山秀水的追求，也酿造着与家人相见的渴望。譬如：“新追求”昂扬时，“旧拥有”是它的铺垫与支持，让我们以一种“散文心态”尽情享受旅游中的人生乐趣，从而变得快乐，生命因此充满了诗意；当“旧”开始浓烈时，思念亲人又是我们旅途中的“新”内容。回家去，成了我们的又一种崭新的旅途。于是，“思到归时方始休”的温情自心中淅沥而出，不断蓄积，鼓涨，直到躺在家中温暖的浴盆里……

正如歌中所唱：“从今开始，哪也不去，我要好好地暖着你。”

其实，自古以来，旅游就是跋涉壮美河山的一种阅读活动。它虽平凡，但却有着不可抹煞的价值，像沙漠中的一抹新绿，像酷暑里的一阵清风，像雾海上的一点光亮，给人以精神自救，给人以新兴的蓬勃，所以说，人生就是一次一次的旅游。

随着“黄金周”制度的深入，越来越畸形的“假日旅游”称霸了中国的旅游市场。但我们深信：不久的将来，用不着哲学家的教诲，人们肯定会反感“处处人声鼎沸，处处人满为患”的旅游，肯定会对劳民伤财的“假日旅游”发问：旅游本应该怎样？于是，希望我国能出台一套“带薪假期”政策的想法便油然而生了。只有如此，才能彻底清除“黄金周”游客过于集中的弊病，才能让人们自由安排假日生活，才能减少国家因为“黄金周”投入的管理成本，也才能充分体现“一切以人为本”的理念。否则，打算将原味旅游进行到底的“驴行者”，只能向着“江湖之更远”、“海拔之更高”前进了！

Speech 感言

这本书的问世，是多人支持的结果。为此，特向以下各位表示衷心感谢！

首先，衷心感谢这本书的策划设计者邓玉婷和张萌。她俩极赋潜质并认真到一丝不苟，我断言她俩定能成为昆明最好的策划设计者，除非世道不公或者她俩变懒，呵呵。

其次，衷心感谢云南作协主席黄尧，谢他在白忙中为我撰写序言，他的序让我对自己行走有了很深的思考，仿佛经过了一次净化，随之也提升了精神寻求的高度，并常为他的夸奖而自豪着，骄傲着。

《旅行者》、《大观周刊》、《云南日报　花潮》、《风景名胜》是我文章的最早载体，天长日久，几位披沙拣金的编辑，也成了我很可爱的朋友，除了感谢王宁、杨鸿雁、吕宏的鼎力支持外，还要特别鸣谢《旅行者》主编陆悦农，他专门为本书写了推荐词，读之，一种生命的辉煌热力就在体内扩张。

最后，感谢我所有的博友，他们的阅读成了我不断写作的动力，也成了我生命中非常重要的慰籍。

再一次向诸位深深致谢！